밤은 부드러워, 마셔

한은형 에세이

밤은 부드러워, 마셔

밤은 부드러워, 마셔

발행일 | 2023년 11월 20일 초판 1쇄

지은이 | 한은형
펴낸이 | 정무영, 정상준
펴낸곳 | (주)을유문화사

창립일 | 1945년 12월 1일
주소 | 서울시 마포구 서교동 469-48
전화 | 02-733-8153
팩스 | 02-732-9154
홈페이지 | www.eulyoo.co.kr

ISBN 978-89-324-7500-4 03810

차
례

가을

겨울

봄

3월의 물은 마데이라

3월의 물이 내리는구나. 3월의 첫날 내리는 빗소리를 들으며 이렇게 생각했다. 비가 오면 세상은 왜 부드럽고 연해지는 걸까라고도. 부드러운 비를 맞으며 죽순의 싹이 돋아 나오려고 발버둥치는 소리가 들리는 것 같았다. 그래, 봄이 오는 소리구나. 이건 봄비야. 예전 같으면 이렇게 생각하고 말았겠지만 이제는 '3월의 물'이라고 생각하는 것이다.

와이퍼가 거세게 빗물을 쳐내는 걸 보면서 조급해졌다. 집에 돌아가 마데이라를 마실 생각에. 3월의 물을 뚫고서 그럴 생각을 하니 벌써 입에 침이 고인다. 나는 마데이라 맛을 아는 사람이므로.

처음 마데이라를 마시고 깜짝 놀랐다. 세상에 이런 술이 있다니. 이렇게 향기롭고 시큼하면서도 달콤하고 쓰면서 투명한 술이 있다니. 포도로 만들었다는 이 술은, 세상에서 가장 맛있는 과일의 즙을 뽑아 만든 술 같았다.

〈3월의 물 Águas de Março〉이라는 노래 덕에 이 술을 알게 되었다. 앙토니우 카를루스 조빙의 '아구아스 지 마르쑤'. '에 빠우, 에 뻬드라, 에 우 삥 두 까밍유' 이렇게 시작되는 야단스럽지 않게 경쾌한 노래다. 한국에서도 어느 정도 유명한 보사노바가 아닐까 싶으므로 첫 소절만 들어도 '아, 그 노래?'라고 할. 나도 그 정도였는데, 이제는 이 노래에 대한 자세가 좀 달라졌달까. '아구아스 지 마르쑤'가 '3월의 물'이라는 뜻임을 알게 되어서다. 또 마데이라와 만나게 해 줘서.

'아구아스'가 물이고, '마르쑤'가 3월이구나. 그래서 이렇게 청량한 것이었어,라고 뒤늦게 감탄하면서 이 노래의 뜻을 궁금해하던 내가 있었다. 나직하게 읊조리던 조빙의 목소리를 타고 어떤 이야기가 흘렀는지, 3월의 물이 무엇일지 궁금하지 않으십니까? 저도 그랬습니다. 그랬지만… 그러다 말았다. 조빙은 브라질 사람이고, 이 노래는 포르투갈어로 되어 있어서, 우리 사이에는 장벽이 있었던 것이다.

그랬는데, 〈3월의 물〉을 한국어로 번역한 것을 받았다. 내 주변에는 궁금한 것을 참지 못하는 사람들이 있다. 각자의 방식으로 궁금증을 해결하며 사는 그들을 보며 저렇게 열정적으로 살 수도 있구나라며 감화되기도 하고, 그게 또 내게 도움이 되기도 한다. 포르투갈어를 공부해 가며 이 노래를 번역하는 사람도 그랬다. 직접 낚은 갈치회의 맛이 궁금했던 사람(가족이다) 덕에 선상에서 먹는 듯한 팔딱거리는 갈치회를 맛보았던 것도 유익했지만 말이다.

'에 빠우, 에 뻬드라, 에 우 삥 두 까밍유'가 '그것은 나뭇가지, 그것은 돌멩이, 그것은 길의 끝'이라는 뜻임을 알고 머리가 얼얼해졌다. 이토록 아름다운 발성과 가사로 이루어진 노래가 있나 싶어서. 아름다움을 나누고 싶어 역시 가족이기도 한 〈3월의 물〉의 번역자에게 양해를 구하고 잠시 옮겨 본다.

> 그것은 나뭇가지, 그것은 돌멩이, 그것은 길의 끝
> 그것은 남은 그루터기, 그것은 약간의 외로움
> 그것은 유리 조각, 그것은 생명, 그것은 태양
> 그것은 밤, 그것은 죽음, 그것은 끈, 그것은 낚싯바늘
> 그것은 벌판의 뻬로바 나무, 그것은 나무의 옹이
> 까잉가 나무, 깡데이아 나무, 그것은 줄무늬 뻐꾸기
> 마치따 뻬레이라
> 그것은 바람에 잘 견디는 나무, 협곡의 폭포

그것은 심오한 신비, 그것은 원하거나 원치 않는 것

더 지나야 '3월의 물'이 나온다. 조빙은 이렇게 말하듯
이 노래한다. 그것은 강기슭에서 내리는 비이며, 3월의 물
이 나누는 대화이며, 고생의 끝이라고. 내가 3월의 첫날 내
리는 봄비를 보며 기뻤던 것도 그래서였다. 겨울이 길었다.
길기도 했고, 춥기도 했고, 우울하기도 했고, 앓기도 했고,
그래서 쪼그라들기도 했다. 다른 사람들이 그랬듯 말이다.
3월의 첫날 이런 비가 길게도 내려 주는 게 어떤 계시 같았
다. 2월까지 다 보냈지만 제대로 한 해를 시작하지 못하고
있는 사람의 등을 토닥여 주는 손길 같기도 했고.

조빙의 나라에서도 3월에 내리는 비란 각별한 것이다.
브라질에서의 3월이란 여름이 끝나고 가을이 시작되는 때라
서. 여기는 북반구, 거기는 남반구이므로 여기가 겨울일 때
거기는 여름이다. 그러니까 봄비가 아니라 가을비. 길고 긴
비가 내리는 걸 보면서 여름이 끝나 가는 걸 감각하는 노래
인 셈이다.

알고 들으니 다르게 들린다. 이전에는 몰라서 신비했다
면 이제는 알아서 신비하다. 뻬로바 나무나 마데이라 같은
단어들이 부스스 기지개를 켜고 일어나 입체로 바뀌기에.
마데이라섬의 뻬로바 나무는 3월의 물이 내리는 날 어떻게

12

공중에 휘날릴까? 안 그래도 뻬로바 나무의 곡선에는 파도의 느낌이 묻어 있는데.

그리고 마데이라! '그것은 벌판의 뻬로바 나무, 그것은 나무의 옹이'에서 '나무'는 '마데이라madeira'를 우리말로 옮긴 것이다. 마데이라라는 단어가 묘해 사전에서 찾아보다가 여기에 다른 뜻이 더 있다는 것을 알게 되었다. 하나는 마데이라섬이며, 또 하나는 마데이라라는 술이다. 마데이라는 마데이라섬에서 만들기도 하고, 다른 데서 만들기도 하는데, 좀 괜찮은 마데이라는 마데이라에서 만든다는 것을 알게 되었다. 이럴 때의 나는 지체하지 않는 편이다. 마데이라를 마시고 싶다는 생각에 바로 일어섰다. 그때 사 온 마데이라가 지금 내 앞에 있다.

볼 때마다 색에 놀란다. 위스키의 호박색과 피노누아의 맑은 선홍색을 섞은 듯한 이 색. 투명하고 영롱하다. 코에 잔을 가져다 댔는데… 이건? 이건 뭐라고 해야 할까? 봄의 냄새, 물의 냄새가 났다. 상냥하다, 상냥해. 이건 상냥한 맛이라고 생각했다. 마데이라의 상냥함 덕분에 간만에 밤의 부드러움을 한껏 느낄 수 있었다. 술이 밤의 부드러움을 느끼게 해 준다는 생각을 하게 된 이후 술을 각별하게 여기게 되었고, 이런 글도 쓰고 있는데, 마데이라가 딱 그런 술이다.

이 책의 이름을 『밤은 부드러워, 마셔』로 짓게 된 것은 스콧 피츠제럴드 때문이다. 술을 꽤나 좋아하고 알코올 문제로 고생했던 그가 본격적으로 술을 마시는 사람들이 나오는 소설을 쓴 게 『밤은 부드러워』라서. 사실 나는 이 소설을 읽다 말았다. 언젠가 다시 읽게 된다면, 그건 그들이 어떤 술을 마시면서 밤을 부드럽게 보낼지 더 이상 궁금해하고 싶지 않을 때일 것이다.

마데이라를 마시면서 생각한다. 조빙은 〈3월의 물〉을 분명히 3월에 만들었을 거라고. 3월의 물이 내리는 날에 말이다. 하늘에서 물이 내리는 것을 보고 조빙은 기분이 이상해져 이 곡을 썼다고, 그리고 이런 가사를 적었다고 생각한다. 그의 다른 손에는 마데이라가 들려 있었을 거라고도. 마데이라가 곧 '3월의 물'이기 때문이다. 내 생각에는 말이다.

미나리욕欲을 위한 것들

그날의 내가 미나리와 빈번히 마주쳤다는 게 모든 일의 시작이었다. 리 아이삭 정이 만든 영화 〈미나리〉에 대한 기사라든가, 책을 보는데도 미나리가 나왔고, 티비를 틀었는데 또 미나리가 나왔다. 왜 그런 날 있지 않으신가요? 하루 종일 미나리가 흐르는 이상한 날이었다.

'그래서 영화에 미나리 키우는 장면이 나온다는 거야 안 나온다는 거야?'라는 궁금증이 커져 갔다. 영화 〈미나리〉에서의 미나리가 상징이기만 한 건지, 실제로 미나리를 키우는 장면이 나오는지 알고 싶었다. 미나리 밭에 서 있는 인물들을 찍은 포스터 때문에 더 그랬다.

미나리를 키우고 싶어졌기 때문이다. 미나리가 나온 책에 미나리를 키우는 장면이 나와서 그렇다. 박완서 선생의 따님인 호원숙 작가가 어머니의 부엌에 대해 쓴 『정확하고 완전한 사랑의 기억』이라는 책인데 이런 부분이 있다.

> 어머니는 다듬고 난 미나리 뿌리를 버리지 않고 예쁜 항아리에 물을 받아 담가두셨지. 그게 다시 잎이 올라와 겨울의 방 안을 연두색으로 생기 나게 만들었을 뿐만 아니라 끊어서 먹기도 했다.

콩나물을 키우는 것만 봤지 미나리도 키울 수 있다는 것을 몰랐다. 게다가 콩나물은 그다지 운치가 없다. 직접 키운 콩나물을 먹는다는 보람은 있겠지만 콩 비린내도 나는 것 같았고, 어쨌든 하고 싶지 않다. 그런데 미나리는 달랐다. 초록의 생기가 아침마다 솟아 나온다니! 유칼립투스나 루스커스 같은 초록 잎사귀를 돈을 주고 사서 화병에 꽂기도 하면서 미나리를 꽂을 생각을 못 하다니 한심도 했고.

당장 미나리를 사고 싶었다. 방 안에서 미나리가 삐죽삐죽 솟아 나오게 하고 싶어서. 먹기만 할 게 아니라 키우기도 하려면 뿌리가 달려 있는, 흙도 달려 있을, 어쩌면 거머리도 붙어 있을 미나리여야 했다. 친구가 고양이를 먹인다고 키우는 캣닙(깻잎 아니고 캣닙입니다) 같으려나? 친구가 보내 준 사진 속 캣닙의 끝에는 물방울이 송송 맺혀 있었는데, 미나리도 그러려나? 이런 건 직접 해 보지 않고서는 알 수가 없는 법이다.

그런데 그런 미나리는 없었다. 동네 슈퍼의 미나리에는 뿌리가 달려 있지 않았다. '어디 가면 뿌리가 달린 미나리를 구할 수 있을까?'라는 생각으로 이어졌고 '아, 미나리꽝!'이라는 자문자답에 이르렀다.

맥 빠진 자문자답이다. 요즘 시대에 어디에서 미나리꽝을 볼 수 있을까 싶었기 때문에. 그리고 나는 미나리꽝이 무엇인지도 잘 모른다. 그런 단어들이 있다. 들어 본 적은 있으나 써 본 적은 없고, 어떻게 쓰이는지 짐작할 수 있으나 그렇다고 확신할 수는 없다. 사전을 찾아보면 뜻이 나오긴 하지만 여전히 미심쩍다. 왜냐하면 말이라는 건 사전에서 정한 대로 차렷 자세를 하고 있지 않기 때문이다. 내게는 미나리꽝이 그런 단어였다.

미나리꽝… 미나리꽝… 그게 뭘까? 내가 알기에 미나리꽝 말고는 '꽝'이라는 접미사가 붙은 단어는 없다(자신이 없네요). 접미사는 물론이고 꽝으로 시작하는 단어도 없다. 미나리를 키우는 곳 정도로 어림짐작할 뿐이지 나는 그게 뭔지 모른다. 미나리를 키우는 밭? 미나리를 키우는 늪 같은 곳?

그게 어디든 어떤 형태든 미나리를 키우는 모든 곳을 부르는 명칭? 아니면 이 모든 것?

처음으로 사전을 찾아보았다. "미나리를 심는 논. 땅이 걸고 물이 많이 괴는 곳이 좋다"라는데… 더 모르겠다. 그러면 미나리가 심긴 밭은 미나리꽝이 아닌 건가? 검색을 할수록 미궁에 빠졌다. 유튜브로도 검색했는데 도움이 되지 않았다. 다 달랐기 때문이다. 구정물 같은 데서 미나리를 건져 올리는 장면이 나오기도 했고, 하우스 같은 데서 미나리를 캐는 장면이 나오기도 했다.

그러다 문제의 영상을 보게 되었다. 미나리를 채취하는 작업장의 부엌, 한 아주머니가 홍어를 무치고 계셨다. 고춧가루와 간장, 마늘 같은 갖은양념으로 홍어를 쓱싹쓱싹 버무리던 아주머니가 이렇게 말씀하셨던 것이다. "우리는요, 미나리 먹으려고 홍어를 먹어요." 홍어무침에 미나리를 투하하는 장면이 이어졌다. 그렇게 미나리와 함께 무친 홍어무침 옆에는 미나리가 잔뜩 쌓여 있었고, 급기야는 소주를 따는 장면이!

미나리와 소주가 나오는 시집을 펼쳤다. 시의 제목은 「미나리꽝 키우는 시인」. 김승희 시인의 시집 『도미는 도마 위에서』에 나오는 시다. 그런데 기억과 달리 소주는 없었다. 술은 있는데 소주는 아니었다. 약간만 인용해 본다. "미나리쾅은 차가운 물속에 있고/ 얼음 속에서 맨손으로 일을 하니까/ 팔 어깨가 다 녹는다고 한다/ 술에 취해야만 일할 수 있다/ 술이건 무엇에든 취해서 추운 물속에서 미나리를 키운다." 술에 취해야만 일할 수 있다는 구절을 보고 당연히 소주라고 생각했던 것 같다.

시를 다시 보니 더더욱 이 술은 소주일 수밖에 없겠다는 생각이 들었다. 얼음 속에서 맨손으로 일하는 사람들을 녹여 주고, 팔도 주물러 주고, 또 취하게 할 술로 소주만 한 게 있을까 싶어서. 그리고 소주는 독하고도 맑으니까, 쓰면서 또 달콤하니까. 미나리와 딱이다. 이 푸릇푸릇한 미나리가 먹고 싶어졌고, 그러기 위해서는 홍어도 있어야 했다. 미나리 먹으려고 홍어를 먹는다는 그 말에 꽂혀 버렸다.

참을 수 없었다. 난생처음으로 홍어를 주문했다. 미나리를 먹겠다고, 소주를 먹겠다고 말이다. 홍어무침을 만드는데 어린 시절의 기억이 떠올랐다. 꽤나 많은 잔칫집에 따라다녔다. 요즘 말로 하면 '프로 참석러'라고 해야 할까. 내가 초대받은 적은 없으나 할머니를 따라서 갔었다. 친척 어른의 생신, 집들이, 승진 축하연, 회갑연, 고희연, 산수연, 결혼식 등등. 못 보던 사람들과 못 보던 음식들로 가득 찬 분위기를 나는 제법 즐겼다.

당시의 내가 잔칫상에 등장하길 기대했던 음식이 홍어

무침이었다. 누구에게도 말한 적은 없다. 은밀한 기대였다. 절여서 식감이 달라진 무와 오이, 알싸한 도라지 사이에 숨어 있던 홍어의 맛은 그때까지 내가 겪어 보지 못한 그 무엇이었다. 하지만 뭔가가 부족했다. 소주였다. 홍어무침은 밥반찬보다는 소주 안주로 적합한 음식이라는 걸 직감으로 알 수 있었다. 홍어무침에 소주를 먹는 어른들, "크으" 소리를 내며 고개를 흔드는 어른들을 구경하며 내가 소주를 먹게 되려면 얼마의 세월이 흘러야 할지 헤아려 보았던 게 엊그제 같은데….

그들을 생각하며 홍어를 무쳤다. 홍어무침에 소주를 먹던 어른들과 미나리꽝에서 일하는 사람들과 또 소주의 맛을 궁금해하던 어린 시절의 나를 생각하며. 제대로 차오른 미나리욕慾을 해소하기 위해 누군가는 이런 일을 벌이기도 하는 것이다.

소주에, 미나리가 가득한 홍어무침을 먹고 이 글을 쓴다.

만수르 빌딩의 바텐더

깜짝 놀랄 정도로 잘생긴 남자가 바텐더인 술집에 간 적이 있다. '잘생김'에도 여러 종류가 있겠지만 그의 미모는 흔히 볼 수 있는 게 아니었다. 그의 얼굴이 그를 온전한 바텐더로 존재할 수 없게 한달까. 소위 '만수르 빌딩'이라고 불리는 꽤나 화려한 빌딩에 있는, 화려한 바였는데도 그랬다. 그는 조명의 덕도 보았겠지만 거기와 어울리지 않았다. 그곳을 초과한다는 느낌.

30년도 더 된 〈칵테일〉이라는 영화에는 바텐더인 톰 크루즈가 그의 외모로 뉴욕의 술집을 평정해 버리는 이야기가 나오긴 하지만 만수르 빌딩의 그는 잘못된 장소에 있는 사람

처럼 보였다. 믹솔로지가 아니라 얼굴로 돈을 벌어야 하는 사람이라는 느낌을 받았다. 그의 외모가 아마추어의 것이 아니어서 그랬다. 지향도 그래 보였다. 번 돈의 절반 이상을 운동과 얼굴과 패션에 투자하는 사람이라는 느낌? 나는 그가 외모라는 종교를 위해 수행하는 신실한 수도승 같다고 느꼈다.

당시의 나는 몸을 직업적으로 가꾸는 사람들에게 관심이 있어서 바로 알 수 있었다. 주 6회 요가를 하던 시절이었다. 개인 레슨도 받아서 요가 선생님과 이런저런 이야기를 많이도 했었는데, 가장 인상적인 것은 선생님이 특별 레슨을 하러 다니는 곳 중에 검도장이 있다는 이야기였다. 새벽 5시 여의도 증권가의 트레이더들에게 한다는 수업보다 검도장에서의 요가 수업이 더 흥미로웠다.

검도장에서 요가를 한다고요? 아니 왜…? 검도장의 원장이 깨인 사람이라서 그렇다고 했다. 그런 운동 — 그런 운동이 무엇인지는 잘 모르겠지만 — 을 하다 보면 근육이 경직되는데 요가를 하면서 살살 풀어 준다는 것이었다. 그렇게 에너지의 방향을 다른 쪽으로 돌려줘야 한다고. 죽도를 휘두르던 사람들(주로 유소년 남자아이)은 처음에는 어색해하다 요가의 효용을 깨닫고는 선생님의 어느 회원들보다도 열중하고 있다는 이야기였다.

바텐더는 그런 식으로 몸을 가꾸는 사람으로 보였다. 웨이트를 하고, 요가나 발레 같은 잔근육을 발달시키는 운동을 더 해서 '몸을 일단 늘렸다가 다시 정교하게 다듬는' 일을 매일 하는 것 같았다. 물론 식단도 조절하고, 단백질 파우더도 먹고 말이다. 그렇게 그는 자신의 몸을 신전神殿으로 만들기 위해 애쓰다가 몸에 투자할 돈을 벌기 위해 그 화려한 바로 출근한 것이라고 느꼈다. 그러니 술집의 기운과 잘 어울리지 않았을 수밖에. 술집은 하다못해 단추라도 하나 풀고, 신발 끈도 느슨하게 풀고, 그러니까 마음을 풀고 가야 하는 곳이기 때문이다.

　　당시 나는 명동의 한 호텔에서 두 달째 투숙 중이었다. 명동에 있는 한 호텔에서는 소설가들의 집필 공간으로 방을 제공하는데, 그때는 내가 운 좋게 묵게 되었다. 그 프로그램 이름이 '소설가의 방'이었다. 호텔에서는 아침과 점심과 저녁을 모두 주는데, 아침은 뷔페 스타일이었고 점심과 저녁은 호텔의 직원 식당을 이용하게 해 줬다. 나는 간단하게 아침을 먹고 명동 한복판을 가로질러 을지로로 출근했다. 오전 7시의 명동 거리는 깨끗했고, 한산했다. 을지로에 있는 한 대기업 사옥에는 당시 내가 작업장으로 삼은 스타벅스가 있었다.

　　내가 작업장으로 고르는 기준이 있다. 신경 쓰는 단 한

가지라고 봐도 무방한데, 이거다. 나른하지 않을 것. 신경을 조이며 사는 사람들이 모여 있는 공간에는 어떤 기운이 있다. 오늘 하루를 어떻게 살뜰히 살아 볼까 하는 팽팽한 긴장감 말이다. 그 기운에 떠밀려 나도 뭐라도 하게 되는 것이다. 그래서 베드타운에 있는 스타벅스보다는 긴장의 밀도가 높은 오피스타운의 스타벅스를 선호한다.

그런 곳에 세 시간 동안 앉아 있었다. 그러면 뭐라도 하게 되어 있다. 그 기운에 나도 모르게 두둥실 떠밀리는 것이다. 그래서 나는 매일같이 오전에는 을지로의 스타벅스에 앉아 있었다. 그러다 11시가 되기 전 나와, 다시 명동 거리를 가로질러 조기 퇴근(?)을 하면 그렇게 좋을 수가 없었다. 이로써 오늘 내가 할 일을 다 했으니 남은 시간 동안 자유였다. 독서와 산책을 하고, 가끔은 사람들을 만났다. 그리고 일주일에 한 번쯤은 혼자 술집에 갔다. 걸어 다니며 찍어 둔 술집에 가는 것이다. 8시쯤 되었을 때.

혼자 가도 부담이 없는 바에 주로 갔다. 그 바도 그렇게 가게 되었던 곳 중 하나다. 그날 나는 그에게 무슨 말을 처음으로 할지 상당히 고심했었다. 바텐더의 일 중에 하나가 손님에게 말을 건네는 것이었지만 그보다는 내가 능숙할 것 같았기 때문이다. 나는 자고로 그게 무엇이 되었든 '잘하는 쪽이 하면 된다'는 인생관을 가지고 있다. 분담보다도 잘하는 쪽이 하는 게 효율적이라고 생각한다. 운전이든, 요리든, 청소든.

생각해 보니 나는 그날 누구와도 말한 적이 없는데, 그도 거의 그럴 것 같았다. 그나 나나 자신에게 골몰해 있다가 처음 자기 밖으로 나온 순간이랄까. 결국 내가 한 말은 술을 한 잔 골라 달라는 거였다. 딱 한 잔만 마시고 갈 건데 뭐가 좋을까라고 물었다.

당신이 나처럼 말한다면 바텐더들은 이렇게 되물을 것이다. 진이나 럼, 보드카, 데킬라 중에서 무엇을 좋아하느냐고. 그도 그랬다. 나는 진이라고 했다. 그것도 헨드릭스 진. 술병도 좀 다르게 생긴 데다 술병의 색도 불투명한 검정색인 그 진을 좋아했었다. 다른 진과 맛도 달라서 마시는 방법도 다르다는 이유로 한때 이 술을 마셨다.

일반적인 진토닉은 레몬을 넣지만, 헨드릭스 진토닉은 로즈메리나 오이, 장미를 넣는다. 어떤 바텐더는 로즈메리와 이름 모를 보라색 꽃을 넣어 주기도 했었다. 그날의 그도 물었다. 오이와 장미 중에서 어느 쪽을 고를지. 나는 더 잘하는 걸 해 달라고 했다.

그가 제일 먼저 한 일은 오이의 껍질을 필러로 벗기는 것이었다. 다음에는 사시미 칼 같은 걸로 오이의 속살을 길게 포로 떴다. 그는 손을 다시 한 번 씻더니, 오이 포를 자신의 손바닥에 올려놓은 채 다른 손으로 오이를 타격했다. 퍽, 퍽 소리가 나게 연속적으로 말이다. 오이의 청량하고도 비릿한 냄새가 에어컨 바람을 타고 밀려왔다. 그 오이는 곧 롱 드링크 잔의 벽면에 붙여져 헨드릭스 진토닉과 함께 내 앞에 놓였다.

이렇게 말해 버렸다. "오디션이 잘되었으면 좋겠네요" 라고. 그는 환하게 웃었다. 그러고는 어떻게 알았느냐고 물었다. 나는 아마 "그러게요"라고 했을 것이다. 바텐더의 이름이 적힌 명함을 받아 왔는데 사라져 버렸다. 바에도 다시 가지 못했다. 만수르 빌딩은 있지만 그 화려한 바도 사라져 버렸다.

이제 이름도 기억나지 않는 그는 지금 텔레비전이나 스크린에 나오고 있을 것이라고 생각한다. 그는 그럴 사람으로 보였으니까. 어쩐지 그렇게 믿고 싶다.

하이네켄은 집어치워라

셧다운 시절의 베를린을 다녀온 H로부터 재미있는 이야기를 들었다. 요즘의 독일 맥주는 별거 없다는 말이었다. 차라리 한국 맥주가 낫다고. 그분은 사람을 만날 수 없는 봉쇄된 도시에서 책을 보거나 베를린 서쪽의 드넓은 녹지인 그뤼네발트만 걷다 왔다고 말씀하셨다. 독일 맥주에는 별다른 감흥이 없었다면서.

이유도 함께 분석해 주셨는데, "디맨드가 딱히 없어서"라고 하셨다. 듣자마자 무슨 말인지 감이 왔다. 그래서 "아아" 하고는 이렇게 맞장구를 쳤다. "하긴 거기는 맥주보다 물이 비싸니까요."

무슨 말인가 하면, 독일은 맥주가 정말 흔하다. 그리고 싸다. 물보다 싸다. 물이 맥주보다 비싸다고 해야 할지 모르겠지만. 싼 가격에 다양한 양질의 맥주를 마실 수 있다. 오랫동안 그래 왔을 테고, 그러니 맥주에는 얼마 이상 지불할 수 없다는 심리상의 마지노선이 옹벽처럼 형성되었을 거다. 한 병에 3만 원 하는 와인은 사도 한 병에 5천 원 하는 맥주는 살 수 없다든가 하는.

베를린에 3개월 머문 적이 있다. 독일에 다녀왔다는 이야기를 하면 한결같이 "맥주 많이 마셨겠네?"라는 질문이 돌아왔는데, 그렇지 않았다고 이제야 말씀드린다. 그때만 해도 맥주를 좋아하지 않았다. 또 너무 흔해서 오히려 마시고 싶지 않았다. 차라리 술이 불법인 국가에 갔더라면 그보다 더 마셨을 것 같다. 흔하면 귀한 줄 모르게 된다. 그래서 음식을 주문하며 음료를 시킬 때 나는 맥주보다는 물이나 진저에일을 시켰다.

그럴 때 이렇게 말하는 사람이 있었다. "맥주가 제일 싼데"라고. 그러고는 맥주가 음료 중에 제일 싸므로 맥주를 시킨다고 말했다. 반은 농담이겠지만, 반은 진지한 말로 들렸다. 그때의 베를린은 월세가 폭등하기 전이었지만 도시 생활자에게 생활비란 늘 빠듯하고, 손쉽게 아낄 수 있는 게 식비니까. '음식 하나에 음료 하나'를 시키는 게 그곳의 불문율이었기에, 맥주를 마시고 싶지 않아도 일단 맥주가 가장 싸니까 시키는 사람도 있었다. 독일에서의 맥주란 그런 것이었다. 자긍심의 원천이기도 하지만 가장 싸게 마실 수 있는 음료랄까.

이렇게 한참 이야기를 하고 나서 우리는 맥주를 마셨다. H는 요즘 핸드앤몰트라는 맥주가 괜찮다며 주문했다. 튤립 모양의 전용 잔에 맥주가 나왔다. 'The Hand and Malt'라는 글자가 금박으로 장식된 잔에. 맥주는 라거 특유의 황금색도 아니고 바이젠의 불투명한 살구색도 아니었다. 다른 스타일의 맥주였다. 호박색이라고 해야 할까? 버번위스키 색과도 비슷해 보였는데, 거품은 바이젠만큼이나 풍성했다.

벌써 한참 전이라 어떤 맛이었는지 선명하지 않다. '몰트'라는 이름이 붙어서인지 홉의 쓴맛은 별로 느끼지 못했고 보리 맛이 강했다는 정도? 아주 맛있고, 시원했다는 것 정도? 맥주와 독일에 대한 이야기로 한껏 고조되었던 '맥주욕'에 부합하는 맥주였다는 것만은 분명하다. 강렬한 첫 잔이었다.

식전주이기도 했다. 안주를 기다리며 이 맥주를 마셨다. 맥주를 식전주로 먹어 본 적은 많아도 이런 맥주는 처음이었다. 맥주를 마시지만 맥주가 아닌 다른 무엇을 마신다는 생각을 했다. 그러니 각별할 수밖에. 그래서 더 어떻다고 표현할 수 없는 건지도 모르겠다. 좋았던 순간에는 흠뻑 젖어 있기 때문에 세세한 정황을 떠올리기에는 아무래도 어려운 면이 있다.

핸드앤몰트는 한국에서 만드는 맥주였다. H가 요즘 한국 맥주가 맛있다고 하긴 했지만 이 맥주가 한국 맥주인 줄은 몰랐다. 남양주에 브루어리가 있고, 브루어리 투어도 하고 있었다. 홉과 몰트 같은 원재료를 보여 주고, 맥주의 양조 과정을 설명해 주고, 내가 마셨던 튤립 잔에 다섯 종의 맥주를 시음하는 코스였다. 요즘도 하고 있는지는 모르겠으나 다녀온 분들의 후기를 보니 가고 싶다는 생각이 들었다.

이런 맥주를 크래프트 비어라고 한다. 크래프트craft는 '장인匠人이 하는 작업'이라는 뜻이지만 크래프트 비어가 장인이 만드는 맥주는 아니다. '거대' 자본을 가지고 '운용'하는 회사가 아닌 '소규모'의 맥주 양조장을 크래프트 브루어리라고 하고, 거기서 만들어지는 맥주를 크래프트 비어라고 한다고, 나는 이해하고 있다(여기까지 쓰다가 오비가 핸드앤몰트를 인수했다는 걸 알게 되었는데, 그저 맛이 유지되길 바랄 뿐이다).

맥주를 좋아하지 않는다고 말할 수 없게 된 게 그 무렵인 것 같다. 크래프트 비어를 한 병씩 사고 하나씩 알아갈 무렵. 세상에 이렇게나 다양한 맥주가 있다는 걸 알게 되면서 맥주를 좋아하게 되었다. 이런 맥주를 모아 놓은 매장에 서서 다양한 국적과 생소한 이름의 맥주를 보고 있으면 말할 수 없이 부풀어 오른다. 마치 오프라인 서점의 매대에 서서 어떤 책을 살지 고민하는 순간처럼 말이다.

그러고 보니 베를린에서 지낼 때 내가 마셨던 맥주란 한국에서 마셨던 것과 다를 바가 없었다. 라거보다 바이젠을 좋아하니 바이젠을 마셨고, 맛있는 라거가 많으니 라거를 또 마셨고, 레몬을 섞고 도수가 약한 맥주인 라들러를 마셨는데, 본질적으로 다른 맥주를 접한 건 아니었다. 대기업 맥주를 마셨다. 한국에 들어오지 않은 대기업 맥주를 마셨을 뿐.

크래프트 비어를 마시면 마실수록 이건 정말 미국적이라는 생각이 든다. 쓴맛이 강조된 맥주, 신맛이 나는 맥주, 체리 맛 맥주, 도수가 높은 맥주, 땅콩버터 맛이 나는 맥주, 커피 맛이 나는 맥주, 매운맛이 나는 맥주 등등 다 나열할 수 없을 정도로 다양한 맛이 있다. 자본주의의 용광로에서 실시간으로 벌어지는 다양성과 혼합과 변용의 각축장이랄까?

미국 영화감독인 데이비드 린치가 만든 1980년대 영화 〈블루 벨벳〉에 나오는 크래프트 비어 이야기를 하고 싶다. 하이네켄은 집어치우고 팹스트 블루 리본을 가져오라고 명령하는 특이한 악당이 나온다. 팹스트 블루 리본은 맥주 이름이다. 그러니까 원하는 맥주의 이름을 콕 집어 말한 거다.

그 덕에 비실비실했던 팹스트 블루 리본은 뜨기 시작한다. 그리고 힙스터 문화의 아이콘 같은 게 되었다나? 언젠가 브랜드 마케팅을 다룬 책에서 본 내용인데, 이 글을 쓰다가 생각이 났다.

'음, 이게 〈블루 벨벳〉의 그 맥주로군'이라며 맥주를 마셨었다. 마시면서 확실히 뜬 게 맞긴 맞구나,라고 생각했다. 그러니 미국이 아닌 한국에서도 이 맥주를 마실 수 있는 게 아닌가. 팹스트 블루 리본을 마시며 이 맥주의 어떤 점이 〈블루 벨벳〉의 맥주가 되게 했는지 궁금했다. 흰색 배경에 파란색 리본이 멋스럽고, 대각선으로 가로지르는 빨간색 선이 경쾌하긴 하지만 말이다.

그래, 맥주는 경쾌해. 날아오르는 느낌! 크래프트 비어가 특히 경쾌한 것 같다. 탄산이든 거품이든 그것들이 만들어 내는 톡톡 튀는 질감이든 말이다. 그러니 거부할 수 없을 수밖에.

뚜또 베네? 람브루스코!

람브루스코라고 아시는지. 레드 와인인데 스파클링 와인이다. 그리고 이름에서 알 수 있듯 이탈리아 와인이다. 샴페인은 대개 드라이한 편이지만 람브루스코는 좀 달다. 그런데 터진다. 미국에서는 이 술을 코카콜라에 비유한다는 소리를 들었다. '코카콜라 이탈리아니'라고 불린다고.

힘 있게 팍 터지는 람브루스코의 기포를 그리워하며 찾아다녔다. 봄이라 생각하니 그랬다. 아직 화이트 와인을 마시기에는 이르고, 이제는 좀 레드 와인이 아닌 다른 걸 먹고 싶어서. 꽃망울이 팍 하고 터지는 걸 못 보니 와인이라도 팍 터졌으면 좋겠다고 생각한 걸까.

이맘때면 생각나는 슬픈 추억(?)을 말해야겠다. 10년도 더 된 일 같은데, 소박한 계획을 세운 적이 있다. 혼자 차를 몰고 국내를 돌려고 했다. 전국 일주 같은 건 아니고 남해로 내려가 다시 위로 올라오는 아주 느슨한 일정이었다. 일단 남해로 가는 이유는 가장 먼저 꽃이 피는 데가 남해였기 때문이다. 여수 향일암에서 동백을 보고, 순천에서 매화를, 보성 차밭을 들렀다 강진과 해남에 가서 또 꽃을 보고 그렇게 꽃의 개화 시기에 맞춰 꽃과 함께 북상하겠다는 계획이었다.

결론부터 말하자면, 땅끝으로 내려가기도 전에 올라왔다. 차를 가지고 다닌다고 해도 여자 혼자 하는 여행은 좀 그랬다. 음식 1인분은 잘 팔지도 않고, 수상한 눈빛으로 쳐다보는 게 신경 쓰였고, 액셀러레이터를 밟다 다리에 쥐가 나는 줄 알았다. 지금은 어떨지 모르겠는데 그때는 그랬다. 내가 기대했던 것은 동네가 바뀔 때마다 공기가 바뀌고 스카이라인이 바뀌고 꽃이 바뀌는 풍광이었는데⋯ 고요한 감격 속에서 혼자 술을 마시려고 했었는데⋯ 감격은커녕 술 한 잔 마시지 못하고 사흘 만에 올라와 버렸다. 꽃도 당연히 못 봤고.

4년 전, 이탈리아에서 그때 느끼지 못한 걸 느꼈다. 한 달 동안 이탈리아에 있으면서 5일 정도씩 한 도시에서 머물렀는데, 아찔했다. 기차를 타고 한두 시간 이동했을 뿐인데 정서가 완벽하게 달라져서. 로마가 위치한 라치오주에서 시작해 움브리아를 거쳐 토스카나, 에밀리아로마냐, 피에몬테로 올라가게 되었는데 어쩌면 그렇게 다른지 웃음이 났다. 동네가 바뀔 때마다 풍경이 바뀌었고, 음식과 술도 달라졌다. 로마에서 시작해 기차를 타고 북상해 밀라노에서 끝내는 일정을 짤 때는 몰랐다. 그렇게까지 스펙터클할지.

건물 색은 물론 사람들의 옷차림, 상점가를 이루는 업종의 비율이 달랐고, 무엇보다 음식과 술이 달랐다. 여기서 술은 와인이다. 이탈리아는 전 세계에서 가장 많은 포도 품종으로 와인을 주조하는 나라고, 지역마다 재배하는 품종도 다르다. 그리고 이 나라에서 와인은 술이 아니라 음식의 일부로 봐야 한다. 그런 느낌 아시는지? 음식만 먹으면 무언가 부족한 느낌인데 술과 함께 마시면 완벽해지는…. 이탈리아에서의 한 달은 온통 그런 순간의 연속이었다.

토스카나에서는 토스카나 와인을, 피에몬테에서는 피에몬테 와인을 마시며 재미있다고 생각했다. 토스카나에서는 거의 토스카나 와인만을, 피에몬테에서는 거의 피에몬테 와인만을 파는 데가 이탈리아였기 때문이다. 볼로냐 서점에서의 일화도 있다. 이탈리아 요리책을 달라고 했더니 점원은 경직된 얼굴로 이탈리아 요리책이 없다고 했다. 응? 당황한 얼굴로 봤더니 하시는 말씀이 이탈리아 요리책은 없지만 볼로냐 요리책은 있단다. 그때 확실히 알았다. 볼로냐는 이탈리아가 아니라 그냥 볼로냐구나! 로마도 그저 로마, 피렌체도 그저 피렌체인 것처럼. 말로만 듣던 도시 국가의 흔적인가 싶었다. 그토록 강한 지역색이라니. 동네가 바뀐 게 아니라 나라와 문화권이 바뀐다는 느낌이 든 것은 그래서였다.

지난주의 나는 봄의 이탈리아를 그리워하며 람브루스코를 찾아다녔다. 와인 가게의 점원들은 람브루스코를 무시하는 듯했다. "람브루스코는…"이라며 이탈리아 와인은 바롤로나 아마로네 같은 고급 품종만 취급한다는 식으로 말했다. 이해가 되기도 한다. 람브루스코는 애매한 술이다. 고급 와인도 아니고 그렇다고 대중적이지도 않다. 판매자 입장에서 탐탁지 않아 할 법도 하다. 이탈리아에서 람브루스코를 마셔 보지 못했다면 나도 이렇게 찾아다니진 않았을 것이다.

볼로냐에서였다. 머물던 집 앞에 엄청난 식당이 있었다. 우연히 갔는데 무엇을 시켜도 맛있었고, 맛있음의 정도가 그냥 동네 식당의 클래스가 아닌 집이었다. 나는 이 식당 때문에 맛집을 찾겠다는 의욕을 상실했다. 이곳의 음식을 다 먹고 싶다는 조바심만 가득했다. 식당의 매니저는 내가 글라스 와인을 시키면 와인 잔에 술을 가득 부어 주며 "부오나 세라"라거나 "뚜또 베네"라고 했다. 이분을 M이라고 하자.

프랜시스 코폴라의 〈대부〉에 중간 보스로 출연해도 될

만큼 다크 포스가 있는 분이 M이었다. 이분의 입에서 나오는 이탈리아어는 강렬했다. 잔에 와인을 콸콸 따르며 M은 말했다. "람브루스코." 듣자마자 매혹되었다. 부드럽게 시작하지만 이내 목을 긁을 정도로 떨리게 발음하는, 거의 비브라토였으니 그럴 수밖에.

'부오나 세라Buona sera'나 '뚜또 베네Tutto bene' 같은 인사말인 줄 알았는데 아니었다. 기묘한 인사말인 줄 알았던 '람브루스코Lambrusco'는 볼로냐 지방이 속한 에밀리아로마냐의 특산품인 와인이었다. 레드인데 스파클링인 와인. 그래서 잔에 따를 때는 넘칠 것 같지만 이내 거품이 사그라드는 와인. M은 거품이 잦아들길 기다렸다 다시 따르기를 반복하며 잔에 람브루스코를 가득 채워 주는 호탕한 분이셨다.

람브루스코를 구하지 못한 나는 뭐라도 해야겠어서 파바로티를 들었다. 루치아노 파바로티 말이다. 정확히 말하자면 파바로티가 부르는 오페라 아리아를 모아 둔 DVD였다. 어쩐지 파바로티의 비브라토를 들으면, 오밀조밀한 그 입 모양을 보면 람브루스코를 마시는 느낌이 들 것 같아서였다.

언제 들어도 활달하고 유쾌한 파바로티를 듣다가 깜짝 놀랐다. 그가 모데나 사람이라는 게 떠올랐던 것이다. 모데나도 에밀리아로마냐의 일부고, 그는 전 세계로 순회 공연을 다니면서도 모데나 음식을 싸 가지고 다닌 걸로 유명하다. 토르텔리니와 파르미지아노 레지아노 치즈와 프로슈토를 왕창 비행기에 싣고 다녔다. 그러니까 만두와 치즈와 햄을 말이다.

그가 분명 이것들을 람브루스코와 먹었을 거라는 생각이 들었다. 모데나 음식을 사랑하는 모데나의 아들인 파바로티가 모데나 음식을 먹으면서 그쪽 와인을 마시지 않는다는 건 모데나 사람으로서 말이 안 되지 않나 싶어서. 파바로티의 입을 보면 "람브루스코, 람브루스코"라고 노래하는 것 같았다.

3시와 5시 사이의 술

3시에서 5시 사이의 시간을 좋아한다. 이 시간을 부르는 말이 있다면 좋겠다. '개와 늑대의 시간' 같은 거 말이다. 해가 지기 시작해 개인지 늑대인지 구분이 안 된다 해서 개와 늑대의 시간이라고 하는데, 3시에서 5시 사이는 뭐라고 해야 하는지 모르겠다.

점심 장사를 마치고 저녁을 준비하기 위해 가게가 닫혀 있는 시간. 일반적으로는 '브레이크 타임'이라고 하는 시간. 나는 이때 초조해진다. 가게 주인의 입장에서는 잠시 쉬거나 준비하는 시간이지만 내 입장에서는 가게에 들어갈 수 없는 시간이기 때문이다.

이 시간에 길을 걷는 걸 좋아한다. 가게는 닫혀 있고, 거리의 볼륨도 줄어들어 있다. 식당에서 머리에 두건을 쓰고 일하는 분들이 층계참에 앉아 전화를 하기도 하고, 길고 양이도 브레이크 타임이란 시간대를 이해하는지 더 나른하게 몸을 늘인다. 거리가 반쯤 잠들어 있는 듯한 시간이다. 어슬렁대다가 문이 열린 가게를 발견하기도 한다. 무슨 이유에선가 열어 둔 가게를 말이다. 또 4시에 문을 여는 가게가 있기도 하다. 이런 데 들어가서 첫 잔을 마시면 그렇게나 좋다.

식전주의 시간이다. 밥을 먹기 전에 마시는 술. 안주와 함께 먹지 않는 술. 술만으로 온전한 술. 이게 식전주다. 3시와 5시 사이는 식전주의 시간이기도 한 것이다. 이 시간에 마시는 식전주를 꽤나 좋아한다. 술은 다 각각의 매력이 있고, 슬플 때도 기쁠 때도 지루할 때도 피곤할 때도 좋지만, 식전주의 시간에 마시는 술도 좋다. 주로 맥주이지만 가끔은 아페리티프를 마신다.

아페리티프apéritif가 바로 식전주다. 아페리티프인지 아페티리프인지 여전히 헷갈리지만, 나는 이 단어도 좋아한다. '열다'라는 뜻을 품고 있는 단어답게 '아페리티프'를 발음하면 마시기도 전에 뭔가가 열리는 듯한 기분이 들어서. 그리고 아페리티프를 마시면 정말 열린다.

마음이 막 들뜬다. 이 술을 다 마시고 나서 어떤 술을 본격적으로 마실지, 또 어떤 음식과 먹을지 생각하게 된다. 식전주를 마시지 않아도 오늘의 안주와 오늘의 술에 대해 생각하지만 식전주를 마시면 좀 더 열렬해진다고나 할까. 없던 열정도 솟아나는 걸 느끼며 식전주의 위력에 놀란다. 가볍고, 청량하고, 산뜻한 이 술에 이런 힘이 있었나 싶다.

식전주에 눈뜬 것은 이탈리아에서였다. 한 달 동안 이탈리아에서 지낼 때 식전주에 대한 회로의 어딘가가 열렸다. 그전에 파리나 베를린에서 지낼 때 식전주의 세계에 발을 들이기는 했지만 상당히 어정쩡했다. 마셔 보기는 했지만 식전주가, 또 식후주가 와인이나 맥주와 어떻게 다른지 몰랐다. 그도 그럴 것이 상당한 시간을 반주의 세계에서 보냈던 것이다. 술만 먹지 않고 늘 음식과 함께 먹었다. 부대찌개에는 소주를, 복지리에는 화랑을, 과메기에는 막걸리를 더하는 식이었다. 그런데 술만 마시라니… 술부터 마시라니….

처음 마신 것은 파리에서였다. 음식 메뉴보다 훨씬 두꺼운 술 메뉴를 받고 당황했었다. 와인과 맥주만 해도 몇 페이지가 넘었는데, 식전주와 식후주가 따로 있었다. '일단 식전주를 한 잔 마시고, 다른 술을 본격적으로 마시다가, 마지막에는 식후주를 마시는 건가?' '팁을 주는 것처럼 이렇게 마시는 게 이 나라의 불문율인가?' 싶었는데 물어볼 데가 없었다. 나는 저지르는 타입이 아니라서 뭔지도 모르는데 시키기도 뭐했다. 몇 주를 술 메뉴를 보기만 하다가 주문했던 게 키르Kir였다.

키르가 뭔지 알아서 그랬던 건 아니다. 키르와 키르 로열이 위아래로 있었는데, 키르 로열을 시키고 싶었지만 비싸서 키르를 시켰다. 10년도 더 된 일이라 기억이 확실하지 않지만 키르와 키르 로열은 4유로 차이가 났다. 키르 로열에서 무언가를 뺀 게 키르일 테니 그럭저럭 괜찮지 않을까 싶었다. 그런데 별로였다. 달고 썼다. 단맛을 좋아하지 않는 건 아니다. 단지 그 단맛은 부적절했다. 단맛에도 여러 종류가 있는데 그리 유쾌하지 않은 진득한 단맛이 쓴맛을 뚫고 입에 남았던 것이다.

그랬다가 몇 년 전 이탈리아에서 아페롤 스프리츠를 마시게 되었다. 밀라노의 두오모 근처에 머무를 때였다. 그날 우리는 20분 정도 트램을 타고 옆 동네에 갔다. 당시 머물던 집의 주인이 만들어 둔 리스트에 있는 식당 중 하나였다. 집 주인은 예사 사람이 아니었다. 도착하자마자 옥상 정원에서 키우는 두 마리의 거북을 소개시키며 그들의 성격에 대해 이야기했고, 추천하는 식당은 이렇게 나눠서 알려 줬다. '로마 요리', '전통 요리', '시칠리아 요리', '가볍게 먹을 수 있는 요리', 그리고 '세련된 요리'.

가운데 운하를 두고 좌우로 식당 거리가 펼쳐지던 동네였다. 원래는 야외에 앉으려고 했는데 주인이 우리 식당은 안이 더 좋다며 실내를 보여 줬고, 우리는 바로 납득했다. 야외에 앉으려고 했던 것은 운하를 사이에 두고 노천에 앉아서 식전주를 마시고 있는 이들의 기운에 휘말렸기 때문이었다. 앉고 싶었던 야외보다 누가 봐도 상석인, 서로 기대어 술을 마시는 연인들과 나무들과 운하가 보이는 창가에 앉아서 아페롤 스프리츠를 마셨다. 그날의 밀라노 사람들은 모두 아페롤 스프리츠를 마시고 있었다. 적어도 내 눈에는 그렇게 보였다. 그래서 메뉴판을 펼치기도 전에 아페롤 스프리츠를 달라고 했다. 5시가 될 무렵이었다.

그날 투명한 오렌지빛의 이 음료를 마시고 나서 뭔가가 바뀌었다. 전에도 아페롤 스프리츠를 먹은 적이 있었지만 그날 마셨던 아페롤 스프리츠는 처음 마시는 술 같았다. 신선했다. 세상에 이렇게 달면서 쓰고, 맑으면서 톡 쏘는, 산뜻한 술이 있나 싶었다. 마지막에 술잔 바닥의 오렌지를 건져 먹으며 식전주의 세계에 제대로 입문했다. 내일 또 아페롤 스프리츠를 마셔야지 하면서 잠들었고, 일어나서 아페롤 스프리츠를 마셨다. 집으로 돌아오기 전까지 매일 이 '아페롤 루틴'을 반복했다.

그렇게 식전주라는 장르에 스며들었다. 키르도 알고 보면 상당히 괜찮지 않을까 싶다. 키르가 문제가 아니라 내가 문제가 아니었나 하는 생각도 든다.

내가 생각하기에 식전주란 딱 한 잔을 마시는 것이다. 양이 많지 않아야 하고, 그래서 배가 부르지 않아야 한다. 아름답기까지 하다면 더 좋다. 맛은 달지 않아야 한다. 드라이하거나 쌉쌀하면서 산미가 있는 술이라야 한다. 마시면 발끝이 가벼워져야 한다.

그리고 절대 취하지 않아야 한다. 아직 5시니까.

그리스식 와인은 이렇습니다

와인이 맛이 없었다. 물 탄 맛이라고 해야 할까. 상세르는 다 맛있는 줄 알았는데. 아니었다. 간만에 밖에서 마신 비싼 와인이었는데.

식당에서 나오며 Q는 말했다. "그리스식이었어. 나는 바르바로이식이 좋은데." 우리는 깔깔거리며 웃었는데, 그 말이 와인에 물을 탄 것 같다는 말이었기 때문이다. 그렇다. 고대 그리스에서는 와인에 물을 타서 마셨다.

와인은 밋밋했고, 또 밋밋했다. 술에 물 탄 듯 물에 술 탄 듯한 맛이었달까. 화이트 와인을 마시겠다는 사람이 기대하기 마련인 쨍한 산미도 없었고 청명한 하늘과 온화한 대기가 와락 달려드는 한낮의 풍요로움도 없었다. 그러니 포르르 날아올라 정신을 고양시키기는커녕 날갯짓조차 하지 못했다. 그저 바닥에서 파닥대다 말았다.

와인을 마실 때는 와인의 정취가 있고, 맥주를 마실 때는 맥주의 정취가 있다고 생각한다. 왜 맥주를 마시면 한없이 명랑 쾌활해지고, 와인을 마시면 말을 줄이게 되고 감각이 깨어나는 느낌이 들까? 어째서 그런지 모르겠지만 와인은 그래서 그저 술이라는 생각이 들지 않는다.

생각을 하게 하고, 느끼게 하고, 쓰게 하고, 읽게 한다. 와인은 참으로 신기한 물질이라고 생각하는데 고대 그리스인들도 그렇게 생각했던 것 같다. 와인에 취해 와인을 즐기는 그들의 모습이 되풀이해 묘사되는 것을 보면 말이다.

특히 호메로스가 쓴 『오뒷세이아』에는 신과 인간이 와인을 마시는 장면이 계속해서 나오는데, 모두 와인에 물을 타 먹는다. 취향의 문제도 아니고, 특정 계급만 그러는 것도 아니고, 일시적 유행도 아니다. 그게 시대의 불문율이었다. 고대 그리스에서는 말이다. 그러느라 『오뒷세이아』의 와인을 마시는 장면에서 늘 등장하는 게 있으니, '희석용 동이'다. 그쪽 말로는 '크라테르'. 그 안에 와인과 물을 넣고 섞어야 하기 때문이다.

책의 역자인 천병희 선생은 와인과 물의 비율이 1:3이었

47

다고 각주를 달아 두었다. 하이볼을 탈 때 위스키와 토닉워터의 비율과 같다. 그랬던 것이 고대 그리스 후기에는 물이 2, 와인 3의 비율로 바뀐다. 『오뒷세이아』에서 이 장면을 보고 나는 술 계량컵인 지거로 정확한 비율을 재서 와인에 물을 타서 마셔 보았다.

이런 장면이 나오면 다 해 봐야 직성이 풀리는 성격인데다 술을 좋아하는 이는 따라해 보지 않을 수 없다. 새로 딴 와인은 아니고, 마시고 남은 화이트 와인으로 했다. 따 놓은 걸 잊어서 와인셀러에 방치된 와인이었다. 이렇게 쓰니 와인셀러가 꽤나 클 것 같지만 겨우 여섯 병 들어가는 초소형이다. 몇 달이 지난 거라 버리려다가 '화이트 와인 비니거 아닌가?' 싶어서 맛을 보았는데 괜찮았고, 물을 타 마셔도 나쁘지 않았다. 위스키에 물을 타서 먹는 걸 미즈와리라고 하니 이것도 일종의 미즈와리인 건가 생각하며 마셨다.

하지만 '나쁘지 않았다'고 썼듯이 그저 나쁘지 않았다. 어쩌다 해 볼 만한 일이지 매일 그러고 싶다는 건 아니다. 오래 방치된 와인에나 해 볼 만한 행동이다. 맛있는 와인은 그 자체만으로 완벽하고, 거기에 무언가를 더하거나 빼는 건 안 될 일로 느껴진다. 그러니까 '바르바로이식'으로 마셔야 한다. 섞지 않고 그냥, 스트레이트로 말이다.

바르바로이는 고대 그리스 시대에 이국인을 가리킨 명

칭이다. 이건 점잖게 쓴 거고 '쟤 바르바로이야'라고 하면 '쟤 야만인이야'라는 의미였다. 고대 그리스인들에게는 자기들 문명이 세상의 중심이고, 절대 기준이었으니 그 밖의 것들은 죄다 이상하고 촌스럽고 미개한 것들이었다. 문명의 중심인 자기들 말고는 온통 이단이자 야만이었다.

고대 그리스가 배경인 만화 『히스토리에』에는 바르바로이가 와인을 마시는 장면이 나온다. 그리스에서 지내다 마케도니아로 온 주인공은 와인을 마시다 깜짝 놀라는데, 원액 그대로 마셔서 그렇다. 그리스에서는 늘 물을 타서 마셨으니까. 주인공은 원액 그대로 마시라고 강요하는 대귀족의 말에 어쩔 수 없이 순응하며 속으로 생각한다. '저런 무식한… 그래도 마실 만한데?'

나는 이 장면을 보고 한참이나 웃었다. 스키타이 혈통에 이렇다 할 배경도 없어 그리스에서 야만인이라고 멸시받던 주인공이 마케도니아 대귀족을 야만적이라고 생각하는 장면이기 때문이다. 그에게는 다른 스타일로 와인을 마시는 게 야만적인 것이다. 한없이 고상하고 총명하고 배포 있고, 『오뒷세이아』의 주인공 오뒷세우스만큼이나 인간의 온갖 장점을 갖다 붙인 인물이 그러니 더 웃겼다.

이 만화를 읽고 나서 한동안 와인을 마실 때면 '나 지금 바르바로이식으로 마시고 있군'이라고 생각하며 마셨다. 와인에 물을 섞어 마시는 게 '그리스식'이라고 썼으니 와인을 그대로 마시는 걸 '마케도니아식'이라고 써야 하겠지만 그건 웃기지 않아서 별로다. '바르바로이식'이 웃기고 '야만인 스타일'이 웃기다. 나는 나 스스로를 웃기는 게 좋고, 그러다 부산물로 남도 웃기면 나를 웃기는 것만큼이나 기분이 좋다.

아, 『오뒷세이아』 이야기를 더 해야 한다. 오뒷세우스가 집에 돌아오지 못하는 20년 동안 그의 아내 페넬로페에게 구혼하는 남자들 이야기를. 자그만치 108명. 그들은 오뒷세우스와 페넬로페 집에 시종까지 끌고 와 온통 먹고 마신다. 페넬로페는 가축들을 계속해서 잡아 음식으로 내고, 와인 역시 끊임없이 제공한다. 왜 이렇게까지 잘 먹여야 하나 싶지만 구혼자들은 대개 왕이고, 오뒷세우스도 왕이다. 왕의 집에 온 다른 왕들을 대접해야 할 수밖에 없는 게 왕비인 페넬로페의 입장인 것 같고, 108명의 왕들은 구혼도 구혼이지만 담합해서 그들의 재산을 축내는 게(그러니까 왕권 약화가) 목표인 것 같다.

이 장면을 보면서 페넬로페가 내는 와인이 '그리스식 와인'이어서 얼마나 다행인가 싶었다. 와인을 낼 때는 희석용 동이인 크라테르가 나오고, 구혼자들은 늘 그래 왔듯이 물을 탄 와인을 마신다. 페넬로페와 그녀의 아들 텔레마코스는 축나고 있는 재산을 걱정하는데, 나는 책에 끼어들어 이렇게 말하고 싶은 심정이었다. "얼마나 다행이에요. 지금처럼 원액으로 쭉쭉 마시지 않아서." 그리스식이 아니라 바르바로이식으로 마셨더라면, 오뒷세우스가 돌아오기 전에 그 집은 파산했을 테니 말이다.

그렇다. 그리스식 와인에도 미덕은 있다. 현대인이자 '야만인'인 내게 물을 탄 듯한 그 와인의 맛은 그저 그랬지만, 몇 번이나 잡았다 놓았던 『오뒷세이아』를 다시 읽게 했으니까. 그런데 이 책 왜 이렇게 재밌지? 하긴 고전 중의 고전이지 않나. 호메로스의 말발에 홀딱 빠져 버렸다. 이게 다 그리스식 와인 덕분이다.

너무 많이 마시는 남자

　알렉산드로스 대왕 이야기를 하고 싶었다. 영어식으로
는 알렉산더인 그 남자. 마케도니아 소국의 왕자였다 그리
스 언저리를 넘어 인도까지 통일해 버린 알렉산드로스 대왕
이야기를 말이다.

　그는 대단한 술고래였다. 이전 글에서 마케도니아 이야
기를 조금 하다 말았는데 알렉산드로스가 통일한 땅덩이만
큼이나 광활한 이야기라서 그랬다.

　흥청망청한 술자리에서 태어난 것부터 계시적이다. 그
런 기록이 공식적으로 남아 있는 건 아니고 정황상 그렇다.
부모가 둘 다 술을 즐기는 것 이상이었던 분들이다. 아버지

필리포스는 전쟁 중이 아니라면 금 술잔에 술을 먹었고, 어머니도 술잔치를 벌이는 데 일가견이 있었다. 그러니 알렉산드로스가 술기운과 함께 잉태되었을 뿐만 아니라 술기운과 함께 태어났다고 생각하게 되는 것이다. 부모들이 늘 술을 마시고 있었을 테니 말이다.

환경도 무섭다. 이전 글에서 썼듯이 마케도니아는 일명 '바르바로이'의 나라. 고상한 그리스인들에게 그들이 야만족이라고 불린 것은 술에 물을 타 먹지 않아서만은 아닌 것 같다(그리스인은 와인과 물을 1:3의 비율로 섞어 마셨지만 마케도니아에서는 그냥 원액으로 마셨다). 가슴에 불이 있었고, 터프했다. 폭음과 방종과 무절제, 그게 그 나라의 분위기였던 듯하다.

당시의 와인을 지금의 와인으로 생각하면 안 된다. 증류 기술이 발달하지 못했던 고대에는 돌멩이와 흙과 나뭇가지가 와인에 섞여 있었다고 하는데, 마케도니아 사람들은 개의치 않았다고 한다. 그러거나 말거나. 입에 흙이 들어오거나 말거나.

이런 환경에서 자라면 어떻게 될까? 또 그런 핏줄이라면 어떻게 될까? 더군다나 알렉산드로스라면? 어린 알렉산드로스의 불만은 아버지인 필리포스가 전쟁에서 싸워 이기는 거였다. 마케도니아 왕국이 커지고, 아버지는 대왕으로 불리며 명성을 떨치는 일이 말이다. 본인이 자라서 차지해야 할 위업인데 자꾸 아버지가 자신의 공을 가로채는 느낌이라.

"아버지가 다 하시면 나는 무엇을 할 수 있담? 아버지 정말 너무하시네." 알렉산드로스는 친구들에게 이렇게 투정을 했다고 한다. 아버지가 너무 많은 부와 명성과 제국을 차지하는 게 인생 최대의 불만인 아이라니.

그러니 '아버지에게 질 수 없다, 절대로'가 어린 알렉산드로스의 마음가짐이었을 거라고 생각한다. 아버지가 뭘 잘하는가? 전쟁, 그리고 폭음이다. 아버지의 아들은 아버지 이상이어야 했다. 전쟁과 폭음 모두. 알렉산드로스가 전쟁터에서 얼마나 종횡무진했는지는 다들 아실 테고, 술도 상당히 마셨다.

보나 마나 뻔하다. 마케도니아에서 술이란 전사다움의 상징이었을 것이다. 많이 마실수록 용맹하다고, 피가 끓는 용사다움을 지녔다고 인정받았을 그 나라에서 술을 들이붓지 않는 게 가능한가? 당신이라면 그럴 수 있겠는가? 누구보다도 우월한 게 바로 이 몸이라고 끊임없이 증명해야 하는 게 알렉산드로스의 자리인데?

이런 상황이라면 마셔야 한다. 무조건이다. '네(술)가 죽나 내가 죽나' 하는 한판 승부가 펼쳐지는 것이다. '대체 왜 그렇게까지?'라고 묻고 싶겠지만 이건 현대인의 관점이고 고대인들은 그러지 못했다. 특히 바르바로이로 불렸던 마케도니아인들이라면. 더욱이 술고래로 이름난 필리포스의 아들로, 그게 무엇이든 아버지를 이기고 싶어 했던 알렉산드로스라면, 마실 수밖에 없다.

알렉산드로스의 살갗에서 나는 냄새마저도 술에 적합한 체질이라 그렇다고 쓰인 책이 기억난다. 아마도 『플루타르코스 영웅전』이었을 것이다. 그의 살갗에서는 더없이 기분 좋은 냄새가 났고, 온몸과 입에서 향기가 뿜어져 나와 입고 있던 옷에 밸 정도였다고 했던가. 흥미로운 것은 이 '향기 나는 살갗을 가진 체질'이 술을 좋아하는 것과 연관된다고 주장하는 필자의 관점이다.

다소 허무맹랑한 이런 주장이었다. 향기란 습기가 가열될 때 생기는 것인데 건조하고 더운 지역에서 양질의 향료가 생산되는 건 그런 이유에서다. 몸에서 향기가 나는 것도 체액이 뜨거운 체온과 섞이기 때문인데, 알렉산드로스가 특히 체열이 높아 몸에서 향기가 나고 술을 좋아했다는 전개였다.

몸에서 향기가 나는 원리는 그렇다 치고 '몸이 뜨거우므로 술과 찰떡궁합'이라는 게 이해가 안 된다,라고 썼다가 고대인의 관점에서 생각해 보기로 했다. 혹시 이건 히포클라테스가 말한 4체액설을 이해해야 하는 건가 싶었다. 인간은

냉기와 열기, 건조와 습기로 이루어져 있고 이것들이 어떻게 결합하느냐에 따라 점액질, 다혈질, 담즙질, 우울질로 사람을 나눈 게 4체액설이다. 열이 많고 습기가 많은, 그러니까 알렉산드로스의 체질은 다혈질이다. 다혈질에게는 술이 유리하다는 말로 이해해야 하는 건가?

어쨌거나 살갗에서 향기가 나는 체질 덕분에 알렉산드로스는 술을 많이도 마셨다. 어려서는 아버지를 따라잡기 위해서 마시고, 나이 들어서는 익숙해서 마시고, 더 나이 들어서는 삶이 고돼서 마셨을 것이다.

그는 누구와도 비교할 수 없을 만큼 바쁘게 살았다. 말을 달리고, 사자와 싸우고, 사자보다 더한 인간들과 싸운다. 세상에 이런 하드워커가 또 없다. 그리고 도처에 죽음이 널려 있는 전장을 달리다 돌아오는 것이다. 왕국은 계속 넓어지고, 관리해야 할 사람과 권력과 이해관계가 늘어났을 테니 얼마나 머리가 아팠을까. 그래서 퍼부었다. 나는 전에 낸 책에서 안나 카레니나에 대해 '너무 많이 느끼는 여자'라고 쓴 적이 있는데, 그걸 변주하면 알렉산드로스는 '너무 많이 마시는 남자'랄까.

'그렇게 많이 마시는데 술맛을 알까?'라고 생각했었다. 술값 걱정하지 않고 계속 마실 수 있고, 술은 마셔도 마셔도 줄지가 않는데, 한계 따위는 없는데 과연 술맛을 알까라고 말이다. 지금의 나는 이렇게 생각한다. 그는 누구보다도 술맛에 정통했을 거라고. 스트레스만큼이나 술맛을 가파르게 향상시키는 것도 없다는 걸 아니까.

적정량의 신체 활동도 술맛을 돋우는데, 그는 제국을 경영한 데다 천리마인 부케팔로스를 타고 일생을 달리다 죽은 사람이다. 이렇게 쓰고 보니 알렉산드로스는 너무 많이 마시는 남자였던 것만은 아니다. 너무 많이 달리는 남자인 동시에 너무 많이 느끼는 남자였다, 그는.

나는 목숨을 걸 일도 없고, 칼을 차고 적진을 뛰어다니며 베이거나 벨 일도 없고, 가진 게 딱히 없으니 크나큰 배신도 없을 것이며, 무엇보다 돌멩이가 섞인 와인을 마시지 않아도 된다. 다행인가? 정말 다행인 걸까? 또 병을 얻어 죽었다는 말만큼이나 술을 마시다가 죽었다는 말이 전해지는 그와 달리 오래오래 마실 것이다. 술을 마시며 떠오르는 사람들을 이렇게 하나 하나 불러내며 말이다.

낮의 술과 밤의 술

술을 마시다가 이런 생각을 한 적이 있다. '낮의 술'과 '밤의 술'로 술을 구분해야겠다고. '봄의 술'이나 '겨울의 술' 보다 이렇게 술을 나누는 게 좋겠다고 말이다. 이쪽이 뭔가 더 인생의 심오함과 어울리는 것 같아서.

그때 낮의 술이라고밖에 할 수 없는 술을 마시고 있었기 때문이다. 파인애플과 코코넛, 패션프루트를 넣었다는 맥주였다. 향기도 좋고 맛도 좋은 그 술을 마시다 앞에 있는 사람에게 말했다. "이거, 낮의 술 같지 않아?" 맥주에서 열대의 풍부함이 느껴졌기에 그렇게 말했다. 이건 낮의 술일 수밖에 없겠다고.

나만의 독창적인 구분법은 아니다. 내가 아는 사람 중에 낮의 책과 밤의 책으로 책을 구분하는 사람이 있다. 이 말을 듣고 '아, 그런 방법이?'라는 생각이 들었다. 책을 정리하는 뾰족한 수를 발견하지 못했기 때문이다. 저자별이나 출판사별로 책을 구분하는 건 싫은데 그렇다고 대안이 있는 것도 아니어서 방황하고 있다. 책이 아주 많다고는 할 수 없지만 이 방 저 방 책이 흐르는 형편이므로 이런 말을 들으면 머리에 전구가 켜진 기분이 든다.

　그 사람은 말했다. 교통사고를 당했을 때만큼 신났던 적은 없었다고. 한 숨도 잘 수 없어 밤낮으로 독서를 할 수 있었다는 이유에서였다. 이건 뭐… 여간해서 읽기 어려운 책을 읽으려면 감옥에 가야 한다는 말만큼이나 사람을 당황하게 하는데 나는 반박할 수 없었다. 실제 사람이 아닌, 책에 나오는 인물이기 때문이다. 바로 밀란 쿤데라의 『참을 수 없는 가벼움』의 마리클로드.

　낮을 위한 책이 있고, 또 밤만을 위한 책이 있다는 그녀의 말에 나는 무척이나 공감했다(그녀가 전혀 호감이 가는 인물은 아닌데도 말이다). 더욱이 그녀가 밤만을 위한 책이라며 예를 든 게 스탕달이었다. 스탕달은 밤의 작가라며 일장 연설을 하는 그녀…. 나도 스탕달을 집었다 밤을 새워 가며 읽은 적이 있어서 스탕달이 밤의 작가라는 의견에는 공감하지만, 또 공감할 수만은 없는 게 '일장 연설'이라고 내가 표현한 그녀의 태도 때문이다. 누군가는 스탕달을 낮에 읽을 수도 있는 거 아닌가? 모두가 스탕달을 밤에 읽어야 하는 건 아니지 않나? 온건한 것도 지루하지만, 우악스러운 것은 고통스럽다. 그런 건 참아 주기가 힘들다.

다시 낮의 술 이야기로 돌아가면, 그때는 마침 낮이기도 했고, 나는 마셔 보지도 않은 그 술을 냉장고에서 발탁해 온 스스로를 기특해하며 남국의 정서에 젖었다. 나는 열대 국가라고 할 만한 데를 가 본 적은 없지만 느낄 수 있었다. 작열하는 태양과 뜨거운 바람, 또 원색 파라솔의 흥취를 말이다.

술 속에서 일렁거리고 있었기 때문이다. 도무지 밤과는 어울리지 않는 술이었다. 그 술에는 그림자나 어둠, 심원함, 복잡함 같은 게 없었다. 그래서 그 술이 좋았다. 명랑하고 단순하고 쾌활하고 상냥한 그 술이 말이다.

낮의 술은 낮술로도 생각할 수 있겠지만 둘이 완벽히 일치하는 건 아니다. 낮술은 낮에 먹는 술이고, 낮의 술은 낮의 기운을 가진 술이다. 밤에 오래 깨어 있고 싶다거나 신나게 놀고 싶다면 낮의 술을 마실 수도 있다. 하지만 또 무슨 상관인가 싶다. 낮술이라고 하든 낮의 술이라고 하든, 낮에 술을 마신다는 즐거움이 더 하고 덜하고 한 게 아니니 말이다. 그래도 나는 낮술과 낮의 술이 다르다고 생각하기 때문에 구분해서 쓰기로 한다.

'낮의 술' 하면 가장 먼저 떠오르는 것은 뭐니 뭐니 해도 맥주다. 라거든 바이젠이든 인디아 페일 에일이든 다 좋다. 와인이나 사케보다는 맥주가 낮술에 적합하게 느껴진다. 그런데 또 꼭 그렇지만도 않은 게 이탈리아나 프랑스에 있을 때를 생각해 보면 거기에서는 그렇지 않았다. 낮술로 와인을 마셨다. 맥주보다 와인 리스트가 풍부하기도 했거니와 아예 맥주가 없는 경우도 많았다. 하우스 와인을 한 잔 시켜 홀짝대며 다른 테이블을 보면 잔이 아닌 병으로 시킨 사람들이 많았고, 술을 따르며 흡족해하는 그들을 보면서 오늘은 한 잔만 마셔야겠다는 결심이 흔들리곤 했었다.

'밤의 술'에 대해서도 이야기해야겠지. 밤의 술이라고 하면 위스키 아니면 코냑이다. 밤의 풍부함을 잘 풀어내 준다고 할까? 조도를 낮추고 소파에 파묻혀 위스키나 코냑 한 잔을 마신다고 생각해 보자. 잔에 술을 따르는 순간, 아니 술병을 여는 순간 풀려나오는 아로마는 단순하지 않다. 그렇기에 맥주처럼 벌컥벌컥 마실 수가 없다. 약간을 입에 흘려 넣고 입 안에서 굴리며 조금씩 삼킨다. "목 넘김이 부드럽다" 같은 표현은 이런 술에는 쓸 수 없다고 생각하면서. 아무래도 그 말은 위스키나 코냑보다는 맥주처럼 들이붓는 술에 좀 더 잘 어울린다고 생각하면서 말이다.

맥주가 기분을 들뜨게 한다면 위스키나 코냑은 묵직하게 한다. 묵직해져야 잠에 도달할 수 있다. 눈꺼풀이든 의식이든 묵직하게 만들어 끌어내려야 한다. 정신의 추라고 해야 할까. 그래서 이런 술들을 영미권에서는 '나이트캡'이라고 부르는 게 아닐까 싶다. 나이트캡은 말 그대로 잠잘 때 쓰는 수면 모자다. 어릴 때 봤던, 페로의 동화 『빨간 모자』를 그림책으로 만든 버전에는 빨간 모자 할머니를 잡아먹은 여우도 나이트캡을 쓰고 있었다. 할머니의 나이트캡을 쓰고 할머니인 척하는 건데, 나는 이 나이트캡을 쓰는 이유가 궁금했다. 오랫동안 말이다.

밤에 손질한 머리가 흐트러질까 봐? 옛날에는 위생 상태가 안 좋았으니까? 심적 안정감을 위해? 등등의 이유를 생각했었는데 최근에 나이트캡을 쓰는 절대적인 이유는 보온을 위한 거라 들었다. 난방이 되지 않던 시절의 사람들은 머리를 따뜻하게 감싸며 체온을 보존했다고 한다. 술이 나이트캡이라고 불린 가장 큰 이유 중 하나도 역시 보온이 아닐까 싶다. 몸을 따뜻하게 하기 위해 나이트캡을 마셨던 거라고. 현대인은 그런 이유로 나이트캡을 마시지 않겠지만 여전히 이런 술들을 나이트캡이라고 부른다. 그러니까 '밤의 술'이라고 말이다.

그런데 나는 알고 있다. 오늘은 낮의 술이었던 게 내일은 밤의 술이 될 수도 있다고. 누군가는 나이트캡을 오전 10시에 마실 수도 있는데, 그게 내가 되지 말란 법은 없다. 나이트캡을 오전에 쓰는 게 비난받을 일은 아니지 않나. 웃기거나 괴상하기는 하겠지만 그게 뭐 대수라고.

골든 리트리버와 그때 그 술집

바다에 갔다가 파도에 환장하는 커다란 골든 리트리버를 봤다. 개는 목줄을 쥔 반려인과 함께였는데, 바다를 처음본 것 같았다. 물을 좋아하는 것으로 보이는 이 개는 파도가 밀려갈 때는 안달하며 발을 동동 구르다가 막상 파도가 밀려오면 어쩔 줄 몰라 사람의 다리 사이로 숨었다. 밀려갔다 밀려오는 파도에 계속해서 찰싹찰싹 씻기는 그 개를 보며 나는 재도 '솔티 독'이구나 생각했다. salty dog.

salty에는 여러 뜻이 있지만 일단 '소금기가 있는'이라는 뜻이 있다. 그리고 '예민한'과 '재미있는'도 있다. salty dog은 소금 묻은 개이면서 예민한 개이며 재미있는 개이기도 한 것이다. 나는 그 솔티 독을 보면서 솔티라는 단어가 품은 여러 가지 뜻을 연쇄적으로 이해했다. 아니, 솔티 독이 나를 이해시킨 건지도? 소금이 묻으니 예민하기도 하면서 재미있기도 한 것이라고. 예민한 것은 개 본인의 입장, 재미있는 것은 개를 보는 사람의 입장. '솔티독'으로 붙여 쓰기도 한다. 이때의 솔티독은 칵테일 이름이다.

솔티독을 처음 알게 된 것은 스무 살 때였다. 내가 다니던 대학의 후문가에 '솔티독'이라는 이름의 가게가 있었다. 차를 팔기도 하는 술집이었다. 4시 정도 가게를 열어 차와 맥주를 같이 팔다가 6시쯤 되면 술집으로 변하는 그런 곳이었다고 기억한다. '6시가 되면 우리는 커피를 팔지 않습니다' 같은 확고한 영업 방침이 있던 건 아니고 스르르 옮겨갔던 것 같다. 자연스러운 흐름이었다고 기억한다. 이치에 맞는 일이기도 했다. 해는 갑자기 지는 것이 아니라 서서히 어두워지다 반짝 밝아지기도 하다 스르르 하늘로 들어가 버리니까.

당시의 내가 솔티독이라는 칵테일을 알았던 건 아니다. 솔티독이라는 이름이 내 마음을 끌었다. 그곳의 분위기도. 이런 옥호를 붙인 분이 하시는 곳답게 간판도 작았고, 네온 사인도 없었고, 간판에 간신히 불이 들어오는 정도였다. 나는 이 '간신히'라는 그곳의 애티튜드에 마음을 뺏겼다. 그때는 뭐랄까… 너도나도 큰 간판을 달며 가게의 위세를 떠벌이고, 또 너도나도 휘황찬란한 네온사인을 달아 화려함을 과시하는, 간판의 춘추전국시대였다. 그런 분위기에 휩쓸리지 않고 저렇게 은은히 불을 밝히고 있는 솔티독 주인장의 기개가 좋았다.

솔티독은 지하에 있었다. 삐걱거리는 나무 계단을 내려가면서 절묘하다고 생각했다. 콘크리트나 금속으로 된 계단이었다면 이렇게 발이 착 달라붙는 느낌이 들지 않았을 테니까. 소금에 전 듯한 나무 계단이었다. 얼마나 시간이 흐르면 나무가 이렇게 부드러워지나 싶기도 했다. 그때 알았던 것 같다. 가게의 분위기, 특히 술집의 분위기란 문을 열고 들어가기 전에 결판난다는 걸. 간판을 보는 순간과 계단을 오르거나 내려가는 중에 말이다. 특히 나는 좁고 긴 복도에 약한데(그야말로 취약) 거기를 거니는 동안 긴장감이 고조되면서 도파민이 분비됨을 느낀다.

솔티독에 솔티독이라는 메뉴는 없었다. 솔티독은 칵테일바는 아니었다. 몇 가지 병맥주와 양주를 팔았다. 안주는 마른안주 몇 가지. 예고 없이 문을 열지 않아 손님을(주로 나) 애태우게 하는 주인의 기질로 볼 때 '그렇게까지 애쓰고 싶지 않다는 생각인가?'라고 짐작할 뿐이었다. 나는 그가 만들어 놓은 세계에 자발적으로 입장한 사람이므로 쉽게 수긍

했다. 술맛 나는 분위기를 제대로 알고 있는 사람이 만드는 안주를 못 먹는 게 아쉽기는 했지만. 주인님의 취향을 존중했습니다.

　그런데 시간이 흐르고 흘러 버린 지금에 와서 생각하면 알 것 같다. 솔티독에 안주가 거의 없었던 이유를 말이다. 조명과 채광 때문이었다고 생각한다. 안주는 입으로도 먹지만 눈으로도 먹는 것. 솔티독은 아주 어둑어둑했다. 고래기름으로 불 밝히던 중세 시대의 밝기랄까. 그런 조명에서는 어떤 안주를 내와도 살리기가 어렵다는 걸 주인은 알았던 게 아닐까? 그리고 거기는 지하였으므로 당연히 창문이 없었다. 창문이 없으면 환기를 제대로 할 수 없고, 아무래도 냄새가 고이게 되는데 그런 데서 안주를 먹어 대다가는 돌이킬 수 없다. 그래서 그랬던 게 아닐까?

　솔티 독을 보았고, 솔티독을 떠올렸으니, 이제 내게 남은 건 단 하나. 솔티독을 마시는 거였다. 이럴 때의 나는 이 소박한 욕망에 저항하지 않는다. 나의 마음이 이끄는 대로 솔티독을 만들기 위한 준비에 들어갔다. 솔티독에는 진이나 보드카가 들어가는데 그건 집에 늘 있고, 자몽주스를 사면 됐다.

　솔티독은 이렇게 만든다. 잔의 테두리에 소금을 묻힌 후, 진과 자몽주스와 얼음을 붓거나 보드카와 자몽주스와

얼음을 부으면 된다. 진이냐 보드카냐 잠시 고민했다. 고민
은 길지 않았다. 나는 보드카보다는 진이니까. 그래서 진을
베이스로 하는 솔티독을 먼저 만들었다. 흠, 진의 쌉쌀한 맛
에 자몽의 달콤쌉쓸한 맛, 거기에 소금의 결정까지 느껴지
니 싫어할 수가 없다. 다음은 보드카를 타서 솔티독을 만들
었다. 오! 보드카의 끈적끈적한 물성에 액체화된 자몽의 과
육이 사르르하고 달라붙는 느낌이랄까? 여기에 소금 맛까지
더해지니 이것은⋯ 마시는 순간 '나의 칵테일 리스트'의 최
고점에 안착했다.

　칵테일의 묘미는 바로 이거다. 좋은 것끼리 섞는다고
늘 좋은 결과가 보장되는 건 아니라는 것. 그다지 좋지 않은
것을 섞을지라도 놀라운 결과를 보기도 한다는 것. 팀플레
이랄까. 운동 신경은 물론 운동에 어떤 흥미도 가져 보지 못
한 나는 술에 술을 타면서 운동에 대해 이해하고 있다.

　이렇게 술을 섞다 보면 알게 된다. '섞는다'라는 감각에
대하여 말이다. 술과 술은 물론 술과 다른 게 섞이고, 과거
와 현재가 섞이고, 밀도와 냄새가 섞이는, 이 순간 일어나는
모든 변화에 대해 말이다. 또 이런 깨달음도 있다. 세상에
나쁜 술은 없구나라는. 나쁜 건 술을 나쁘게 만드는 인간의
무지와 무절제, 내가 너보다 많이 마시겠다는 호승심, 그런
사람들이 벌이는 싸움과 다음 날 밀려오는 참을 수 없는 존

재의 부끄러움과 머리가 깨질 듯한 두통이다.

보드카를 탄 솔티독을 마시면서 '솔티'에 대해 다시 생
각한다. 영국인들은 '솔티'를 재미있다는 뜻으로, 미국인들
은 '솔티'를 예민하다는 뜻으로 주로 쓴다는데 어떻게 보면
서로 이어지는 부분이 있는 것 같다. 예민하니까 재미있고,
재미있으니까 예민한 거 아닌가? 예민하다는 건 많은 걸 느
낀다는 뜻이므로 재미 또한 많이 느낄 수 있고, 그러니 재미
를 많이 느끼는 사람이라면 예민하기도 할 것이라는. 예민
한 사람은 보통 삶이 힘겹게 느껴질 때가 많으니 이 정도의
재미쯤은 신이 허락한 게 아닐까 싶기도 하고.

솔티한 사람과 술 마시고 싶다고 생각하는 아침이다.

정말 솔티한 이야기

앞서 솔티독에 대해 쓰며 솔티에 대해 이야기했는데, 바닷가에 있는 '솔티'라는 이름이 붙은 카페에 갔다가 솔티에 또 다른 뜻이 있다는 걸 알게 되었다. '서퍼들의 영혼'이라는 뜻이.

또 솔티독에도 다른 뜻이 있다. 바로 해군을 뜻하기도 한다는데, 그냥 해군은 아니고 노련한 해군을 솔티독이라고 한다. 바다에서 일하거나 바다에 임하기를 원하는 사람들에게 '솔티'나 '솔티독'이 붙는 것 같다. 바다의 소금기가 묻은 그들은 '짠 개'가 되는 것이다.

그런데 나는 '솔티독'이라고 하면 다른 게 먼저 떠오른다. 선원이다. 그것도 고래잡이를 하는 포경 선원. 『모비 딕』에서 본 그들의 세계가 워낙 생생해서다. 허먼 멜빌에 따르면 그들은 손도끼로 담배를 피우고, 작살로 술을 마시는 사람들이다.

손도끼의 정식 명칭은 토마호크로, 토마호크 스테이크의 그 토마호크다. 스테이크 모양이 도끼를 닮았다고 해서 토마호크 스테이크가 된 것인데, 토마호크 한쪽에는 도끼날이, 다른 한쪽에는 담배를 넣을 수 있는 파이프가 달려 있다. 도끼질을 쉴 때는 담배를 피울 수 있는 도끼인 셈이다. 담배를 피울 때마다 도끼를 자기 얼굴로 치켜들어야 하는 꽤나 와일드한 투인원 아이템이랄까.

작살 역시 투인원이다. 작살 자루에서 작살을 빼고 나면 오목한 부분이 바로 술잔이 된다. 실제로 먼바다로 배를 타고 나가 고래잡이에 나선 적이 있던 허먼 멜빌이 『모비 딕』에 이런 걸 다 써 놓아서 알게 되었다. 소설을 좋아하는 건 이런 잡다한 이야기들이 넘쳐나서인데, 그런 걸 이야기할 기회는 좀처럼 없다. 그래서 이렇게 이야기할 일이 생기면 나도 모르게 흥분을 하는 경향이 있다.

피쿼드호의 선장 에이해브가 술을 내놓는 장면에 그것들이 아주 생생히 그려져 있다. 에이해브가 술을 꺼내 오라고 한 후 배에는 흥분이 넘쳐나는데, 배에서는 두 가지 방식으로 술을 마신다. 하나는 술병을 손에서 손으로 돌려 가며 마시는 것이고, 또 하나는 바로 작살 자루를 술잔 삼아 마시는 것이다. 이보다 더 격정적이면서 짠내 나게 술을 마시는 게 가능한가 싶다. 정말 솔티하다.

게다가 에이해브 선장은 자기 연출에 능한 사람답게 극적인 말까지 해서 술맛을 돋운다. 그는 지금 마시는 술이 악마의 발톱처럼 뜨거운 술이라고 말한다. 이렇게만 말해도 술자리가 후끈 달아오를 텐데 뭘 좀 아는 남자인 그는 또 이렇게 말한다. 단숨에 들이켜고 천천히 삼키라고. 그토록 넘쳐 나는 인생도 벌컥벌컥 마시고 나면 온데간데없어진다고.

피가 끓는 선원들은 선장의 말에 열광적으로 반응했을 것이다. 뛰어난 선동가이기도 한 에이해브 역시 선장이기 전에 선원이었을 테고, 그는 무엇보다 그들이 어디에 환호하는지 그 심리를 꿰뚫고 있었다. 에이해브를 보면서 포경 선원에 대해 이해했다. 포경 선원들이 어떤 사람인지, 대체 어떤 마음으로 배를 타는 건지 조금은 알게 되었다. 죽기 싫어 배를 타는 사람이 그들이라는 것을 말이다.

배를 타는 사람들은 돈도 돈이지만 바다와 직접 맞대면하기 위해 배를 탄다. 바다의 가혹함에 자신을 내맡기기 위해서. 그렇지 않으면 그들은 심한 자기모멸을 겪다 어쩌면 자기를 살해할지도 모르는 사람들이기에. 그들은 바다로 나가 쉴 새 없이 날뛰는 완악한 마음을 잠재워 보려 한다. 마음의 불길, 그 어쩔 수 없음을 말이다. 외부의 적이 하도 강력해 내부의 적과 잠시 휴전 중인 상태로 있기를 원하는 사람이 바로 그들이다.

자몽주스에 보드카를 타고, 잔 테두리에 소금을 묻혀 먹는 술인 솔티독은 그들에게 어울리지 않는다고 생각했다. 죽지 못해, 그러나 죽는 것보다는 살기 위해 배를 타러 나간 사람들인 그들은 이렇게 산뜻한 술과는 어울리지 않는다고. 과일주스를 탄다고 해도 자몽이 아니라 망고나 두리안을 타야 할 것 같다. 칼로리가 높은 과일을 타야 비바람을 그나마 버틸 수 있지 않나 싶어서. 그리고 소금을 잔 테두리에 묻히는 것도 무슨 소용인가 싶다. 그들의 입술에는 이미 소금기가 충분히 묻어 있지 않나.

왜 이 술의 이름이 솔티독이 된 건지 의아할 따름인데, 칵테일이 재미있는 것도 바로 이 점이다. 이름으로 일단 관심을 끄는데 이름이 실체를 대변해 주지 않을 때가 많다. 자몽주스와 보드카만 타면, 그러니까 잔에 소금을 묻히지 않으면 그레이하운드가 된다. 이것도 그렇다. 이렇게 만드는 칵테일과 그레이하운드라는 견종 사이에 유사성이 있기나 한가? 대체 왜 그레이하운드인 거지? 이런 의문을 품으면서 술에 대해 생각하게 한다는 점에서 칵테일의 이름은 홍미

롭다. 맥거핀이라고 해도 좋을 것이다. 중요한 것처럼 등장하지만 딱히 극의 전개에 영향을 미치지 않는 영화적 장치를 맥거핀이라고 하는 것처럼 칵테일의 이름도 그럴 때가 많다. 찬란하게 등장하지만 펼쳐지지는 않는다.

그러면 선원들은 무슨 술을 먹나? 그로그다. 『모비 딕』에서 에이해브가 사환에게 가져오라고 하는 술도 바로 이 그로그주다. 그로기라는 말도 그로그에서 왔다. 술을 마시고 비틀거리거나 복서가 펀치를 맞아 정신을 차리지 못하는 상태를 뜻하는 '그로기'라는 말 말이다.

그로그주가 뭔가 하면 물 탄 럼이다. 그냥 마시기에 럼은 너무 독하기 때문에 물을 타게 되었다고 한다. 럼에 물을 1:1로 타기도 하고, 럼에 물과 라임 등등을 넣기도 하는 것 같은데 술이라면 웬만하면 다 관심이 가는 나이지만 이 술은 먹고 싶지가 않다. 흔들리는 배 위에서 마시지 않는다면 그게 다 무슨 소용인가 싶고. 호된 노동도 없이, 호된 바다도 없이 그냥 마신다면 절대로 맛을 느낄 수 없을 것 같은 술이라 그렇다.

나는 이렇게는 싫다.

술집 무오스크바

내가 가고 싶은 술집은 모스크바에 있다. 러시아의 모
스크바가 아니다. 헬싱키의 모스크바다. 핀란드에 사는 영
화감독인 아키 카우리스마키가 헬싱키에서 하는 술집이다.
모스크바를 좋아하는지 헬싱키에 있는 술집에 '모스크바'라
는 이름을 붙였다. 정확히 말하자면 '내가 가고 싶은 술집은
모스크바다'라거나 '내가 가고 싶은 술집은 헬싱키에 있다'
라고 했어야겠지만 나도 모르게 '내가 가고 싶은 술집은 모
스크바에 있다'라고 써 버렸다. 그러고는 이렇게 계속 글을
이어 가고 있다는 이야기.

러시아에 있는 모스크바에 대해 아는 것은 거의 없다.

몇 개의 이미지만 있다. 그게 모스크바 음식일지는 모르겠지만 파리에서 러시아 식당에 간 적이 있었다는 것 정도? 토마스 만이 쓴 『마의 산』의 한 장면도 떠오른다. 쇼샤 부인이 '모스크바'로 한스를 놀리는 부분이다. 어디 갔다 이제 왔느냐고 채근하는 한스에게 그녀는 모스크바에 갔다 왔다며 '무오스크바'라고 늘려 발음한다. '메롱'을 '메에에로옹'이라고 하는 것처럼. 쇼샤 부인의 식대로 술집 무오스크바라고 하니 좀 더 근사한 것 같다. 술집 무오스크바. 역시 느낌!

헬싱키의 모스크바가 아직 열려 있는지 모르겠다. 적극적으로 막 가고 싶은 것도 아니다. 대신 그가 만든 영화를 보면 된다는 생각이다. 아키가 만든 영화에는 술 먹는 사람들이 나오고, 술집이 나오니까. 술집은 화면 안에 있지만, 그렇다고 화면 밖의 내가 술을 마시지 못하는 건 아니다.

술집이 나오는 영화를 보다 보면 결국은 한 잔 따라 오게 된다. 홀짝홀짝 마시면 나도 그 술집에 앉아 있는 느낌이 든다. 문이 열릴 때 따라 들어가 슬쩍 구석에 앉는 거다. 나는 그렇게 아키가 하는 술집의 손님이 된다. 술꾼들 사이에 서 있는 듯 없는 듯 존재감 없이 말이다.

그래서 아껴야 한다. 아직 안 본 아키의 영화들을 거의 다 가지고 있지만 몰아 볼 수 없다. 한 편씩 야금야금 보면서 (언제 나올지 모를) 술집들을 하나씩 탐방해야 하기 때문이다. 사람들이 어떨 때 술을 먹는지, 안주는 어떤 게 나오는지, 술잔과 코스터는 어떤 걸 쓰는지 살피고, 벽과 조명과 역시 북유럽이라 어딘지 다른 실내 식물로 연출한 공간감을 느낀다. 그렇게 그가 영화 속에서 열어 온 술집들을 본다. 내가 아키의 영화를 보는 방식이다.

보면서 헬싱키의 모스크바를 상상하는 것이다. 어떤 술이 있을지, 어떤 음악이 나올지, 어떤 사람들이 올지. 그러니까 술집의 분위기 말이다. 나는 그가 만든 영화에 나오는 술집을 보며 대리 만족을 느낀다. 코비드19로 거리두기가 지속되면서 술집의 분위기를 피부로 느껴 본 지 너무 오래되었으니 말이다.

얼마 전에 본 아키의 영화에도 술집이 나왔다. 1996년에 만들어진 〈어둠은 걷히고〉라는 영화다. 핀란드어로는 'Kauas pilvet karkaavat'로 '멀리 떠가는 구름' 정도의 뜻이라고 한다. 한국에는 정식으로 개봉되지 않은 것 같다. 이 영화의 주인공 일로나는 술집에서 일한다. 원래는 레스토랑에서 일했었는데 나름의 사연이 있고, 그게 영화의 주된 플롯이다. 6인조로 구성된 빅밴드(?)가 생음악을 들려주기도 하는 풍치 있는 레스토랑의 수석 웨이터였으나 레스토랑이 문을 닫은 것이다.

줄거리를 요약하며 분량을 채우는 걸 좋아하지 않지만,

이해를 돕기 위해 줄거리를 써 본다. 갑자기 금리를 인상하면서 원금을 상환하라고 독촉하는 은행의 등쌀에 밀려 사장이 가게를 팔게 되면서, 레스토랑에서 일하던 여덟 명의 직원은 실업자가 된다. 일로나에게는 트램 운전사인 남편이 있는데 얼마 전에 그도 실직했다. 물건 사기를 좋아하고 로맨틱한 편인 남편은 되는 일이 없자 점점 침울해지고, 또 거칠어진다. 그래서 일로나는 자존심을 접는다. '수석 웨이터' 아니면 취직 안 하겠다는 마음을 다독이며 한참 떨어지는 술집에 접시닦이로 들어간다.

접시닦이로 취직한 줄 알았지만 사실은 모든 걸 다 한다. 주문도 받고, 요리도 하고, 서빙도 하고, 계산도 한다. 규모 있는 레스토랑의 수석 웨이터였던 일로나는 자기가 다 한다는 걸 손님에게 알려 주고 싶어 하지 않는다. 그래서 주문받은 음식을 아무도 없는 주방 쪽에 외치고, 자기가 주방에 가서 요리를 한 다음 다른 사람이 한 요리인 것처럼 손님에게 내주는 식이다.

무슨 음식을 하는가 하면, 하와이안 스테이크와 팬 소시지다. 짐작하시는 대로, 통조림 음식에 가깝다. 냉동되거나 반조리된 상태의 음식을 데워서 접시에 무사히 안착시키는 것이 일로나가 하는 요리라는 거다. 하지만 일류 레스토랑의 수석 웨이터였던 그녀답게 긍지를 갖고 임하려 한다.

비록 이름조차 없는 동네 술집이지만 말이다. 일로나의 남편이 어떤 곳이냐고 물었을 때 일로나는 이렇게 말한다. 내가 수준을 높일 거라고, 나한테도 생각이 있다고.

나도 일로나처럼 동네 술집에서 일한 적이 있었다. 물론 나는 수석 웨이터는커녕 경험이 전무했고 얼굴에도 '경험 없음'이 묻어나는 대학교 1학년이었지만 말이다. 거기는 이름이 없지는 않았다. 인더무드, 그 집의 이름이었다. 일로나가 일하는 술집처럼 지저분했을 테지만 조명이 하도 어두워서 알 수 없었다. 남녀 커플이 운영하는 집이었는데 남자가 주로 나를 상대했다. 열쇠는 어디에 있고, 4시까지 와서 5시에 문을 열고, 식재료는 어디어디에 있고 하는 등의 말들을 그가 했다. 나는 '서빙'직에 지원한 것이었는데, 남자의 말을 들으니 내가 주방까지 책임져야 하는 건가라는 생각이 들었다.

하루가 지나자 모든 게 분명해졌다. 일로나처럼 나는 모든 걸 혼자 하고 있었다. 어두침침한 인더무드의 올라운드 플레이어랄까. 수석 웨이터는커녕 어떤 경험도 없었지만 내게도 긍지는 있었다. 그러니 아무렇게나 할 수는 없었다. 여기에 온 손님들에게 기분 좋은 경험을 제공하고 싶다는 마음으로 나는 임했다. 모든 것을 혼자 해야 하니 다 잘하는 건 애초에 목표가 아니었다. 몇 가지에 집중하자 싶었고, 청결

보다는 안주에 집중하기로 했다.

　그때 거기서 요리라는 걸 처음으로 해 보았다. 집의 주방은 나의 것이 아니어서 편하지 않았는데 인더무드의 주방은 편했다. 나밖에 없었으니까. 오이와 당근 같은 채소를 썰면 소리도 좋았고, 기분도 좋았다.

　다 좋지는 않았다. 돈을 못 받았으니까. "가게가 팔릴 때까지만 할 건데 걱정하지 마라, 3년째 안 팔리고 있다"라고 남자가 말했었는데 내가 출근한 지 보름 만에 팔려 버렸다. 그리고 그들은 돈을 주지 않고 연락이 끊겨 버렸다. 일로나도 나처럼 돈을 받지 못한다. 일로나의 남편이 돈을 받으러 갔다가 오히려 폭행을 당하고 부둣가에 버려지는 것을 보면서 나는 왜 독촉하지 않은 건가라고 뒤늦게 생각해 봤다. 일로나의 남편에게 닥쳤던 위험 같은 걸 감지했던 걸까?

　잘 놀았으니 되었다고 생각했던 것 같다. 술집을 독차지하고 잘 놀았으니 된 게 아니냐고. 주방도 독차지하고, 술도 독차지하고 말이다. 내 전용 놀이방이었던 셈이니 돈을 받는 게 이상하지 않나라는 생각까지 했던 것 같다. 돈을 받는 건 오히려 비윤리적일 수도 있겠다고. 내게도 이런 양심적인(?) 면이 있나 싶어 놀랄 때가 있다.

여름

술 파는 약국을 이해하다

내 주변에는 두 부류의 사람이 있다. 매일 술을 마신다는 사람과 그렇게 술을 자주 마셔서 되겠느냐고 묻는 사람. 일단 나는 매일 마시지도, 자주 마시지도 않는다. 그러지 못한다. 다음에는 어떤 술을 마실까 구상하고 술을 사고 하지만 그저 마련뿐이랄까.

사 놓고 따지 못한 술을 보면서 언제 마실 수 있나 한숨 짓는다. 매일 마시기에는 해야 할 일도 걱정이고, 내 몸도 걱정이다. 그런데 누군가에게 나는 너무 술을 마시지 않는 사람으로, 또 누군가에게는 '매일' 마시는 사람으로 인식되고 있다는 걸 알게 되었다.

그게 마시는 거냐며 나를 지탄하는 이들은 일단 술과 건강에 대한 자신감이 있는 사람이다. 자기가 세운 폭음의 기록을 나열해 주신다. 같이 마신 사람은 입술이 터졌는데 본인은 새벽에 일어나서 운동을 했다나? 아무 말도 하지 못했다. 말이 통하지 않을 때는 그러는 게 좋다. 또 나는 매일 마시지도 않는데 '매일 마신다'라고 질책하며 그러면 몸에 안 좋다고 걱정해 주시는 분도 계시다. 그들이 말하는 이야기의 핵심은, 건강이다. 그렇게 마시면 몸에 안 좋지 않아? 술은 건강에 안 좋아.

음, 건강. 건강을 유지한다는 건 매우 중요한 일이다. 건강해야 뭐라도 할 수 있고 뭐라도 하고 싶어지니까. 환절기 때마다 상태가 좋지 않아서 마음도 몸도 위축되기에 잘 알고 있다. 그런데 아시나요? 몸의 건강만 건강이 아니라는 걸요. 몸이 안 좋으면 마음도 안 좋지만, 마음이 안 좋아도 몸이 안 좋답니다. 제가 하고 싶은 말은 이런 거예요. 술을 한 방울도 안 마신다면 몸에는 좋지만 과연 마음에도 좋을까요? 정신 건강을 위해서라면 한두 잔은 괜찮지 않을까요? 몸을 움직이는 건 마음이니까요.

그래서 종종 생각한다. 몸에 위해를 가하지 않으면서 동시에 마음도 북돋울 수 있는 알코올의 양은 얼마일까라고 말이다. 정량이 있을까? 사람에 따라 다르고, 주종에 따라 다르겠으니 이런 걸 처방해 줄 수 있는 분이 계시다면 얼마나 좋을까라고 생각한다. '술 약사' 같은 거 말이다.

술 파는 약국에 간 적이 있다. 베를린에서였다. 정확히 말하자면, 간 게 아니라 지나쳤다. 들어갈 수가 없었다. 문이 닫혀 있었기 때문이다. 3~4시경이었던 걸로 기억한다. 술집인 것 같은데 왜 약국이라고 하지? 왜 위스키와 약국을 같이 써 놓은 거지? 바텐더가 약사 가운을 입고 있나? 궁금했는데 결국 풀지 못했다. 다시 가지 못했고, 얼마 후 한국으로 돌아왔으니까.

종종 이 술 파는 약국을 떠올렸다. 어떤 술을 파는지 알아내지 못한 것을 아쉬워하며. 그러니까 약국의 라인업을 말이다. 주전 선수가 무엇이며, 벤치에 앉아 있는 선수는 무엇인지. 시간이 꽤나 흐른 지금, 이제 좀 알 것 같다. 술 파는 약국의 정체를 말이다. 내가 원하던 곳일 수도 있다는 생각이다. 손님의 체적(?)을 살피고 병증을 물은 후(그러니까 문진이다) 술을 처방한다. 그런데… 과연 술의 양을 제한할까? 그럴 수 있을까? 그걸 잘 모르겠다.

왜 술을 팔면서 약국이라고 썼는지 의아하실 줄로 안다. 일단 거기는 술집이 맞다. 그러면 약국이 아닌가? 약국도 맞다. 200년 전쯤의 기준에서라면 말이다. 그때 사람들은 아플 때 술을 마셨다. 러시아에서는 보드카를, 영국에서

는 진을 마셨다. 위스키는 원래 '생명의 물'이라는 말에서 유래했으니 말해 무엇하리. 또 비터스라는 약용으로 쓰이는 술들은 당시 그저 약이었다. 약사가 개발했고, 약사가 취급했다. 그랬던 비터스가 이제 칵테일에 쓰인다. 고전적 의미에서 약국, 현대적 의미로는 술집, 이걸 포괄해 '술 파는 약국'이 된 게 아닌가 싶다.

몇 년에 걸쳐 이렇게 정리할 수 있게 되었다. 술 파는 약국이란 위스키와 비터스와 칵테일을 파는, 과거에는 약이었던 술들을 파는 술집이라고 말이다. 그렇다고 해서 약국이 아닌 것도 아니다. 술은 잘만 마시면 약이 되기도 하니까. '정신 건강에 도움이 된다'라는 의미에서도 그러하지만 하루에 한 잔 레드 와인을 마시면 심장병을 예방할 수 있다는 이야기처럼 말이다. 한국에는 엄연히 '약주'라는 말도 있지 않나? 한약재를 넣어 약주일 수도 있겠지만 '이게 약이야'라는 자기 최면이 느껴져서 나는 '약주'라는 말이 참 정겹다.

아는 사람 중에도 건강 증진에 도움이 된다는 이유로 매일 흑맥주를 마시는 사람이 있다. 실제로 아는 사람은 아니다. 토마스 만의 소설 『마의 산』의 주인공 한스 카스토르프다. 그의 주치의는 빈혈기에 대한 약으로 흑맥주를 처방한다. 영양이 풍부할뿐더러 조혈 작용을 한다며 말이다.

알던 사람 중에 감기에 걸리면 두꺼비에 고춧가루를 타

서 마신다고 했던 분이 있었다. 본 적은 없다. 그리고 일종의 허세였을 수도 있다고 지금은 생각하는데 그때는 진지하게 들렸다. 그렇게 마시고서 죽은 것처럼 자다가 일어나면 새로 태어난 것 같다나? 혹시나 해서 '두꺼비'란 한 소주 회사의 아이콘이라는 걸 밝혀 둔다.

술 파는 약국을 본 날, 200년 전쯤의 약국을 재현해 놓은 걸 봤다. 약국이라 재현해 놓은 건 아니고 일종의 문학관 개념이었다. 독일의 유명 작가 테오도르 폰타네가 약사였기 때문이다. 현재는 미술관으로 쓰이는 건물인데, 그 자리에서 폰타네가 약사로 일했다고 한다. 빈 약병으로 빼곡하게 채워진 곳이었다. 술 파는 약국이었을 확률이 높다. 폰타네가 본인의 우울을 치료하기 위해서 어떤 '약'을 처방했을지 궁금하다. 그다지 하고 싶지 않던 약사 일을 하느라 늦게 소설을 쓰기 시작했으니, 아프지 않았을 리 없다.

나도 종종 자가 처방을 내리곤 한다. 속이 답답할 때는 황금빛 필스너를, 으슬으슬할 때는 암갈색 코냑을, 기분이 우중충할 때는 산뜻한 릴레 블랑을, 소화가 안 될 때는 씁쓸한 화이트 포트 와인을 내준다. 이건 그나마 괜찮을 때다.

속이 쓰릴 때는 페이쇼드를, 배가 아플 때는 앙고스투라 비터스를 준다. 먹고 나면 괜찮아진 느낌이 드는데, 과연 이 비터스의 특정 성분이 작용을 한 건지 아니면 정신 건강

90

에 영향을 미쳐 몸까지 괜찮아진 건지 모르겠다. 어쩌면 플라시보 효과일지도. 매일 맨발로 흙길을 저벅저벅 걷는 사람의 마음이랄까. 대구의 수성못에 갔다가 맨발 군단을 마주치고서 신발을 신고 있는 게 큰 잘못인 것처럼 느낀 적이 있다. 맨발로 걷는 사람들에게 플라시보 효과가 함께하시길,이라고 빌며 그들을 지나쳤던 나는 생각하는 것이다. 플라시보라도 효과가 있으니 된 게 아닌가? 그러니 술이 꼭 몸에 해롭다고만 볼 수 없지 않나라고 생각한다.

속상한 일이 있다면 약주 한 잔 드시죠. 약이니까 딱 한 잔입니다.

나만의 블룸스데이

기네스를 맛있게 마셔 본 적이 없다. 그런데 제임스 조이스가 기네스에 대해 한 말을 듣고 마음이 바뀌었다. 기네스는 맥주가 아니라 아일랜드의 와인이라고 조이스는 말했던 거다.

이건 꽤나 극찬이다. 그는 와인을 사랑하는 사람이었기 때문이다. 화이트 와인은 찌릿찌릿한 게 전기 같고, 레드 와인은 비프스테이크 같다고 했다. 술을 지극히 좋아하지 않고서야 이런 말을 할 수는 없는 법.

그리고 이 말은 재미있어서 곱씹게 된다. 화이트 와인의 맑고 화사한 청정미를 전기에 비유한 것도 웃기고, '비프스테이크에는 레드 와인'이 공식처럼 말해지지만 레드 와인 자체를 비프스테이크에 비유하니 신선해 그렇다. 이 말대로 라면 화이트 와인을 마시며 전기를 마시고, 레드 와인을 마시며 비프스테이크를 마신다고 생각할 수도 있는 것이다.

얼마나 술을 좋아했으면 이런 말을 했을까 싶지만 조이스는 20대 중반까지는 입에 술을 한 방울도 대지 않았다. 과장일지는 모르겠지만 조이스를 다룬 책들에 그렇게 쓰여 있다. 어머니를 슬프게 하고 싶지 않았던 것 같다. 그의 아버지는 명석한 두뇌에도 불구, 자식이 열이나 있는데도 불구, 술에 빠져 모든 걸 망쳐 버린 사람이었다. 직장을 제대로 다니지 못했고, 만취해 아내(그러니까 조이스의 어머니)의 목을 조른 적도 있다. 조이스 가족은 빚에도, 아버지의 정신적 학대에도 시달려야 했다. 조이스의 아버지는 그야말로 술독에 빠진 삶을 살았다.

장남이었고, 어머니를 유난히 사랑하고, 연약한 마음을 가졌던 조이스는 자기마저 어머니를 슬프게 하고 싶지 않았던 것 같다. 술을 지극히 사랑한 나머지 가족을 병들게 했던 자신의 아버지처럼만은 되고 싶지 않았을 것이다. 그래서 마시지 않았다. 어머니가 그에게는 신앙이었으니까. 그랬는데, 신앙이 사라졌다. 어머니가 돌아가신 것이다. 그래서 (?) 그는 술을 마시기 시작한다. 신앙이 사라졌으니 새 신앙이 필요했던 것일까? 어머니를 잃은 슬픔을 달랠 게 필요했던 것일까? 아니면 그가 펴낸 소설에서 계속해서 썼듯이 피를 타고 유장하게 흐르는 알코올 DNA 때문에 어쩔 수 없던 것일까?

알 수 없다. 모두 다일 수도 있고, 모두 아닐 수도 있다. 확실한 것은, 그는 계속 술을 마셨다는 것이다. 하지만 아버지와 달랐다. 술에 잡아먹혔던 아버지와 다르게 그는 자신의 인생을 걸고 자기가 가장 가치 있다고 생각한 일을 했다. 소설을 쓰는 것 말이다. 읽어 본 사람은 드물지만 들어 보지 못한 사람도 드물다는 『율리시스』가 그것이다.

이 소설은 하루 동안 벌어지는 일에 대해 길게도 쓰였다. 1922년에 나왔는데, 시간적 배경은 1904년 6월 16일이다. 제임스 조이스 애호가들은 이날을 기념하는데, 어떤 사람들은 6월 16일에 직접 소설의 배경인 아일랜드 더블린에 가기도 한다. 더블린에 비행기를 타고 가서 등대와 펍, 식당에 앉아 소설 속 인물이 되어 보기도 하는 것이다. 이날이 블룸스데이Bloomsday다.

블룸스데이에 더블린에 간 사람을 알고 있다. 더블린에서는 6월 16일에 이런저런 모임이 펼쳐지는데, 그는 치열한 예약을 뚫지 못했다. 그래서 6월 15일인가 17일인가에 하는 모임에 갔다고 했다. 커다란 원탁(12인용이라고 했었나?)에 앉아 음식을 먹으며 『율리시스』에 대해 이야기하는 자리였다고 한다.

아마도 『율리시스』에 나오는 음식들이 나왔을 텐데 그는 소설을 제대로 읽지 않아서 민망했다고 했다. 그럴 수밖에. 그 자리는 제임스 조이스와 『율리시스』 전문가를 자처하는 전 세계의 '율리시스 오덕'들이 모인 자리 아닌가. 그의 옆에는 홍콩에서 날아온 남자가 앉아 있었고, 유일한 아시아인이었던 둘은 서로를 보면서 몇 마디 나눴다고 한다. 그는 '문학 너드nerd'로 사는 게 이런 건가 싶어 부끄러웠다고 했다.

이 글을 쓰다가 처음으로 'nerd'를 사전에서 찾아보았다. 영어 사전에는 바보나 얼간이 등으로 되어 있지만 그렇지만은 않다며 '바보 치곤 단수가 매우 높은 바보'라는데 이말이 더 웃기고, 슬프다. 그는 그 상황이 웃기고 슬퍼서 계속 술을 마셨다고 했다. 그러니까 기네스를 말이다. 오로지 제임스 조이스를 좋아한다는 이유로 한자리에 모인, 영어를 외국어로 쓰는 사람들은 어색하게 몇 마디를 하고 기네스를 마셨다고 한다. 마치 블룸스데이의 공식 만찬주이기라도 한 것처럼 기네스는 원탁의 중심에 있었던 것이다.

이 말을 듣던 순간을 기억한다. 내게는 그다지 특별한 적 없던 기네스가 매우 특별하게 다가왔던 것이다. 그리고 그는 전했다. 아일랜드에서 마시는 기네스는 한국에서 마시던 기네스와는 매우 다르다며, 이런 맥주가 있을까 싶을 정도로 특별함이 흘러넘친다고 했다. 그래서 그는 아침에도, 점심에도, 저녁에도, 그러니까 틈만 나면 기네스를 마셨다고 한다.

올해는 나도 6월 16일을 기념해 보려 했다. 천 페이지가 넘는 이 책, 『율리시스』를 다 읽지는 않았지만 말이다 (100장 정도 읽었을까?). 그런데 그날은 정신이 없었고, 그래서 며칠이 지난 어제서야 뒤늦게 나만의 블룸스데이를 치렀다. 내가 갖고 있는 두 종의 『율리시스』 번역본을 들춰 보고, 책장을 넘기면서 기네스가 어디 나오나 찾아보고, 더블린 지도도 좀 보다가 기네스를 마셨다.

그냥 마실 수는 없었다. 기네스는 운송 거리가 길어지면 맛이 현저히 떨어지는 술이라는 걸 알고 있는 데다가 정작 조이스는 기네스보다 와인을 좋아하지 않았던가라는 생각에 둘을 섞었다. 스파클링 와인과 기네스를 말이다. 실제로 샴페인과 기네스를 동시에 잔에 따라 마시는 칵테일이 있다. 이 칵테일의 이름은 블랙 벨벳. 이 술을 마시기 전에 나는 생각했었다. 기네스의 거품과 샴페인의 거품이 서로를 휘감을 테니 얼마나 부드러울까,라고.

그래서 어제도 따랐다. 샴페인은 아니고 스파클링 와인

이었다. 샴페인은 비싸서 이탈리아산 프로세코나 스페인산 까바 같은 스파클링 와인으로 블랙 벨벳을 만들고 있다. 첫 모금을 마시면 스파클링 와인이 이렇게 강력한 술이었나 싶을 정도로 기네스의 향과 색은 약하게 느껴진다. 구수한 보리 맛을 스파클링 와인의 화사한 향이 뒤덮고, 포도의 산미까지 더해져 기네스는 잡아먹힌 듯도 한데, 역시나 피니시는 기네스 쪽에서 밀려온다. 기네스의 씁쓸한 보리 맛이 입안에 남는데, 좋았다.

블랙 벨벳을 마시고 있으면 더블린의 펍에서 직접 따라주는 기네스는 대체 어떤 맛일지 매우 궁금해진다. 더블린 현지에서 마시는 '아일랜드의 와인'에 또 다른 와인을 타서 마시는 블랙 벨벳은 얼마나 부드러울지도.

다자이 오사무처럼 마시기란 이런 것

한동안 금주를 했다. '한동안'이라는 말을 적었으니 절
주라고 해야겠지만. 다시 술을 마시기로 한 것은 다자이 오
사무 때문이다. 그의 기일에 술 한잔하지 않을 수 없어서.
어제였던 6월 19일은 그를 기리는 날이었다. 그의 시체가
발견된 날이자 그가 태어난 날. 이 세상에 나타나기도 하고
사라지기도 한 날. 앵두기였다. 다자이 오사무를 기리는 이
들은 이날을 앵두기로 부른다고 한다.

그가 죽기 한 달 전에 발표한 단편 소설이 「앵두」이고,
마침 6월 19일 무렵이 앵두철이기도 해서라고 들었다. 앵두
기에는 무엇을 하나? 앵두를 먹나? 아님 술을 마시나? 어떤

술을 마시지? 그는 술과 떼려야 뗄 수 없는 사람이었고, 나는 그의 술 먹는 자세를 높이 사는 사람이므로 앵두로 술을 담가 그의 기일에 마시고 싶었다. 술에 대한 책도 쓰시고 술도 담그시는 분께 앵두주를 담그는 법까지 알아 두었다. 이럴 때 나는 꽤 적극적으로 바뀐다. 문제는 앵두를 구할 수 없었다는 것.

5월부터 요 며칠 전까지 앵두를 구하기 위해 여기저기에 전화를 해 보고 발품을 팔았다. 매일 앵두를 구하겠다고 나선 것은 아니지만 틈이 날 때마다 앵두를 팔 만한 곳을 수소문했다. 그러나 실패. 이렇게 앵두를 구하는 게 어려울 줄 몰랐다. 앵두가 이렇게 귀한 거였나 싶었고. 앵두가 없으니 앵두주도 없었다. 그럼 어떻게 기리지?

사람들이 어떻게 하나 봤는데, 좀 놀랐다. 그의 묘비에 앵두를 박아 넣고 있었다. 그래서 도쿄의 미타카에 있는 다자이 오사무의 묘석에는 앵두가 박혀 있다는 이야기. '다자이 오사무'라는 이름을 가타카나로 음각한 자리에 앵두가 박혀 있었다. 앵두로 '다자이 오사무'라는 이름이 쓰인 것이다. 와….

추앙일까, 사랑일까? 다자이 오사무에 대한 마음들은 하도 지극해 보여 사랑이란 말로는 모자라 보인다. 그런데 '우러르다'라고 하기에는 역시 정중함이 걸린달까. 추앙하려면 공경해야 하고, 공경하다 보면 지루해지기도 한다. 다자이 오사무를 기리는 이들의 마음에는 지루함 따위는 전혀 없는 것 같아서 추앙은 아니겠다. 그보다는 마음껏 귀여워해 주고 있는 게 아닐까. 다자이 오사무를 기리는 사람들이 말이다. 기이한 일이 아닐 수 없다. 한참 전에 죽은 사람을 귀여워할 수 있나 싶어서.

나도 그렇다. 그는 참 귀엽다. 귀엽고 또 귀여워서 그의 글을 읽다 보면 나도 모르게 "아유, 귀여워"라고 말하게 된다. 본인이 아무 일에나 쉽게 기뻐하는 성격이라며 길가 유리에 자기 모습이 비치면 웃으면서 목례를 했다는 이야기를 하시는데, 어떻게 귀엽다고 하지 않을 수 있나. 다자이 오사무처럼 마시기란 이런 것이라며 그의 술 마시는 법에 대해 글을 쓴 적이 있다.

다자이 오사무처럼 마시기란 무엇인가. 일단 마실 만큼 마셔야 한다. 이런저런 술을 마셔 보고, 좋아하는 술을 만들고, 주량에 대해 알고, 비틀거리거나 토하고, 실수를 하고, 기억을 하거나 하지 못하고, 술버릇에 대해 알고, 알면서 또 실수를 하고, 여럿이 마시고, 혼자도 마시고, 절주나 금주를 하고, 다시 야금야금 마시다가 아예 마시지 못하는 시간이 오는 것, 그게 다자이 오사무처럼 마시기다. 그러니까 술에 관해 할 수 있는 것을 다 해 보는 것.

맞다. 내가 절주 혹은 금주를 했던 것은 '다자이 오사무처럼 마시기'의 일환이었다. 이 말을 만든 것도 나, 실천하는 사람도 나. 오래, 잘, 꾸준히 마시고 싶어서 쉴 수 있을 때 쉬려고 한다. 쉬는 동안 금주가 끝나고 마실 술을 그리워할 수 있어서 좋다는 것도 말씀드리고 싶다. 그리움이 있는 날들도 꽤나 괜찮다고. 저 글의 제목이 「다자이 오사무처럼 마시기」라는 것도 숨길 필요가 없어 보인다. 이러니 내가 앵두주를 먹겠다고 설쳤던 것이다. 어떻게 그러지 않을 수 있겠는가? 그는 생전에 앵두주 같은 걸 먹어 보지 않은 듯하고, 그저 내가 원하는 방식으로, 그러니까 다분히 자의적으로 그를 기리고 싶었다.

그렇다면 무엇을 마시지? 무엇을 마실까 하다가 사과주를 마셨다. 그의 고향은 아오모리이고, 아오모리의 특산물은 사과주라는 걸 이야기해 드리고 싶다. 아오모리에서는 온갖 종류의 사과주가 생산되어 지겨울 정도라고. 아오모리를 다녀온 사람으로부터 사과즙, 사과주, 사과 과자 등 사과 기념품으로 넘쳐나는 '진정한 사과 지옥'이었다는 말을 들은 적도 있다.

다자이 오사무는 고향의 술을 좋아했나? 전혀 아니다.

오히려 지겨워했다고 하는 게 맞겠지. 흔하면 지겨운 것이다. 큐라소와 포트 와인 같은 술을 홀짝대며 10대를 보냈다는 그에게 사과술이란 소박하기 그지없었을 듯하다.

시드르를 마시기로 했다. 시드르는 도수가 5~7도 정도되고, 약간의 탄산기가 있으며, 사과주스에 가까운 맛이 나는 술이다. 탄산기가 있는 사과술. 사과주스처럼 달지 않지만 다른 술들처럼 쓰지도 않다. 나는 술은 써야 한다고 생각하는 사람이지만 사과주는 그런 술은 아닌 것이다. 햇빛에 가까운 술이랄까.

칼바도스를 마실까 고민하기도 했다. 시드르를 증류하면 칼바도스가 되는데, 칼바도스는 노르망디의 술이 아닌가? 또 레마르크가 쓴 『개선문』의 술이고. 칼바도스에는 어쩐지 다자이 오사무 같은 귀염성이 없어서 시드르를 마시기로 했다.

마음이 괴로울수록 필사적으로 즐거운 척하려고 한다는 말이 「앵두」에 있었다. 소설을 쓸 때도 마찬가지여서 사는 게 슬퍼질 때는 반대로 가볍고 즐거운 스토리를 만들려고 한다는 이야기도 있었다. 에휴, 이런 부분에서는 한숨을 길게 쉬어 주어야 한다. 이런 진심도 몰라주고 이제 다자이도 경박해졌다며 사람들이 자기를 하찮게 여긴다는 문장을 읽다가 아찔해졌다. 한없는 슬픔과 절망에서 나오는 귀여움이어서. 뭐랄까… 처절한 귀여움이었다. 그렇게까지 귀여우려면 얼마나 슬퍼야 했던 걸까 싶기도 하고.

술을 마시는 것도 그런 걸까? 괴로울수록 필사적으로 즐겁고 싶어서 마시고, 사는 게 슬플수록 가볍고 즐겁고 싶어서 마시고. 그래서 사람들은 술을 마시는 걸까? 그러다가 가끔은 귀여워지기도 하고 그러는 걸까? 물론 귀여움을 알아봐 줄 줄 아는 사람이 있어야 가능한 일이겠지만.

그런데 너무 멀쩡하다. 역시 시드르는 너무 가벼웠던 걸까? 아니면 그 가벼움이 가벼워 보이기도 하는 그를 기리기에 적당했던 걸까. 내가 마신 시드르의 이름은 '댄싱 파파'라는 걸 적어 두고 싶다. 꼭 다자이가 부리는 슬픈 익살의 이름 같아서.

베를린의 미친 스태미나

오가와 이토라는 작가가 베를린에 살던 시절, 어학원에 가기 싫은 본인을 달래기 위해 셀프 포상법을 고안해 냈다는 이야기를 듣고 '큭' 하고 웃었다. 월요일은 케이크의 날, 화요일은 욕조의 날, 수요일은 요가의 날, 목요일은 마사지의 날, 또 금요일은 생선의 날이었다고. '맥주의 날은 왜 없는 거지?' 하고 의아해하다 바로 깨달았다. 베를린에서 맥주는 일상이고, 매일 마시는 것이니, 포상이 되기에는 너무 흔하다고 말이다.

나도 베를린에 산 적이 있다. 3개월 살았을 뿐인데 '살았다'라는 감각은 여전하다. 매일 장을 보고, 어딘가로 출근이라는 걸 하고, 쓰레기 분리수거를 했다. 작은 마당이 있는 복층 집에 혼자 살았다. 집이라고는 하지만 방은 없었다. 뼈대만 있는 집이었다. 1층은 거실과 부엌, 2층은 침실과 욕실이 있는 스튜디오에 가까웠다.

아직 집세가 폭등하기 전의 베를린이었다. 자기네는 '스쾃'의 전통을 가지고 있고, 그래서 한국의 경리단길이나 연남동 같은 젠트리피케이션은 자기네 일이 아니라고 말하던 베를리너의 자부심 넘치던 목소리도 생각이 난다.

내가 그 집에서 가장 좋아하던 장소는 작은 마당이었다. 마당에 있는 덱체어에 앉아 책을 보거나 도시락을 먹었다. 마당에서 채 50미터 안 떨어진 부엌에서 준비해 온 도시락으로 마당에 소풍 온 느낌을 내면서 말이다. 이런 번거로운 일을 했던 것은 사람들이 야외에서 식사를 즐기는 소리에 둘러싸이곤 했기 때문이다. 마당에서 혼자 있을 때 말이다.

그 시간이 되면 미리 준비한 도시락을 냉장고에서 꺼내왔다. 그러고는 얼굴도 모르고, 어디선가 만난다고 해도 알 수 없을 그 사람들과 함께 밥을 먹었다. 정확히 말하자면, 그 사람들의 소리와 함께. 이때 인생의 양면에 대해 느꼈다. 나는 지금 외로운 동시에 외롭지 않다고. 쓸쓸하면서도 따뜻하다고.

프로스트. 거기서는 건배할 때 이렇게 말했다. 사람들

이 건배하는 소리가 들리는데 밥만 먹을 수 있나? 그럴 수 없다. 그래서 맥주를 마셨다. 백 퍼센트 확률의 맥주였다. 내 옆에는 도시락과 함께 냉장고에서 꺼내 온 맥주가 있었다.

얼굴을 모르는 내 이웃들도 맥주를 마셨을 거라고 생각한다. 베를린에도 와인을 마시는 사람이 있고, 나도 와인을 마신 적이 있지만, 뭔가 어정쩡했다. 베를린에서의 와인이란 그리 마시고 싶은 술이 아니었다. 동네의 분위기라는 게 있는데, 베를린은 맥주의 분위기였다. 맥주 친화 도시라고 해야 할까? 감자와 소시지와 슈니첼 같은 음식을 먹으면서 와인을 찾게 되지는 않는 것이다.

메뉴판도 그랬다. 와인에 비해 맥주의 종류가 훨씬 많았다. 라거, 바이젠, 위트비어, 세종, 슈바르츠비어, 이렇게 분류해 놓은 곳도 있고 바이에른, 쾰른, 함부르크, 브란덴부르크같이 지역별로 나누어 놓은 곳도 있었고, 그냥 맥주의 이름을 나열해 놓은 곳도 있었다. 문제는 이 고유 명사들이 끝없이 이어질 것 같다는 느낌이 들 정도로 맥주가 많았다는 거다.

이게 다가 아니다. '유기농 맥주'와 '무알코올 맥주' 그리고 '라들러'라는 카테고리가 있었다. 여기가 나의 주 종목이었다. 베를린에서 나는 무알코올 맥주나 라들러의 애호가였다. 라들러의 알코올 도수는 2.5도 정도. 무알코올 맥주보다는 높고, 일반 맥주보다는 낮다. 매일같이 일반 맥주를 마시기에는 상당히 부담스러웠고, 무알코올 맥주는 좀 밋밋했다. 그러니 라들러를 마실 수밖에.

라들러radler는 자전거를 뜻하는데, 독일어 사전에 보면 술로도 등재되어 있다. 일반 맥주보다 알코올 도수가 낮은 가벼운 맥주가 라들러다. 이쯤 하면 짐작하셨겠지만, 자전거를 탈 때 마시는 맥주가 라들러다. 라들러가 들어 있는 병이나 캔에 자전거를 타는 사람이 그려져 있는 경우도 많다. 자전거를 타는 데 알코올 2.5도 정도는 괜찮다며 공식적으로 권장되는 느낌이랄까.

나는 자전거를 못 탄다. 넓고 텅 빈 공간이라면 시도해볼 수 있겠지만 길에서는 못 탄다. 어떻게 굴릴 수야 있겠지만 멈추거나, 방향을 조절하거나, 급작스러운 위기 상황에 대처할 어떠한 자신감도 없기에 타지 않는다. 그런 내가 라들러라니. 하지만 자전거를 타지 않아도 라들러를 마실 수는 있는 것이다. 자전거 면허가 있는 사람에게만 라들러를 파는 것은 아니니까.

베를린의 자전거에 대해서도 말해야 한다. 나는 아침마다 버스를 타고 어디론가 출근했는데, 자전거를 타고 출근하는 사람들을 보면서 경외심을 품었다. 대체 어떤 신체 조건과 체력을 가지면 저런 스피드를 낼 수 있나? 자전거 군단은 버스 앞에서 달리곤 했는데 버스를 방해한 적이 없다. 버스보다 빠르면 빨랐지 걸리적거린다거나 하는 느낌이 없었다. 자전거 경주라도 하듯이 와르르 쏟아져 나와 거의 도로와 싸우며 스태미나를 불태우고 있었고, 아스팔트를 녹일 듯한 화력이었다. 그들은 아주 맹렬했고, 강력했다. 그런 건 흔히 볼 수 있는 풍경이 아니었다.

라들러를 마신 걸까? 아침을 먹고 라들러를 한잔하고 나온 걸까? 2.5도 정도 되는 술을 마시고 자전거를 타면 그렇게 불타오르는 건가? 그 미친 화력은 라들러로부터 비롯한 걸까? 이런 것을 궁금해하며 라들러를 마셨다. 나 같은 사람이 라들러를 마시고 자전거를 탄다고 해서 갑자기 미친 라이딩 실력을 갖추게 되는 건 아니겠지만 원래 잘 타는 이들에게 라들러는 최상급 엔진오일 같은 건가 싶었다.

아, 라들러가 어떤 맛인지 이야기를 안 했네. 라들러는 레몬 맛이 나는 가벼운 맥주다. 상큼하고, 달다. 그래서 레모네이드처럼 느낄 수도 있다. 레몬만 넣는 건 아니고 자몽을 넣은 라들러도 마셔 보았다. 레몬보다는 자몽을 넣은 쪽이 더 내 취향에 가까웠다.

어제 라들러를 만들어 마셨다. 거품이 소복하게 라거를 따른 후 짜 놓은 레몬즙을 뿌리고, 꿀을 살포시 얹었다. 한 모금 마시고서 알았다. 이 여름, 내가 만든 라들러를 꽤나 마시겠구나라고. 파는 라들러와 차원이 달랐다. 달지 않고, 시큼함이 살아 있고, 갓 짠 레몬의 향이 폴폴 났다.

이 정도면 나를 위한 셀프 포상으로 괜찮겠다고 생각했다. 맥주는 흔하지만 갓 짠 레몬즙으로 만든 라들러는 흔치 않으니까.

이건요, 꼭 드셔 보셨으면 좋겠습니다.

먼지를 남겨서 미안

    프랑스에 마르그리트 뒤라스가 있다면 미국에는 도로시 파커가 있다. 술을 좋아한 작가가 누가 있었지라고 생각하면 일단 이렇게 두 분이 떠오른다. 글에서 유난히 술기운이 풍기는 분들이라고 해야 할까?

    도로시 파커는 술 중에서도 진을 좋아했다. 얼마나 좋아했는지 뉴욕 마담 투소 박물관에 있는 도로시 파커 인형은 진을 들고 있다. 도로시 파커 인형 옆에 있는 피츠제럴드 인형은 그저 소파에 기대어 있는데 말이다. 피츠제럴드도 술이라면 빼놓을 수 없는 분인데 도로시 파커에는 못 미쳤나 보다.

진을 마실 때면 가끔 미소를 짓긴 했지만 그건 어쩌다 한 번 있는 일이라고, 그녀를 묘사한 글을 보고 과장이 심하다고 생각했다. 아무리 시니컬한 걸로 유명하다고 해도 그렇지. 시니컬한 도로시 파커 이미지를 좋아하시는 분들께는 미안하지만, 나는 도로시 파커가 웃는 사진을 본 적이 있다. 진을 마시고 있는 것도 아니고, 그냥 있었다. 그녀는 아주 활짝 웃었다. 다만, 그건 인정한다. 웃는 도로시 파커보다 웃지 않는 도로시 파커가 더 그윽해 보인다는 거.

도로시 파커는 불우한 삶과 알코올 중독, 그리고 신랄한 위트로 유명했던 20세기 미국 작가다. 국내에 번역된 게 없어서 제대로 읽어 보지 못했다. 그녀를 둘러싼 이야기나 그녀가 남긴 말들은 좀 알고 있는데, 이게 꽤 웃기다. 이를테면 이런 거. 자기가 죽으면 묘지에 이렇게 새겨 달라 했다고 한다. "이 글자가 보이면 당신은 너무 가까이 온 거다"라고.

하하하. 정말 이렇게 웃었다. 웃기지 않나? 죽어서도 자기에게 너무 붙지 말라고 경고하는 사람이라니. 나는 이게 기분 나쁘라고 한 말이 아니라 웃으라고 한 말 같고, 그래서 더 정감이 가고 그렇다. 또 '작용 반작용의 법칙'이라는 게 있다. 밀면 밀려나고 마는 게 아니라 밀린 만큼 앞으로 당겨지기도 한다. 미는 사람에게만 힘이 있는 게 아니라 밀침을 당하는 사람에게도 힘이 있어서다. 미는 사람에게로 끌려오는 힘 말이다. 자칭 인간관계의 고수님들이 설파하시는 '밀당'이란 개념은 '작용 반작용의 법칙'을 쉬운 말로 푼 게 아닐까 생각한다.

역시 그녀가 당겼다. 그들은 도로시 파커에게 너무 가까이 있었다. 그녀의 묘석에 얼굴을 가져다 대고 사진을 찍은 사람을 봤다. 더 가관인 것은, 도로시 파커의 무덤에 모인 사람들이 각자의 플라스크(휴대용 술병)에 담긴 진을 홀짝거리며 한 손에는 장미를 들고 있는 사진이었다. 누가 봐도 부러움을 살 만한 장면이다. 아무래도 그 장면은 진지한 술꾼들일 그들이, 진의 상징인 그녀를 추모하는 가장 최적의 방식을 연출한 걸로 보였으니 말이다. 이건 정말 멋지지 않나? 각자의 진을 마시며, 무덤에 장미를 바치고, 도로시 파커를 떠올리는 추모라니. 이런 복이라니!

이들은 누구인가? 무덤가에 모인 이들 말이다. '도로시 파커 소사이어티'라는 그녀의 팬클럽 회원으로, 그녀를 안장하기 위해 모였다고 한다. 2021년 8월의 일이다. 도로시 파커는 어떤 이유에선가 죽은 지 54년이 지나는 동안 제대로 묻히지 못했다. 기이한 일이다. 진을 좋아했던 걸로 유명한 것만큼이나 그럴듯한 묘비명을 많이 남긴 걸로도 유명하기 때문이다.

쿨한 묘비명을 남기고자 생전에 그렇게나 많은 묘비명

Excuse my dust

Dorothy Parker
1893   1967

을 만들었을 텐데 어떤 묘비명도 새기지 못한 채 그녀의 혼령이 떠돌고 있었다니. 혼령이라는 게 존재하는지 모르겠지만 묘비명에 그렇게나 집착했던 그녀라서 그랬을 것만 같다. 자기가 남긴 주옥같은 묘비명 중에 무엇이 새겨질지 무척이나 궁금해하며 어딘가를 배회했을 것이라고.

"먼지를 남겨서 미안Excuse my dust" 같은 것들이 "이 글자가 보이면 당신은 너무 가까이 온 거다"만큼이나 잘 알려져 있다. 이 모든 걸 제치고 선택된 묘비명은 1925년에 지은 시 「사랑하는 숙녀를 위한 묘비명」이다. 그렇다. 시 제목에 아예 '묘비명'이라는 단어가 들어간다. 그녀를 위해 빨갛고 싱싱한 장미를 놓아 두라는 구절이 있다는 것을 알려 드린다.

파커의 팬들은 본인의 묘비명이 된 도로시 파커의 시에 나오는 구절을 따라 장미로 화답했던 것이다. 그리고 진 한 모금으로도. 사진 속의 장미는 아주 싱싱하고 붉어 보인다. 파커의 묘지는 브롱크스에 있는데 비석 값이 꽤나 비쌌다고 한다. 그래서 어떻게 했느냐? 도로시 파커 캐리커처가 그려진 티셔츠와 역시나 도로시 파커의 리미티드 에디션 진을 팔아서 비석을 세웠다고 한다. 티셔츠와 술이 하루 만에 매진되었다는 이야기를 들었다. 멋진 이야기다.

도로시 파커 진을 구하고 싶어졌다. 하루 만에 매진되었다는 그것 말고, 상시로 나오는 도로시 파커 진이 있다.

뉴욕 디스틸링 컴퍼니에서 만든 것인데 국내에도 들어오는
지는 알 수 없지만 뭐… 언젠가는 손에 들어오지 않을까 싶
다. 이 뉴욕 디스틸링 컴퍼니에서는 묘비 값을 마련하기 위
해 한정판으로 출시했던 진 역시 만들었는데, 이것까지 구
하고 싶지는 않다. 술을 마시자고 지나치게 애쓰고 싶지는
않다.

　도로시 파커 칵테일도 있다는 것을 알려 드린다. 레시
피는 이렇다. 보드카와 쿠앵트로, 레몬즙을 3:1:1로 넣고
블랙 라즈베리 술을 0.5 넣으면 된다고 한다. 이 네 가지 재
료를 셰이커에 넣고 흔든다. 그러고는 위에 샴페인을 붓는
다. 재미있는 것은 샴페인을 얼마나 부으라는 지침이 없다.

　의아하실 것이다. 도로시 파커가 진을 그렇게나 좋아
했다는데 왜 진 베이스가 아닌 보드카 베이스인 칵테일인
가 하고. 가끔 칵테일을 집에서 만들어 마시기도 하는 사람
의 입장에서 '도로시 파커'의 편을 들어 보자면 보드카와 쿠
앵트로는 환상의 커플이다. 보드카와 쿠앵트로와 레몬즙을
1:1:1로 해서 만드는 발랄라이카를 드셔 보시면 알 수 있다.
발랄라이카를 좋아하는 사람으로서 이건 맛이 없을 수 없는
조합이라고 생각한다. 보드카에 시트러스를 섞어 샴페인을
붓는다니… 강하고, 우아하고, 화려하다!

　술을 즐기고, 글도 좀 알고, 또 인생의 즐거움을 아는

'도로시 파커'들과 도로시 파커를 마시고 싶다고 생각한다.
술을 마시면서 시를 읊고 그러는 건 딱 질색이지만 도로시
파커의 이 시는 읽고 싶다.

> 술 마시고 춤추고 웃고 거짓말하고
> 사랑해라, 밤새 휘청거리며,
> 내일이면 우린 죽을 테니까!
> (그런데 아, 안 죽었네?)

샘에 맥주를 담그다

　멋이란 무엇이라고 생각하십니까? 가끔 묻고 싶을 때가 있다. 최근에도 그랬다. 어느 전시에 갔다가 쇼케이스에 진열된 옛날 잡지를 보고 나서다. 꼭지명은「그 사람과 멋」. 그 호의 멋을 담당할 사람으로 왼쪽에는 시인 서정주, 오른쪽에는 화가 박래현이 있었다. 서정주를 다룬 면의 제목은「도시에 사는 이방인」이었고, 박래현을 다룬 면의 제목은「멋 부리지 않는 멋」이었다. 서정주에 대한 글을 쓴 사람은 화가 김환기였다는 것도 밝혀 둔다.

　「멋 부리지 않는 멋」을 읽고 복잡한 마음이 들었기에 전문을 소개하고 싶다. 쓰신 분의 성함은 이종환.

별로 멋을 부리려는 기색이 없는데 어딘가 멋이 들어 있는 멋이 멋 중의 멋이 아닌가 생각한다. 박래현 여사는 여기에 속하는 보기 드문 멋쟁이다. 화장을 눈에 띄게 하는 법도 없고 머리는 밤낮 쨍배기에 꽁져 얹은 데다가 항상 수수한 옷차림이다. 그런데 멋이 흐른다. 무르익은 예술가의 교양에서 우러나는 멋이라고 할 수밖에 없다.

쨍배기라는 말을 사전에서 찾아보니 '정수리'의 경상도 방언이라고 한다. 꽁지머리는 들어 봤어도 '꽁지다'라고 동사형으로 쓰는 것은 처음 보았다. 1960년대의 잡지 같은데, 말이 이렇게 변해 왔구나 싶었다. 또 이종환 님께서 쓰신 '쨍배기에 꽁져 얹은' 스타일은 수수함과는 거리가 멀다고도 말씀드리고 싶다. 사진 속의 박래현은 앞머리와 옆머리를 띄워서 볼륨을 준 후 머리를 뒤로 작게 똬리 튼 시뇽 스타일을 하고 있다. 소위 '혼주 화장'할 때 하는 올림머리의 느슨한 버전이라고 하면 이해가 빠르겠다. 거기에 트위드 투피스와 쉬폰 블라우스를 입고 계시기에 어떻게 '멋 부리지 않는 멋'인지 나는 정녕 모르겠다는 생각이 들었던 것이다.

아니, 멋을 부리는 게 죄인가? 아무래도 그랬던 것 같다. 영화배우처럼 외모 자본이 필요충분조건이 아닌 여성 화가라면 말이다. 그래서 멋을 낸 화가의 사진을 실어 놓고도 '멋을 부렸다' 하지 못하고 '멋 부리지 않는 멋'이라고 한 건가 싶다. 너무 수세적이다. 선과 색으로 미적인 주장을 펼치는 게 직업인 사람이 자신의 분위기도 그럴듯하게 연출할 수 있는 건 능력이라고 생각하기에 이런 금욕적인 광경을 보면 가슴이 조여 온다.

하지만 마지막에 슬쩍 적어 두신 이 문장에는 사로잡혔다. "그 밖에 또 하나, 샘에 언제나 맥주를 담가 놓고 사는 생활의 멋 또한 빼놓을 수 없을 것 같다." 이 장면을 상상하는 것만으로도 상쾌해졌다. 소위 '힙플'을 표방하는 술집에서나 맥주를 담가 놓는 것을 보았을 뿐이다. 주로 파란 '바께쓰'에다가. 샴페인 쿨러를 모방한 금속 바스켓일 때도 있지만 아무래도 파란 바께쓰 쪽이 더 유쾌하다. 그 정도를 보며 즐거워했었는데, 샘이라니요!

샘은 물이 솟아나는 데를 이르는 말 아닌가? 프랭크 로이드 라이트가 지은 낙수장에 사는 것도 아니면서 이게 가능해? 아니면 자연인입니까? 샘이라니요, 샘이 납니다. 이런 막말을 하게 된다. 정말 집에 샘이 있었다는 건지, 연못이나 우물을 샘이라고 한 건지, 집 근처에 전용으로 쓰는 샘이 있던 건지 알 수 없다. 하지만 차가운 물에 맥주를 담가 놓았던 것은 사실로 보인다. 집에 샘이 있다면 놀랍고도 부러운 일이지만, 유사 샘이라도 그게 어딘가 싶다.

아마도 우물일까? 물이 지면에 노출되어 있는 것보다 지하에 있어야 맥주가 시원하게 유지될 수 있을 것이다. 1960년대 한국의 가정에서 시원한 맥주를 마시려면 집에 최소한 샘이나 우물이 있어야 했다는 생각에 이르렀다. 내가 전시에서 본 잡지의 발행 연도를 1960년대로 추정하는 이유는 1960년대 후반에 박래현이 미국으로 갔기 때문이다. 박래현과 김기창 부부는 1954년에 군산에서 서울로 올라와, 이후 성북동에 한옥을 장만했다고 알려져 있다. 그러니 이 샘은 성북동 한옥에 있던 것일 테다.

샘에 맥주를 담가 놓고 마셨다는 글은 내게 영향을 끼쳤다. 그게 어떤 술일지는 모르겠으나 술을 쟁여야 할 것 같은 충동이 일었다고 해야 할까. 아직까지 술을 쟁여 본 적이 없다는 게 겸연쩍기까지 했다. 생활의 멋은커녕 어떤 문턱조차 넘지 못한 느낌이랄까. 내가 술꾼이라고 자부할 정도는 아니지만 그래도 이런 글을 2년 넘게 쓰고 있는데 너무 온건하달지…. 그렇다. 너무 수세적이라는 느낌. 하지만 어쩔 수 없다. 나는 술을 마시는 것 이상으로 몸 걱정을 하는 편이니까.

최소한 와인 한 박스, 그러니까 한 종류의 술을 여섯 병 정도는 사야 '쟁인다'라고 말할 수 있을 것 같은데 나는 맛있어도 한 병 더 사는 정도다. 내가 아는 술꾼 중에 소주를 궤

짝으로 쌓아 놓고 마신다는 분, 혼자서 소주 열일곱(럭키 세 븐틴인가?) 병을 드신다는 분, 맥주를 궤짝으로 사 놓고 잔치 를 하신다는 분이 있기는 한데 그런가 보다 했다. 그랬던 내 가 맥주 여덟 캔을 쟁였다. 샘에 맥주를 담그는 기분으로.

처음이었다. 이네딧 담이었으니까. 처음으로 한 모금 마시고서 "아, 맛있어!"라고 말해 버린 맥주가 이네딧 담이 었다. 오렌지와 고수 향이 훅 끼치기도 했지만, 어두운 유리 병의 병목에 빨간색 라벨이, 병의 하단에 황금색 별이 있는 생김새가 영향을 미치지 않았다고는 못 하겠다. 나중에 캔 으로 출시된 이네딧 담도 마음에 들었다. 빨간색 라벨과 황 금색 별은 유지하되 검정색인 이네딧 담의 캔은 아름답다고 해야 한다.

이번에 이네딧 담을 쟁일 수 있었던 이유는 맥주 네 캔 행사에 이네딧 담이 포함되었기 때문이다. 상당히 어색하게 느껴졌다. 이네딧 담 판매자는 다소 고귀한 느낌으로 이 맥 주를 마케팅해 왔다는 생각을 했던 터라. 이네딧 담은 값이 나가는 편이라 다 팔릴까 봐 조급해졌고, 결국 여덟 개를 집 어 들었다. 더 살까 하다가 너무 많으면 질릴 수 있어 타협한 숫자가 여덟 개였다.

시원한 동시에 향기롭고, 솔티하기까지 하다. 알고 보 니 페란 아드리아가 스페인 맥주 회사 담과 함께 자신의 레스토랑에서 와인을 대신할 맥주로 개발한 게 이네딧 담이었다. 맥주 캔에 페란 아드리아의 이름이 적혀 있던 것이다. 페란 아드리아가 누구인가? 분자 요리의 대가이자 세상에서 가장 유명했던 레스토랑 엘 불리의 오너 셰프가 아니던가. 엘 불리는 2011년 폐업했는데 2008년 출시된 이네딧 담은 여전히 있다.

이네딧inedit은 '예전에 시도된 적이 없는'이라는 뜻이라고 한다. 라거 맥주와 밀 맥주를 결합한 스타일이라 그런 이름을 붙인 것 같다. '내가 만든 이 맥주가 최고'라는 뜻일지도 모르겠지만. 난생처음으로 술 쟁이기를 시도하게 한 술의 뜻이 '예전에 시도된 적이 없는'이라니, 좀 웃겼다.

초절기교의 소맥리에

우연히 태권도 시범단의 묘기를 본 적이 있다. 그저 그런 공연을 보고 나와 적적한 마음을 추스르며 걷는데 공원에서 50명 정도 되는 아이들이 대묘기를 펼치고 있었다. 정말, 그것은 대묘기라고 해야 한다. 태권도에 아무 관심도 가져본 적이 없는 나를 단번에 사로잡았을뿐더러 놓아주지 않으니까. 주로 태권도 관계자와 학부모, 동네 주민으로 구성된 관객 틈에 끼어서 관전하다가 박수까지 쳤다. 시큰둥하게 박수를 칠 바에야 가만히 있는 게 낫다고 생각하는 편인 나로서는 꽤나 열렬한 박수였다. 손바닥이 아플 지경이었던 나의 박수는 눈빛을 반짝이며 "합" 하고 기합을 넣은 후 날아오르는 약동의 에너지에 대한 경탄이었다.

　이 장면이 떠오른 것은 최근에도 경탄한 일이 있어서 그렇다. 게다가 이 역시 시범의 일종이었다. 소맥리에의 제조 시범. 소주는 파란 병의 두꺼비였다. 소맥리에께서는 일단 스냅을 사용, 두꺼비를 쌍절곤처럼 돌려서 회오리를 만들더니 뚜껑을 땄다. 역시나 그냥 따지 않고 무림 고수가 모가지를 비틀듯이 와자작. 그러고는 손날로 병목을 탁탁 쳐서 물방울(사실은 술방울)을 관전자의 얼굴로 뿌리는 게 아닌가? 방울 세례를 받은 사람은 말했다. "아유, 시원해." "어, 순수한 알코올!"

　어머, 이게 뭐지? 아침 이슬 맞는 풀잎도 아니면서. 해괴하지만 귀여웠다. K국의 술자리 바이브를 이토록 소름 돋게 묘사하다니. 남들이 보면 추태라고 하지만 자기들끼리는 세상 소중하고 유쾌한 순간이 거기에 있었다. 그렇다. 나는 드라마를 보고 있었다. 20년 동안 경력이 단절되었던 40대 후반 여성이 뒤늦게 병원 레지던트를 하면서 벌어지는 일을 그렸다기에 보게 된 드라마였다. 제목은 〈닥터 차정숙〉.

　소맥리에는 제조 시범을 보이다가 인간문화재급이라는 찬탄을 받는다. 그도 그럴 것이 도열해 있던 맥주병을 숟가락으로 뼁 뼁 하고 따더니 출수구를 엄지로 막아(압력을 높여 주는 효과) 수제 스프링클러를 만들어 맥주가 뿜어져 나오게 한다. 자연히 잔 외벽까지 칠갑될 수밖에 없는 상황. 내가 감탄한 것은, 난폭하게 소맥을 제조하던 분께서 사뿐히 잔을 흔들더니 알코올이 묻은 잔의 외벽을 역시 사뿐히 닦아 술잔을 내밀던 그 순간이었다. 이 장단, 이 강약에 웃지 않으면 유죄 인간이라고 생각했다. 이토록 부드러운 연결은 부드러운 목 넘김만큼이나 좋다.

2년 차 여성 레지던트가 바로 그 소맥리에(배우는 조아람 분)였다. 절도 있고, 산뜻했다. 그리고 멋있었다. 언니라는 말을 몇 번 해 본 적 없는 나도 언니라고 부르고 싶을 만큼. 나이가 어려도 존경심이 드는 그런 분들이 계시다. 구시대 인물 같았으면 '병권을 잡았다'며 설쳤을 수도 있었겠지만 그런 건 없었다. 병권을 쥐네 마네, 이런 말은 참으로 병맛이다. 병권을 쥔다고 하면 병조판서라도 된 기분이 드나 싶지만 어쨌든 문명사회에서 이런 말씀은 좀 삼가셨으면 좋겠습니다. 청바지만큼이나 그렇습니다. 청바지가 무엇의 약자인지 내 입으로 말하기 부끄럽다. '청춘은 바로 지금' 이런 거 한마음 한뜻으로 안 외치고 각자 속으로 생각하셨음 좋겠다.

나는 내가 겪은 소맥리에들을 떠올리기에 이르렀다. 그들은 논쟁가이기도 했다. 소주와 맥주의 비율을 몇 대 몇으로 해야 할지로 시작해 소주잔을 맥주잔 속에 빠트려야 하나 아니면 칵테일처럼 샷 추가를 해야 하나로 이어졌고, 거품을 일으키는 방식도 젓가락을 꽂을지 숟가락을 돌릴지를 두고 얼마나 뜨거웠던가. 소맥에 대한 별다른 철학도 주관도 없으므로 그저 지켜보는 편이었던 나는 이번에 하나 알게 되었다. 맛이나 비율보다는 현란한 기술이 이 모든 것을 제압할 수 있다고. 소맥리에는 조주사가 아니라 엔터테이너라고. 대단한 깨달음 아닙니까?

하지만 엔터테이너는 하늘이 내린다. 그 경지까지 아니라면 레크리에이션 활동가 정도라도 좋다. 레크리에이션의 뜻이란 무엇인가. "피로를 풀고 새로운 힘을 얻기 위하여 함께 모여 놀거나 운동 따위를 즐기는 일"이라고 국어사전은 말한다.

한 사람을 떠올렸다. J라고 하자. 그날 위스키에 맥주를 타 마셨으니 위맥리에라고 해야 하겠다. 아무도 그를 호명하지 않았지만 자발적으로 위맥리에로 나선 게 J였다. 다변가에 다혈질로 보였던 분이 다소곳이 고개를 숙이고 조신하게 위스키 샷 잔을 도열시키는 장면이 인상적이었다. 외교관이었다는 그에게 외교가에서 배운 거냐고 물을 기회도 없이 J는 계속 술을 말았다. 그의 자태를 보고 우리는 함께 즐거웠으니, 그 시간은 레크리에이션이 맞다. 현란하지는 않았어도 어느 정도 소박한 기쁨이 있었기에.

대단하거나 환상적인 장면은 상상이나 화면 속에나 있는 것 같다. 내가 앞에서 말한 〈닥터 차정숙〉의 소맥 신은 내가 본 음주 장면 중에서 손에 꼽을 만큼 압도적이었는데, 그건 외과 과장 윤태식 님(배우는 박철민 분)이 받쳐 주셔서 그랬다. 시작부터 상당했다. 의국 사람들이 병원 로비에 모여 있는데, 윤 과장님은 그냥 있지 않았다. 술은 체력이라고 읊조리면서 스쿼트를 하는 게 아닌가? 평소에는 천 개를 하는데 술 마신 다음 날은 2천 개를 한다며. 사람들이 다 모이자 그분은 이렇게 말씀하셨다. "자, 피 같은 시간이 지나가고 있습니다. 빨리 가서 혼을 실어 한잔하십니다!" 이런 건 절륜하다고 해야 한다.

그 순간, 알았던 것 같다. 이 드라마, 심상치 않다고. 작가님의 필력과 배우님의 연기에 이 신을 몇 번이나 돌려 보았는지 모른다. 그렇게 도착한 삼겹살집에서 의국 사람들은 인간문화재급 소맥리에의 시범을 보게 되는 것이다. 이런 과장이 있으니 또 저런 훌륭한 소맥리에가 초절기교를 펼칠 수 있는 법. 소맥리에가 제조한 K국 공식 칵테일을 배급한 후, 윤 과장님은 말씀하신다. 지긋지긋하지만, 그래도 이런 자리에서 빠질 수 없는 건배사를 말이다. "내가 '소맥으로' 하면, 여러분은 '죽여 버릴 거야'."

아… 과장님, 존경합니다. 그 순간, 나도 거기에 있고

싫었다. "죽여 버릴 거야"를 외치고 싶었으니까. 그러고는 배급받은 칵테일을 단번에 들이붓는 것이다. 무슨 발할라에 온 바이킹 전사라도 된 느낌으로.

하지만 상상은 이렇게 상상으로 남겨 둘 때 아름답다고 생각한다. 굳이 실현시킬 것까지야 싶으면서도 삼겹살에 소맥이 하고 싶다. 몇 년간 삼겹살에 소맥을 먹은 적이 없는데 말이다. 우리(한민족)의 혈관에는 삼겹살과 소맥의 강이 흐르고 있는 건가. 저런 장면에서 숨이 막히고, 피가 끓어오르는 나는 어쩔 수 없는 한국 사람이구나 싶고, 이렇게 어처구니없는 방식으로 민족의식이라는 게 고취되기도 하나 싶었다.

샴페인은 이제 그만

조 라이트의 영화 〈다키스트 아워〉를 보다가 영국 총리가 된 처칠에게 제일 먼저 뭐 할 거냐고 묻는 장면에서 실소했다. 샴페인부터 한잔할 거라고 했기 때문이다. 총리가 된 사람이 처칠이 아니었다면 그렇구나 하고 넘어갔겠지만, 처칠이라면 상황이 다르다. 매일 술을 마시고, 샴페인도 매일 마셨던 사람이 처칠이라서.

그러니 보통 사람들이 축하할 일이 있을 때 샴페인을 마시는 것처럼 샴페인을 마시겠다는 걸 듣고 웃음이 나왔다. "물이나 한잔할게요" 정도로 들렸으니까. 이분은 유머를 즐겼고, 유머를 어찌나 사랑했던지 키웠던 고양이의 이름마저

'조크'로 지었을 정도니 충분히 그럴 만도 하다. 알아들을 사람은 알아서 웃으라는 그 정도의 조크랄까.

술을 누구보다도 많이 마시고, 매일 마시고, 그럼에도 불구하고 취하지 않았던 사람으로 유명한 게 이분이시다. 보리스 옐친이 술을 마시고 이런저런 기행(?)을 벌인 것과 달리 처칠은 술과 관련된 별 사고 없이 죽을 때까지 술을 마셨다. 숙취 없이, 활력과 용기라는 술에서 얻을 수 있는 장점만 취하면서 말이다.

취하지도 않고, 건강도 문제없이 내내 마셨다. 조지 6세가 어찌 그렇게 낮술을 잘 드시냐며, 반은 감탄 또 반은 의아해서 묻는데 처칠은 이렇게 말한다. "연습하면 됩니다." 역시 조크라고 생각한다. 술을 그렇게나 많이 마시고 아무렇지도 않을 수 있는 건 집안 내력이었다고 들었다.

눈 뜨자마자 스카치를 마시고, 점심에 샴페인 한 병, 저녁에 또 샴페인 한 병, 새벽까지 브랜디와 와인을 마시는 게 매일의 일정이었다고 〈다키스트 아워〉에 나온다. 남들이 보리차를 먹듯이 스카치를, 탄산수를 먹듯이 샴페인을 마시는 것이다. 나는 이렇게 과시적인 음주 일정표를 본 적이 없다. 비싼 브랜디와 샴페인을 쉬지 않고 들이마시는 매일매일이라니.

처칠에게는 돈 문제가 있었다. 나름대로 있는 집안의

자제에다 돈도 꽤나 버셨지만 비싼 술을 너무 드셨다. 돈을 많이 번다고 해도 그보다 더 쓰게 되면 돈이 모자란 것은 당연한 일. 어디 술만 드셨나? 시가도 피웠다. 영화에서도 내내 그러고 있다. 공과금도 못 내게 생겼다고 아내가 돈 걱정을 하자 그는 해결책을 내놓는다. 하루에 시가 네 대만 피우겠다고.

정말 그랬을 것 같진 않다. 그건 그냥 순간을 넘기려는 귀여운 면피용 발언인 것 같고, 시가를 줄일 수 있는 사람으로도 보이지 않았으니까. 그래서 어떻게 했느냐? 더 많이 벌려고 했다. 상식적인 사람이라면 엥겔지수를 낮추기 위해 식비를 줄이겠지만, 그는 상식적인 사람이 아니고 또 시가와 샴페인 없이 살 수 없는 사람이었으니까. 그렇다면 남은 방법은 한 가지다. 분자에 해당하는 식비를 줄일 게 아니라 분모에 해당하는 소득을 높이면 된다.

그는 술값을 충당하기 위해 정치를 하면서도 끊임없이 신문과 잡지에 글을 썼다. 나중에 제2차 세계대전 중에 했던 연설로 노벨문학상을 받게 되는데, 나는 이게 샴페인의 힘이라고 본다. 샴페인 값을 벌기 위해 글을 썼고, 잘 써야 했고, 계속 써야 했으니 점점 더 잘 쓰게 된 게 아닌가라고. 글은 쓸수록 는다. 술을 마시면 늘듯이.

처칠의 낭비를 다룬 책이 있는데 제목이 『No More Cham-

pagne』이다. 언젠가 번역되길 바라는 이 책에 따르면 처칠이 평생 소비한 샴페인이 무려 4만 2천 병이었다고 한다. 하루에 두 병을 마시니 1년이면 730병… 매일 마신다고 했을 때 쉬지 않고 무려 57년을 마실 수 있는 양이다. 또 웬만한 걸 드시지 않았을 테니 한 병에 20만 원이라고 치면, 하루에 40만 원, 한 달 샴페인 값만 1,200만 원이다. 샴페인 값만 따진 게 그렇다. 샴페인과 함께 매일같이 즐겼다는 시가와 브랜디와 스카치는 포함시키지 않은 게 이 정도인 것이다.

시가를 샴페인에 찍어서 피우기도 했다는 이야기도 들었다. 이게 가능할까 싶었고, 그래서 어떻게 마시고 어떻게 피우는지 궁금해서 〈다키스트 아워〉를 보게 된 것이다. 또 하나 궁금했던 것은, 하루 종일 양손에 시가와 술잔이 들려 있는데 글은 어떻게 썼을까 하는 점이었다. 잘 때 빼고 쿠바산 시가를 늘 손에서 놓지 않았다는 이야기도 샴페인에 시가를 찍어서 피웠다는 이야기만큼이나 많이 들었다.

영화를 보고 어느 정도 궁금증이 풀렸다. 본인이 손으로 '쓰지' 않았던 것이다. 처칠이 한 손에는 시가를, 다른 한 손에는 술잔을 들고서 문장을 웅얼거리면 타이피스트가 열심히 타자기를 두드린다. 욕조에 들어갈 때도 입을 쉬지 않았다. 역시 한 손에는 시가를, 한 손에는 술잔을 들고 또 웅얼거리면 타이피스트가 문밖에서 귀를 기울이며 타자기를 친다.

처칠의 샴페인으로 유명한 게 폴 로저다. 또 그가 즐겨 피웠다는 쿠바산 시가는 로메오 이 홀리에타로 알려져 있다. 프랑스에서 영국 공사가 주최한 오찬장에서 1928년산 폴 로저에 반한 처칠은 그 후 대량으로 이 샴페인을 구입한다. 영국군이 세계대전에 참전할 때 처칠이 이런 말을 남겼다고 한다. "프랑스를 위해 싸우는 게 아니라 샴페인을 위해 싸우는 것이다."

샴페인이 나는 곳은 프랑스 샹파뉴 지방이고, 샹파뉴에서 생산되는 스파클링 와인에 한해서만 샴페인이라고 부른다. 샴페인은 샹파뉴의 영어식 발음인 것이다. 스파클링 와인인 프로세코나 카바도 '샴페인'이라고 부르기도 하지만 원칙적으로는 샴페인이 아니라는 말이다. 프로세코나 카바는 샹파뉴에서 생산되지 않기 때문이다. 샹파뉴 지방의 중심은 랭스로, 스테인드글라스가 아름답기로 유명한 랭스 대성당이 있는 그곳이다. 폴 로저의 박스에는 랭스와 랭스 부근의 샹파뉴 지역이 그려져 있다.

그렇다. 나는 폴 로저를 한 병 샀다. 글도 좀 쓰시고 술도 좀 드시는 분이 쌓아 놓고 먹었던 샴페인이라니 흥미가 가지 않을 수 없었다. 작은 와인 셀러에 넣어 놓고 딸 수 있는 날을 기다리고 있다. 처칠이 아닌 나는 폴 로저를 아무 때나 마실 수는 없으니까.

　박스에는 처칠과 젊은 숙녀가 함께 있는 모습도 그려져
있다. 숙녀는 폴 로저의 상속자로 알고 있는데, 그들은 가끔
만나며 친교를 나누었다고 한다. 1965년 처칠이 죽었을 때
이 숙녀분께서 1965년산 폴 로저에 애도의 뜻으로 검은 띠
를 두르게 하셨다고 한다. 10년 후인 1975년 폴 로저는 처
칠을 기리는 새로운 라인을 발표하는데, 이름하여 '서sir 윈
스턴 처칠'이다. 폴 로저를 매일 드셨던 분이 폴 로저가 되신
것이다. 그래서 윈스턴 처칠 경은 세상에 여전히 남아 있게
되었다는 이야기.

진 리키를 마시는 시간

거창한 말을 좋아하지 않는다. 민족이나 조국, 애국이나 국가 같은 말들을. 인생의 책이라는 말도 그렇다. 좋아하기에는 너무 크다. 아르젠티노사우루스의 대퇴골만큼이나 무시무시한 것이다.

인생도, 책도, 개별적으로는 아름다운 말이지만 인생의 책이라니…. 하지만 이 계절의 책 같은 건 좋다. 참 좋다. 게으른 사람이라서 이런 걸 뽑아 본 적이 없는 나는 앞으로 이런 걸 뽑아 봐도 좋겠다는 생각이 들었다(하지만 이러고 말겠지). 봄에는 도다리쑥국을, 여름에는 콩국수를, 가을에는 햇사과를, 또 겨울에는 어복쟁반을 찾아 먹듯이.

서설이 길었군요. 여름의 책에 대해 이야기하기 위해서였다. 여름 중에서도 늦여름의 책. 이 책에는 이런 문장이 나온다. "다음 날은 날씨가 푹푹 쪘다. 그해 여름이 끝날 무렵, 가장 더운 날임에 틀림없었다." 차 안의 왕골 시트에 불이 댕겨질 정도로 뜨거웠다고 말한다. 뭔지 아시는 분? 스콧 피츠제럴드의 『위대한 개츠비』다.

중학교 때 이 책을 처음 읽고 유치하다고 생각했다. 스무 살 때는 유명한 첫 문장에 꽂혔다. 모두 너처럼 유리한 환경에 놓여 있지 않다는 걸 명심하라는 닉의 아버지의 말에(이런 아버지를 가진 닉을 질투했다). 세 번째에는 이 소설, 참 이상하다고 생각했다. 셔츠를 공중으로 던지며 자랑하는 남자와(웬 경망?) 그걸 보고 아름답다며 흐느끼는 여자를 보며(웬 소란?) 사이코 드라마인가 싶었다. 지금의 단계는 이러하다. 나 또한 저들 이상으로 유치하고 이상하다고. 그 사실을 인정하기까지 오래도 걸렸다.

『위대한 개츠비』를 세 번 이상 읽은 사람과는 친구가 될수 있다고 말한 사람은 무라카미 하루키였던 것 같다. 나는 여러 번역본 중에 오서독스함이 좋아서 김욱동 번역으로 계속 읽고 있다. 이제는 새로운 번역의 개츠비가 나올 때도 된 것 같다고 생각하며. 하루키는 이 책을 영어로 읽고 일본어로 번역도 했으니 나와는 감흥이 또 다를 것 같은데…. 나는

'친구'까지는 모르겠고 이 소설에 나오는 인물들에 대해 자기만의 해석을 하는 사람을 만난다면 그 순간 좀 반할 수도 있을 것 같다. '이거 개츠비가 입을 만한 핑큰데?'라거나 '심벌즈처럼 울리는 게 데이지 목소리 같아'라거나. '그 순간'이겠지만, '그 순간'뿐이라서 더 그럴듯하지 않나.

그렇다. 좋은 소설은 이런 것이다. 읽는 사람에게 흔적을 남긴다. 상처일 수도 있고, 깨달음일 수도 있고, 소설의 무엇을 따라 하고 싶게 만들기도 한다. 소설의 인물처럼 옷을 입거나, 말을 하거나, 아니면 그들이 먹고 마시는 것을 먹고 마시기. 나는 그래서 늦여름에, 더위에 지칠 대로 지쳤지만 곧 이 여름이 끝날 거라는 작은 희망을 붙들며 버티고 있는 이 계절에 진 리키를 마신다. 『위대한 개츠비』에서 그들이 진 리키를 마시기 때문이다.

데이지와 개츠비, 베이커와 톰과 이 소설의 화자인 닉이 '그들'이다. 더운 날, 그들은 짜증 어린 열기를 공유하고 있다. 이런 상황이다. 톰 말고는 모두가 함께 있는 데에서 데이지가 개츠비에게 키스한다. 그러면서 내가 당신을 사랑하는 걸 아느냐고 묻는 데이지. 베이커는 여기 숙녀가 있다는 걸 잊었느냐고 하고… 톰은 어디 갔나? 데이지가 남편인 톰에게 차가운 음료수를 만들어 오라고 해서 음료수를 만드는 중인데 데이지는 톰이 나가자마자 개츠비를 당겨 키스했던 것이다. 데이지는 왜 그러나? 격정에 못 이겨 그러는 걸 수도 있지만 인과를 찾자면 이렇다. 그녀가 있는데도 애인과 긴 통화를 하는 톰을 데이지는 보고 있어야 했다. 방금 전에.

톰이 만들어 온 칵테일이 진 리키였다. 이들이 쭈욱 들이켜는 장면을 보면 참을 수 없이 진 리키가 마시고 싶어진다. 아니, 톰이 얼음으로 가득 차 찰랑거리는 진 리키 네 잔을 쟁반에 받쳐서 방으로 가지고 들어오는 순간부터 그랬다. 그때 이미 마음에 진 리키가 차올랐다.

그렇다. 진 리키는 얼음으로 가득 차 있어야 한다. 미식축구 쿼터백이었다는, 이 꽤나 거들먹거리는 부잣집 아들 톰 뷰캐넌은 경력을 사칭한 개츠비만큼이나 우스꽝스럽지만, 이렇게 얼음을 가득 채운 것만큼은 칭찬해 주고 싶다. 최소한 톰은 칵테일이 뭔지, 진 리키가 뭔지는 아는 사람인 것이다.

나는 남자든 여자든 술에 대해 잘 아는 사람에게 끌린다. 그게 술이든 뭐든 배울 게 있는 사람을 좋아하는데, 술이라면 더 좋지 않나 싶다. 그 사람들 앞에서 조용히 술을 마시면서 그들이 풀어놓는 술 이야기를 듣고 싶다. 하지만 재미있는 이야기여야겠죠?

얼음은 곧 녹아 버릴 것이므로 잔뜩 넣어야 한다. 그토록 더운 날에는 더더욱. 집에서 얼린 작은 정사각형 얼음이 아니라 최소한 편의점에서 파는 단단한 돌얼음으로. 잔에 얇게 썬 라임 조각 두 개를 붙이고, 불균질하게 부순 얼음이 빙하처럼 끝까지 차 있어야 한다. 여기에 라임즙과 진과 탄산수를 채운다. 내게 진 리키는 얼음을 마신다고 생각하며 마시는 술이기 때문이다. 콜린스 잔이라면 더 좋다. 날씬하고 긴 콜린스 잔이 진 리키에 딱이라서. 진 리키로 날씬한 콜린스 잔을 가득 채워야 한다.

어떤 칵테일 레시피북에서는 진 리키를 이렇게 말한다. 산에 올라가 마시는 차디찬 샘물 다음으로 시원한 여름 공식 음료. 대공감! 그렇다. 진 리키는 술이 아니다. 술보다는 음료다. 진과 라임즙을 거의 3:1로 타서 만드는 이 술은 처음에는 제법 세지만 탄산수, 그리고 얼음이 녹으면서 생기는 물로 점점 옅어지고, 얼음이 다 녹을 때쯤이면 술보다는 음료에 가까워진다.

이렇게 긴 시간을 두고 마시는 칵테일을 롱 드링크라고 하는데, 나는 진 리키를 마시면서 지금 이 글을 쓰고 있다. 진 리키를 만들어 가져오면서 얼음이 다 녹기 전에 이 글을 끝내고 본격적으로 마시려고 했지만 아직 쓰고 있다. 얼음이 다 녹았는데….

여름은 좀 그렇지 않나. 어떤 일이 벌어질 것만 같고, 벌어지지 않는다면 내가 저질러야 할 것 같고. 그래서 여름은 뜨겁다. 사람의 피를 끓어오르게 하는 계절이기 때문이다. 이열치열이라지만 이 소설은 뜨거운 소설이 아니다. 서늘하게 뜨겁다. 아니, 그보다는 온화하게 뜨겁다고 해야겠지. 나는 그래서 『위대한 개츠비』와 진 리키를 좋아한다.

그런데 왜 네 잔일까? 사람은 다섯 명인데. 그는 만들면서 이미 마신 걸까? 알 수 없다. 레시피는 나오지 않는다. 그저 뻔뻔하고 오만한 잘난 남편 톰 뷰캐넌이 진 리키를 쟁반에 받쳐 들고 가지고 오는 게 이 책에서 진 리키를 위해 할애된 가장 화려한 부분이다. 그래서 더 좋다. 내 식대로 진 리키를 만들 수 있기 때문이다.

이 술이 모두에게 맛있을 것 같지는 않다. 진 리키는 한입을 마시고서 '정말 맛있어!'라고 할 만한 술은 아니다. 누군가에게는 시고, 떫고, 밍밍할 수 있다. 이게 뭐냐고 할 수도 있다. 나는 무라카미 하루키의 말을 빌려 이렇게 말하고 싶다. 진 리키를 좋아한다고 말하는 사람이라면 친구가 될지도 모르겠다고.

나는 어느 순간 알게 되었는데, 식성이 성격을 반영한다는 것이다. 이렇게 쨍하면서 맑고 산뜻하게 시큼한 술을 좋아하는 사람이라면 성격은 뭐 말 안 해도.

인도의 창백한 맥주

'올드 스파이스'라는 남성 화장품이 있었다. 불투명한 우유색 유리병에 범선이 그려져 있는 이 물건은 세상에 대해 거의 알지 못하나 궁금한 것은 많았던 한국의 한 초등학생을 현혹시켰다. 1980년대의 일이다.

뭔가 광고 카피도 상당히 야심 찼다. 지금 찾아보니 "야망과 도전의 전통 향취 – 올드 스파이스". 이게 메인 카피다. 이런 문장도 함께 있다. "그 향취에는 전통의 중후함과 진보의 위대함이 살아 있습니다." 아….

아이피에이를 마시다가 생각했다. 이 맥주는 그런 범선에 실려 인도에 도달했겠구나라고. 올드 스파이스 병에 새겨진 그런 범선을 타고 말이다. IPA, 인디아 페일 에일India Pale Ale이라 불리는 이 맥주는 영국에서 만들어져 인도로 갔다. 동인도회사에서 일하는 인도의 영국인들은 고국의 맥주를 그리워했고, 인도에서는 영국인들을 만족시킬 만한 맥주를 생산하지 못했다. 그래서 영국에서 가져왔던 것이다. 긴 항해를 거쳐 말이다.

세상에서 가장 뜨거운 곳인 적도 부근도 두 번 지난다. 대서양을 지나 아프리카의 최남단 희망봉으로 내려갈 때 한 번, 다시 위로 올라와 인도양을 지나 인도로 갈 때 또 한 번. 10개월 정도 걸렸다고 한다. 그래서 상했다. 10개월의 항해를 이기지 못했던 것이다. 변질되지 말아야 했다. 조지 호지슨이란 영국의 맥주 제조자의 비책은 알코올 도수를 높이고, 방부 효과가 있는 홉을 넣는 것이었다. 세고, 쓴 맥주가 만들어졌다. 과연 긴 항해에도 끄떡없었다.

영국의 특정한 맥주 스타일을 가리키는 말인 '에일'에 '인디아'와 '페일'을 붙여 '인디아 페일 에일'이 되었다. '페일'은 '창백한'이라는 그 뜻이 맞다. 색이 정말 창백하다기보다는 당시 영국에서 유행하던 맥주인 색이 짙은 포터와 차별화하기 위해 '페일'을 붙였다고 한다.

그저 이름이 마음에 들어 아이피에이를 시킨 적이 있다. 그런데 바로 이 '페일'이 문제였다. 벨벳 언더그라운드의 노래 〈페일 블루 아이즈〉를 떠올리며 '색이 옅으면 도수가 낮겠지'라고 생각했다. 그런데, 어라? 도수가 약하지도, 색이 옅지도 않았다.

뭘 몰랐던 시절이다. 그러고 나서도 잘못을 되풀이했다. 아이피에이의 피가 '페일'의 약어라는 것만 강하게 박혀 '약한 맥주'라며 아이피에이를 시켰다. 그러고는 '아, 이 맥주 썼지'라고 후회하는 일을 반복했다.

독하고, 썼다. 내가 가장 피하고 싶은 유형의 맥주였다. 나는 맥주에 약한 편이고, 도수가 높은 맥주는 더 힘들다. 눈앞에 아이피에이를 두고 생각했다. 왜 옅지도 않은데 '페일'이라고 하는 거지? 바이젠은 물론 필스너보다도 색이 진한 이 맥주를 몇 모금 마시다 말았다.

'페일'이라는 단어에 약했을 수도 있다. 그래서 인디아 페일 에일의 페일이 내가 아는 그 페일과는 다른 맥락에서 쓰였다는 것을 알고도 '인디아 페일 에일은 독하고 쓴 맥주'라는 것을 받아들이기까지 오래 걸렸다. 인디아 페일 에일을 시키고, 마시고, 시키고, 마시고 했다. 그러다 좋아하게 되었다. 이마를 찌푸리게 하던 쓴맛을 어느 순간 이해하게 되었달까. 쓴맛 안의 에스테르라고 해야 하나. 오렌지 껍질, 캐러멜, 견과류, 나뭇진 같은 걸 느끼게 되었다. 아마도 스며듦의 과정이라고 해야겠다.

거의 10년이 걸렸다. 아이피에이를 마시기 시작한 것
도, 익숙해지는 과정을 거쳐 좋아하게 된 것도 10년이다. 요
즘에는 거의 아이피에이를 마신다. 필스너나 바이젠이 생각
날 때도 있지만 80%는 아이피에이다. '쓴맛'이라며 멀리했
던, 아이피에이 안에 들어 있는 여러 가지 맛을 느끼고 있다.
그러니 생각하지 않을 수가 없다. 아이피에이의 탄생 설화
와 출세와 쇠락과 부활 같은 것에 대해서.

내수용이 아닌 인도로 수출되는 맥주인 아이피에이를
영국 본토 사람들이 어찌어찌해서 마시게 되었는데 반응이
폭발적이라 영국에도 아이피에이가 확산되었다는 이야기를
들었다. 얼마나 잘되었는지 '배스'라는, 아이피에이 맥주를
만들던 회사는 영국 최초로 상표 등록을 한다. 배스를 좋아
하던 나폴레옹은 프랑스에도 배스 공장을 세우기를 원했는
데 이루어지지 않는다. 배스의 아이피에이 맛을 결정한 가
장 큰 요소는 몰트도 홉도 아니요, 물이었기 때문이다. 배스
는 버턴온트렌트라는 석회질 토양이 특징인 고장에서 만들
어졌는데, 프랑스에서는 이와 비슷한 토양을 찾지 못했다고
한다.

그렇게 아이피에이 사업이 잘 굴러갔는데, 영국 정부가
주세법을 바꾸면서 아이피에이는 쇠락한다. 알코올 도수에
따라 주세를 매기기로 하면서 도수가 높은 아이피에이는 비

싸졌고 그때부터 사람들이 잘 찾지 않게 되었다고 한다.

미국에서 크래프트 비어 붐이 일면서 아이피에이가 다시 부활한다. 뭔가 다른 거, 뭔가 새로운 걸 찾던 맥주 제조자들은 인디아 페일 에일 스타일에 착안, 홉을 활용한 맥주를 만들기 시작하고, 이게 전 세계로 퍼졌다. 홉이 강한 맥주라면 아이피에이로 부르게 되었고, 버턴온트렌트 같은 토양이 아니더라도 전 세계에서 아이피에이를 만들고 있는 것이다.

인류가 바다에 길을 내던 이야기를 좋아한다. 돌아오지 못할 수도 있는 그 길을 가던 사람들의 이야기와 그들이 배에 싣고 간 물건, 싣고 돌아온 물건 같은 것들에 대한 이야기를. 후추와 카다멈과 육두구 같은 향신료를 가지러 아시아에 가던 유럽인들은 배에 은화를 싣고 갔다고 한다. 아시아에서 팔 수 있는 마땅한 물건이 없으니 수요가 큰 은화를 가져간 것이다. 그러다가 인디아 페일 에일을 싣고 가게 되었다. 맥주가 무거워서 배의 균형을 잡는 데 도움이 되었다는 이야기도 들었다.

앞에서 영국에서 인도까지 가는 데 10개월이 걸렸다고 적었는데, 4개월이 걸렸다는 이야기를 최근에 들었다. 2021년 노벨문학상을 받은 압둘라자크 구르나의 소설 『바닷가에서』를 읽다가였다. 왜 이렇게 차이가 나나 싶었는데

궁금증이 풀렸다. 계절풍 때문이었다. 1년의 마지막 몇 달
은 인도양을 지나온 바람이 아프리카 해안으로 불고, 해가
바뀌어 몇 달은 바람이 방향을 바꿔 거꾸로 분다. 그래서 상
인들은 아프리카 쪽으로 바람이 불 때 아프리카에 왔다가 바
람의 방향이 바뀔 때 동쪽으로 돌아간다. 아라비아해의 사
람들은 인도양의 바람에 맞춰 천 년 넘게 그렇게 해 왔다고
한다.

　　이 바람의 이름이 '무심'이다. 아랍어인 이 말이 포르투
갈어를 거쳐 전해지면서 '몬순'이 되었다고 한다. 아이피에
이를 싣고 인도로 가던 이들도 무심을 타고 갔다. 무심이 뒤
에서 밀어 주면 빨리 갔을 테고, 무심이 도움을 주지 않거나
방해하면 오래 걸렸을 것이다. 바람에 올라타야 제대로 갈
수 있었다. 아이피에이 한 캔을 마시면서 이런 이야기를 할
수 있다니, 이래서 나는 술이 좋다.

옥수수 껍질을 벗기다가

아침에 옥수수 껍질을 벗기다가 버번위스키가 먹고 싶어졌다. 옥수수로 만든 위스키가 버번이라서. 그리고 나는 버번이 오븐에 구운 옥수수와 잘 어울린다는 것을 알고 있다.

어젯밤 그렇게 먹어 보았다. 오븐에 구운 초당 옥수수를 먹다가 '버번위스키가 옥수수로 만든 술이었지?'라는 데 생각이 미쳤고, 버번을 따랐다. 집에는 두 종류의 버번이 있는데 하나는 짐빔, 또 다른 하나가 메이커스 마크다. 메이커스 마크를 좀 먹다가 역시 안 되겠다 싶어 하이볼로 만들어 마셨다.

남들은 달콤하고 부드럽다고 하는 메이커스 마크 특유

의 맛이 있는데 잘 적응이 되지 않는다. 공업용 본드 맛이라
고 해야 할지 좀 거북한 맛이 느껴진다. 하지만 메이커스 마
크 병은 참으로 아름답고, 하이볼로 만들어 마시는 메이커
스 마크는 꽤나 맛있다. 하이볼은 위스키에다 토닉워터나
진저에일, 또는 탄산수를 1:3으로 섞으면 된다. 위스키의
맛에 따라 진저에일을 넣기도 하고 탄산수를 타기도 하는데
어제는 진저에일로 했다. 메이커스 마크의 달착지근하면서
강하게 찌르는 맛에는 진저에일이 어울릴 것 같아서.

이렇게 술을 술이 아닌 것과 섞는 것에 반감을 드러내는
분들이 있다는 것도 알고 있다. 그들은 위스키에 관해서 더
엄격하다. 위스키의 순수한 상태를 보존한 채로 마시는 것
만 의미 있다고 생각하는 근본주의자랄까. 술을 물이나 음
료나 얼음에 타는 걸 범죄라고 생각하시는 분들이다.

가끔 궁금해진다. 평양냉면에 식초나 겨자를 타는 걸
죄악시하는 분들과 위스키에 다른 것을 타는 걸 반대하는 분
들이 만나면 말이 잘 통할까? 어쩌면 그들은 같은 사람일 수
도 있겠구나 싶기도. 어쨌든 나는 섞는다. 술에도 물이나 음
료를 섞고, 평양냉면에도 겨자와 식초를 탄다. 순수한 것은
순수한 것대로 좋지만 섞으면 또 다른 맛을 느낄 수 있기 때
문이다.

역시 탁월한 선택이었다. 버번으로 만든 하이볼에, 직

화를 한 건 아니지만 오븐의 그릴 기능으로 구워서 불맛이 느껴지는 옥수수는 잘 어울렸다. 그리고 옥수수와 버번이라는 조합이 더없이 미국적이라고 생각했다. 옥수수는 미국의 대표 작물이고, 버번은 곧 미국 위스키이고, 옥수수로 위스키를 만드는 것도 미국적이기 때문이다.

버번위스키 법령에는 이런 조항이 있다고 한다. 미국에서 증류되어야 하고, 옥수수의 비율이 51% 이상이어야 한다는 것. 옥수수가 50%이면 버번이 못 되고, 옥수수가 58%라도 미국 밖에서 증류되면 버번이 아닌 것이다. 옥수수가 51%이고 라이가 49%이면 버번위스키가 되고, 라이가 51%에 옥수수가 49%면 라이위스키가 된다. 라이위스키는 호밀이 주재료가 되는 위스키로, 옥수수와 호밀로 위스키를 만드는 것도 참으로 미국적인 발상이다.

연극을 보면서 참을 수 없이 버번이 당겼던 적이 있었다. 연극 무대에 옥수수 냄새가 진동했던 것이다. 극중 인물 중 하나가 옥수수자루가 수북하게 달린 옥수수대를 다발로 안고 무대에 등장했는데, 순간 마스크를 뚫고 들어왔다. 옥수수 냄새가 말이다. 갓 꺾은 옥수수의 풋내란 이렇게 강렬한 거구나라고 생각할 정도로 강한 냄새였다. 미국인 극작가 샘 셰퍼드가 미국 일리노이의 농장을 배경으로 쓴 연극이었다. 코로나 시대의 일이라 연극의 대사들은 희미해졌지만 마스크를 뚫고 들어오던 옥수수 냄새만은 강렬하게 남아 있다. 마치 일리노이 농장에서 갓 꺾어 온 옥수수이기라도 한 듯이 거칠고 낯설게 끼치던 냄새가.

다시 메이커스 마크 이야기로 돌아와서, 사실 나는 어제까지만 해도 이 버번에 관심이 없었다. 앞에서 '본드 맛'이라고 썼던 것처럼 그다지 맛있게 느끼지 못했고, 다시 마실 생각을 하지 못했다. 그런데 켄터키는 석회암 지대이고, 이 석회암층을 통해 걸러진 물이 버번에 독특한 풍미를 더해 준다는 것을 알게 되었다. 석회암 지대라니! 실제로는 본 적이 없고 영화나 사진으로만 경험했던 석회암 지대는 내게 신비의 영역이다. 이보다 더 영롱할 수는 없겠다.

메이커스 마크도 켄터키산産이었다. 미국 켄터키의 로레토, 스타힐 농장에 증류소가 있다고 라벨에 적혀 있다. 동네 들르실 일 있으면 들르라는 친근한 인사말도 함께. 위스키를 좋아하는 사람들이 가곤 하는 '증류소 투어'를 자기들도 하고 있다는 말을 이렇게 부드럽게 쓴 것으로 보였다.

아직까지 '위스키 증류소를 방문해 보고 싶다'라는 구체적인 소망을 가져 본 적이 없다. 그러기에는 위스키에 대해 아는 게 별로 없고, 내가 그다지 위스키를 좋아하는 사람이 아니라서 그렇다. 싫은 건 아닌데 위스키보다 좋아하는 술들이 많아서 아무래도 위스키는 나의 주류 순위권에서는 좀

밀리는 편이다.

그런데 메이커스 마크 증류소에는 가고 싶다는 생각이
들었다. 병에 빨간 왁스를 들이붓는 작업을 할 수 있기 때문
이다. 메이커스 마크 병이 아름답다고 앞에서 적었는데, 그
건 밑변보다 윗변의 길이가 더 긴 사각형의 몸체와 이어지는
병목의 조화와 비례가 적절해서이기도 하지만, 병목 아래까
지 흘러내린 빨간 왁스가 바로 이 아름다움의 요체라고 생각
한다. 빨간 촛농이 흘러내린 것처럼 보이기도 한다. 그런데
이걸 직접 해 볼 수 있다니… 매우 특별한 기억으로 남을 것
같다.

흘러내린 빨간 왁스는 기능만을 위해서라기보다는 밀
봉을 하면서 아름다움을 더한 것이다. 게다가 같은 모양으
로 흘러내린 왁스는 하나도 없다. 증류소에서 하나하나 수
작업으로 들이붓기 때문이다. 1953년 이래로 생긴 공정이
라고 한다. 그해 메이커스 마크 가문은 6대째 내려오던 이전
레시피를 폐기하고 새로운 조합으로 버번을 만들기 시작한
다. 심지어 레시피를 "불태워 버렸다"라고 하며, 메타포가
아니라 실제라는 말까지 한다. 그러면서 병도 새로 만들고,
병에 빨간 왁스를 붓는 일도 시작했다고 한다. 모두 병에 적
힌 글이다. 그리고 자기는 새로운 조합으로 만든 메이커스
마크를 4대째 만들고 있다며, 병에 '4대째'라는 로고를 박아

두었다.

병을 갖고 싶어서 산 술이었다. 다시 살 일은 없을 거라고 생각했었는데 하이볼을 만들어 먹고 생각이 바뀌었다. 메이커스 마크로 만든 하이볼은 매력적이고, 또 다른 모양으로 흘러내린 병도 갖고 싶어졌다.

헤밍웨이 다이키리

『책 읽어 주는 여자』라는 프랑스 소설이 있다. 남다른 목소리와 책에 대한 남다른 이해를 자산으로 맞춤형 책 읽기를 해 주는 여자가 나온다. 얼마 전, 칵테일을 골라 드리며 생각했다. 나는 술 읽어 주는 여자인가? 직업으로 할 만큼 소명 의식이 있다든가 하지는 않지만 말이다.

이 소설은 이런 인용문과 함께 시작된다. 여자는 누구나 뭔가 정신 나간 듯한 구석을 지니고 있고 남자는 누구나 뭔가 우스꽝스러운 구석을 지니고 있다고. 자크 라캉이 한 말이라는데, 꽤나 그럴듯해 보인다. 'A는 B이고, C는 D이다' 같은 문형은 단어의 자리를 바꿔도 무리가 없다는 게 나의

지론이다. 'C는 B이고, A는 D이다'로, 그러니까 이렇게. 남자는 누구나 뭔가 정신 나간 듯한 구석을 지니고 있고 여자는 누구나 뭔가 우스꽝스러운 구석을 지니고 있다,라고.

여자분에게는 모스코뮬을, 남자분에게는 네그로니를 골라 드렸다. 아름다운 것을 좋아하는 여자분이라 동으로 된 잔에 나오는 모스코뮬을 좋아할 거라고 생각했다. 보드카의 쨍함과 민트의 싸함도. 네그로니는, 내가 아는 그 남자분이라면 좋아할 것 같았다. 네그로니는 식견 있는 사람이라면 싫어하기 힘든 술이라서. 다행히 두 분 다 만족. 한 잔씩 더 드시겠다고 했다. 여자분에게는 사이드카를, 남자분에게는 김렛을 권했다. 코냑을 좋아하시는 여자분에게 코냑이 기주基酒인 사이드카가 좋겠다 생각했고, 김렛을 권한 것은 남자분이 영문학을 전공했기 때문이다. 레이먼드 챈들러 소설에 나오는 필립 말로가 주구장창 마시는 게 김렛이라고 말했는데, 그분은 레이먼드 챈들러를 모른다고 했다. 아….

권하고 싶은 건 따로 있었다. 와일드 다이키리. 헤밍웨이 다이키리라고도 한다. 얼마 전, 그 술을 처음 마셔 보았다. 다이키리는 여러 번 마셔 보았지만 헤밍웨이 다이키리는 처음이었다. 모히토와 다이키리 중 뭘 마실까를 고민할 정도로 다이키리를 좋아하지만 그랬다. 헤밍웨이 다이키리는 대체 뭐냐고 묻고 싶었지만, 바텐더는 외국인이었고, 그래서 묻지 않기로 했다. 그저 주문만 했다. '다이키리가 다이키리겠지 뭐…'라고 생각하며 말이다.

바텐더가 물었다. 정말 괜찮겠냐고. 좀 많이 세고, 좀 많이 시다며 말이다. 술을 시킬 때 이런 우려를 표하시는 분들을 종종 만나는데, 나는 물러서지 않는 편이다. 술에 맞서겠다는 것은 아니고 대체 어느 정도길래 그러는지 호기심이 일어서다. 또 칵테일은 센 게 맛있다. 세봤자 칵테일이다. 얼음과 이런저런 액체에 희석되므로 40도에서 50도 정도인 술이 30도 이하로 떨어진다. '술이 그 정도는 되어야지'라는 생각도 마음속에 있고.

그런데… 정말 시었다. '정말 시다'라고 쓰고 있는 이 순간 손끝까지 찌르르해질 정도로 시었다. 럼이 들어가는 칵테일이 세긴 하지만 이건 더 그랬다. 경고를 들을 걸 그랬다며 후회한 건 아니다. '헤밍웨이 다이키리는 이렇게나 시고 이렇게나 독한 술이군'이라고 느끼며 그가 쿠바에서 보낸 나날들에 대해 생각할 수 있었으니까. 쿠바의 쨍쨍한 더위와 잠시 부는 바람 같은 것에 대해서도.

키웨스트 생각도 했다. 키웨스트는 미국 최남단 섬으로 쿠바와 가장 가까운 미국이다. 세 번째 아내와 쿠바에서 살기 전까지 헤밍웨이는 키웨스트에서 두 번째 아내와 남국의 기쁨을 만끽하며 살았다. 언젠가 들은 이야기가 떠올랐다.

키웨스트의 헤밍웨이 집에 다녀왔다는 남자는 고양이 냄새
가 지독했다고 말했었다. 나도 키웨스트 집의 고양이에 대
해서라면 좀 아는데 그때는 아무 말도 하지 못했다. 남자의
목소리를 듣고 있는 게 좋았으니까.

그때 못 했던 이야기를 이제 하자면, 갔던 건 아니다.
소설가 심윤경이 쓴 글에서 읽었다. 제목은 「모순의 라임
꽃 만발한 헤밍웨이의 집」. 『작가가 사랑한 여행』이라는 책
에 실려 있다. 제목처럼 라임꽃과 강렬한 햇볕과 고양이
로 가득한 글이었다. 그 집을 유명하게 만든 건 헤밍웨이
가 아니라 헤밍웨이의 고양이라고 했다. 수십 마리의 고양
이. 고양이를 그다지 좋아하지 않았던 헤밍웨이는 키웨스
트 뱃사람들이 행운의 상징으로 여기는 발가락 여섯 개를
가진 고양이를 선물 받고 열렬한 애묘인으로 거듭났다고
한다.

이 고양이 이름은 '백설공주'다. 키웨스트 집의 고양이
들은 백설공주의 후손이라는, 떠올릴 때마다 나도 모르게
미소 짓게 되는 이 글을 다시 읽으며 어쩌면 '백설공주'라는
이름의 칵테일이 있을지도 모른다고 생각했다. 없다면 직무
유기 아닙니까? 키웨스트의 바텐더님들께서 이 글을 읽을
일은 없으시겠지만요.

다시 다이키리 이야기를 해 보면, 헤밍웨이 다이키리는

헤밍웨이가 쿠바로 이주해 다닌 술집에서 창안했다고 알려져 있는데, 나는 그게 그렇게 간단하지 않다고 생각한다. 이 칵테일은 키웨스트부터 싹이 트고 있었을 거라고. 쿠바로부터 145킬로미터 정도 떨어져 있는 키웨스트에서, '작은 쿠바'로 불릴 만큼 쿠바스러운 키웨스트부터 헤밍웨이는 다이키리를 마셔 왔을 거라고. 라임꽃이 만발한 이곳에서부터 다이키리를 마시고 마시고 또 마셔 왔을 거라고. 그렇게 다이키리는 그 남자에게 스며들었을 거라고.

헤밍웨이의 소설 『해류 속의 섬들』에는 다이키리를 마시는 사람이 나오는데, 이 부분을 보면 그가 얼마나 이 술을 사랑했는지 알 수 있다. 그는 설탕을 넣지 않은 프로즌 다이키리를 마신다. 다이키리가 든 술잔을 들고 바다 같다고 생각하고, 죽음 같은 고요 속에서 해가 수직으로 오르내리는 바다에 있을 때는 바다색 술을 마시면 좋겠다고 말한다. 이 얕은 바닷물을 마셔 버리자면서 다이키리를 마신다.

얕은 바닷물이라니. 어디 사랑뿐일까. 이 말에는 슬픔이 있다. 죽음 같은 고요가 있는 바다를 바라보며 다이키리를 마시는 남자를 떠올려 본다. 이제야 감이 온다. 달콤한 바다 같은 건 없다. 바다는 가혹해야 제맛이라고 말했던 남자가 떠오른다. 바다 같은 술이니 설탕을 뺄 수밖에 없다. 원래의 다이키리는 럼과 설탕과 라임즙을 섞어 만드는 술인데 헤밍웨이 다이키리는 설탕을 뺀다. 라임도 두 배, 럼도 두 배. 시고 씁쓸하다. 그리고 독하다. '바다'는 가혹해야 제 맛이니까.

그렇다. 헤밍웨이 다이키리는 그런 술이다. 어딘지 정신 나가고 우스꽝스러운 사람이 마실 만한 딱 그런 술. 그런 사람과 바다를 떠올리며 그 '바다'를 마셨던 밤을 생각해본다.

가을

라디오와 술

한여름 참외가 익을 때 만난다. 서늘한 바람이 나면 연꽃을 보러 서지에서 만난다. 이렇게 계절이 바뀔 때 마음에 맞는 사람과 만났다는 조선 시대 사람의 이야기를 우연히 들었다. 참외라니… 연꽃이라니… 참외에 대해서도, 연꽃에 대해서도 별다른 생각을 가져 보지 못했던 나는 이 이야기를 듣는 순간 돌이킬 수 없게 되어 버렸다. 참외와 연꽃에 대해 생각하기 시작한 것이다. 참외가 익을 때, 또 서늘한 바람이 불 때 보고 싶은 사람이 누굴까라고도. 과일이 나거나 꽃이 피는 계절의 그 시기, 절기에 함께 술을 먹고 싶은 사람 말이다. 여름엔 여름의 술을, 초가을엔 초가을의 술을 마실.

이 이야기를 라디오에서 들었다. 이런 이야기를 들을
만한 프로그램은 내가 알기로 딱 한 군데다. 〈노래의 날개
위에〉. 그래서 〈노래의 날개 위에〉를 좋아한다. 운전을 할
때 〈노래의 날개 위에〉가 나오면 운이 좋은 날이라고 생각
한다. 이치를 따져 보면 당연한 일이다. 운전할 때만 라디
오를 듣는다. 나는 오후에, 그리고 러시아워를 피해 운전하
려고 애쓰는 사람이고, 〈노래의 날개 위에〉는 4시에 시작하
고, 나는 거의 93.1만 듣기 때문이다. 저녁 약속이 5시라도
4시에 움직이고, 6시라도 4시에 출발한다. 카페에 앉아 멍
하니 있거나 잡지를 보거나 하는 시간을 갖기 위해서이기도
하지만 이 프로그램을 듣기 위해 그런다.

차가 별로 없는 도로 위에는 나 혼자 있다. 차에서는 귀
를 쫑긋하게 하는 이야기가 흘러나온다. 그래서 〈노래의 날
개 위에〉를 듣고 있으면 나는 날개를 달고 어디론가 날아가
는 상상을 하게 된다. 이 프로그램에서 틀어 주는 곡도 곡이
지만 가장 좋아하는 것은 그날의 오프닝이다. 음악가들의
인생에 대한 이야기나 관점을 비틀어 들려주는 이야기, 절
기에 대한 이야기 들이 나오는데 마음이 자주 울렁거린다.
그런 사람이 나만일 것 같지는 않고, 지금 이 순간 어디선가
이 이야기를 들으며 마음이 움직이고 있을 누군가에 대해 생
각하게 되는 것이다. 우리는 떨어져 있지만 이렇게 연결되

164

어 있다고.

앞에서 얘기한 조선 시대 사람은 정약용이다. 뛰어났으나 불운했던 문신文臣이자 시인으로 글을 매우 잘 썼다. 그 시절 드물게 아내를 사랑하는 마음을 표현했던 남자라는 정도로 그를 알던 나는 그의 글을 찾아 펼쳤다. 라디오에서 들었던 그 글은 『죽란시사첩』의 서문에 있었다. 내 식대로 정리한 서문은 이렇게 시작한다.

이 시대, 이 나라에 지금 함께 우리가 살고 있는 것은 우연이 아니다. 죽을 때까지 몰랐을 수도 있다. 거리가 너무 멀어도, 한쪽이 너무 못 되거나 한쪽이 너무 잘되어도, 취향이 달라도 함께 어울리고 놀지 못한다. 이게 친구를 사귀지 못하는 이유인데, 우리는 친구가 되었다. 그 친구끼리 이 책을 만든다.

여기까지 읽다가 아득해졌다. 내가 친구를 사귀지 못했던 이유가, 어쩌다 얻은 몇 안 되는 친구가 얼마나 귀한 것인지에 대한 이유가 모두 이 글에 있었다. 친구란 흔한 말이지만 만들기는 어렵고, 그래서 친구라는 말처럼 귀한 말도 없다는 걸 생각하게 되는 글 아닌가.

왜 '죽란시사첩'인가 하면, 정약용이 이름을 붙인 모임의 이름이 '죽란시사竹欄詩社'라서다. 주로 정약용의 집에서 모임이 있었는데 그의 집에 대나무로 만든 담장, 즉 죽란이 있었다고 한다. 1796년 무렵이던 당시 정약용의 집은 명례방(지금의 명동과 충무로 일대)에 있던 번화가라서 수레바퀴와 말발굽 소리로 시끄러웠다고 한다. 그는 집 뜰에 꽃과 과실 나무를 심고, 오가는 사람들이 꽃을 건드리지 않도록 대나무를 울타리 삼아 심었다. 퇴청한 후에는 대나무 울타리를 거닐며 쉬었다. 혼자 달을 보고 시를 짓기도 하며 담 밖의 소란을 잊으려 했다. 여기에 마음이 맞는 몇 사람이 와서 함께 마셨고, 이들이 '죽란시사'라며 정약용은 그 유래를 글로 남겼다. 라디오에서 들었던 이야기를 찾아보니 이러했다.

살구꽃이 피면 모이고, 복숭아꽃이 피면 모이고, 한여름 참외가 익으면 모이고, 서늘한 바람이 나면 서지에서 연꽃을 보러 모이고, 국화가 피면 모이고, 큰 눈이 내리면 모이고, 화분의 매화가 꽃을 터뜨리면 모인다. 술과 안주, 붓과 벼루를 차려 놓고 술 마시며 시 짓는 데 이바지한다.

꽃과 술과 안주와 붓과 벼루라니… 아아. 내가 본 어느 문장보다도 아름다운 이 문장을 나는 여러 번 읽었다. '이런 게 풍류지' 하면서. 계절에 따라 바뀌는 바람의 흐름을 느끼는 게 풍류고, 이게 세상 제일가는 사치지라면서. 또 혼자 보는 꽃처럼 혼자 마시는 술도 좋지만, 함께 보는 꽃처럼 함께 마시는 술도 좋을 것이다. 누가 독서 모임인지 공부 모임인지 한다고 하면 뭘 읽을지 궁금해한 적이 없었는데 이들이 모여서 읽었던 책은 궁금하다. 나누었던 이야기, 지었던 시, 그리고 마셨던 술이 궁금하다. 그들의 리스트가 말이다.

다 알지는 못해도 술 중에 하심주荷心酒가 있던 건 분명하다. 연을 통과시켜 마시는 술. 하심주는 연잎 줄기 속으로 흘러나오게 해서 마시는 술이다. 연잎에 술을 담아 두고 연잎 줄기에 구멍을 내면 연잎에 담겨 있던 술이 줄기를 타고 내려온다. 쪼르르. 얼마나 시원하고 맑은 맛이었을지. 아마 물방울이 연잎을 따라 구르는 걸 보면서 생각했을 것이다. 이 커다란 잎을 술잔으로 쓰면 좋을 거라고.

연잎은 발수성이라 조금만 흔들거려도 물방울이 죄다 흘러내린다. 이게 바로 진흙 속에서 자라도 더러워지지 않는 연꽃의 비밀이라 들은 적이 있다. 연꽃은 진흙 속에서 자라 꽃을 피우지만 끝내 진흙은 묻히지 않는다. 이런 연꽃의 생리가 좋아서 죽란시사들은 연잎에 술을 마셨을 것이다. 우리는 더러워지지 말자. 더러움이 묻겠지만 연잎처럼 털어 버리자.

이제 서지西池에 대해 말할 차례다. 조선 시대 한양의 동대문, 서대문, 남대문 밖에 연못이 있었고, 연못이니 연꽃이 있었다. 동지, 서지, 남지로 불렸다. 어느 연못의 연꽃이 잘

되었느냐로 동인, 서인, 남인의 우세를 가늠했다. 남지의 연못이 성하면 남인들이 득세할 거로 생각해 집권하는 파가 연못을 파 없앴다고도 한다. 정약용과 친구들은 서대문 밖의 연못인 서지에서 연꽃을 보았다. 찬바람이 나기 시작하면.

정약용은 서인이었냐? 아니, 남인이었다. 남인인데 서쪽의 연못에 핀 연꽃을 보러 갔다. 아마 서쪽 연못의 연꽃이 그의 미의식에 맞아서였겠지. 여기서 하심주를 마셨다. 어디에서? 배 위에서다. 연못에 배를 띄우고 동트기 전 이른 새벽에 연꽃이 터지는 소리를 들었다. 피는 게 아니라 터지는 거다. 연꽃은 피울 때 퍽! 퍽! 소리를 낸다고 한다.

그도 그럴 것이 연꽃은 크기도 하고, 한번 피면 3~4일 동안 개화가 지속된다고 한다. 꽃 피우기를 벼르다가 때가 되면 화려하게 터뜨렸던 것이다. 그 소리를 들으며 술을 안 할 수 있을 리가. 새벽이지만, 새벽인데도 말이다.

술을 마시면서 쓰지 않은 글이었다. 이 시대에 그 귀한 술을 구할 수 없어서. 서늘한 바람이 불고 찬비 내리는 날이었다. 빗방울을 통통 튕겨 내고 있을 연잎들을 생각하며 썼다.

오늘 밤의 연잎들은 더 부드럽겠지.

카프리 vs 카프리

한때 카프리 맥주를 마셨다. 맥주 맛을 몰랐던 시절이다. 지금은 그럼 맥주 맛을 아느냐? 역시, 잘 모르겠다. 맥주를 안다고 하기에는 이런저런 점이 걸린다. 일단 그리 잘 마시는 편이 아니다. 500밀리 한 캔을 혼자 마시기에도 몹시 부담스럽다. 그래서 작은 캔을 사려고 한다.

맥주를 찬양하는 말을 많이도 들어 왔다. 거품의 아름다움이라든가 첫 모금의 이를 데 없는 짜릿함과 맥주를 벌컥벌컥 마시는 통쾌함에 대하여. 반대하는 건 아니다. 나도 맥주의 거품을 처음 봤을 때 세상에 저런 게 있나 싶어 현혹되었고, 첫 모금을 마시고 나도 모르게 '하' 하게 되지만 벌컥

벌컥 마시지는 못한다. 나는 야금야금 마시는 사람인데 아무래도 맥주의 세계에서 '야금야금'은 용납되지 않는 느낌이랄까.

맥주를 맥주일 수 있게 하는 것은 거품이라고 생각하는데, 거품의 특징은 빠르게 태어났다 빠르게 사라진다는 것이다. 맥주는 거품이 사라지기 전에 마셔야 하고. 그러니 술을 단번에 마시지 못하는 나 같은 사람은 맥주의 맛을 알기에 결격이다. 거품의 시간을 온전히 누리지 못하면서 무슨 맥주의 맛을 논하겠는가. 나는 술 앞에서 매우 겸손해지는 타입이다.

거품이 사라지고 온도가 올라가 미지근해진 맥주를 맥주라고 할 수 있나? 전문 용어로는 '식은 맥주'라고 표현하는 (주로) 황금색의 물질을 말이다. 그래서 남들이 500밀리를 주문할 때 나는 330밀리를 주문하곤 했다. 그조차도 내 형편에는 버겁지만.

그럼 카프리 맥주를 왜 마셨냐? 유난히 맛있어서 그랬다고는 말 못 하겠다. 마음을 먹으면 거짓말은 좀 하는 편인데 '좋은 게 좋은 거지'식의 선의의 거짓말은 못 하겠다. 프리미엄 맥주라고 맥주병 여기저기에 쓰여 있는데 뭐가 프리미엄이라는 건지 잘 모르겠다. 내가 맥주 맛을 감별하는 사람은 아니라서 카프리의 프리미엄적인 특별함을 감지하지 못하는 것일 수도 있지만 말이다.

　　그저 예뻤다. 맛도 잘 모르겠는 거 이왕이면 예쁜 거를 마시고 싶었다. 내가 생각하기에 '카프리의 예쁨'은 병이 작고 또 투명하다는 데 있었다. 주로 갈색 병에 든 큼지막한 맥주들 사이에 있으면 카프리의 날렵함이 돋보였다.

　　이름이 카프리라는 것도 빼놓을 수 없겠지. 카스나 하이트와 카프리는 다른 것이다. 지상계의 물빛이 아니라는 카프리 바다의 색에 대해 귀가 아프게 들어 오기도 한 데다, 날카로운 'ㅋ'과 'ㅍ' 뒤에 'ㄹ'이 따라붙어 내는 '카프리'라는 소리는 얼마나 산뜻한지. 아마 여기에서 왔을, 발목이 드러나게 입는 카프리 팬츠도 좋아한다. 맥주 카프리는 Cafri이고, 이탈리아의 카프리는 Capri이지만 여기서 철자는 무시하기로 한다.

　　카프리에 유리병만 있다는 것도 마음에 들었다. 이런 '곤조'는 너무 멋지지 않나? 맥주는 캔맥보다는 역시 병맥인 것이다. 맥주의 병목을 잡고 콸콸콸 따르는 그 순간을 끔찍이도 좋아했다. 잘 따라서는 아니고 콸콸콸 하는 그 소리 때문이다. 그래서 생맥주가 맛있다는 집에 가서도 나는 늘 병맥주냐 생맥주냐를 고민하게 된다. 병맥주 중에서도 작은 맥주가 좋다. 330밀리인 카프리는 내 손에도 버겁지 않다. 맥주를 잘 못 마신다고 해도 취향은 있는 것이다.

지금은 캔도 나온 것 같은데 예전에는 병만 있었다. "카프리는 병으로만 드셔 주세요"라는 목소리가 들리는 것 같았는데. 그래서 동네 슈퍼의 주류 냉장고에서 카프리를 건져 올리곤 했다. 또 아실지 모르겠지만, 카프리를 여섯 개 사면 커피를 테이크아웃할 때 주는 것 같은 종이 캐리어에 담아 주는데 이게 좋았다. 여섯 개의 카프리를 요일별로 하나씩 마셨다. 월화수목금토 이렇게. 일요일은 하루 쉬고. 요일 팬티라는 건 참 우습다고 생각하면서 요일 맥주를 마셨다. 카프리를 따르면 적막에 잠겨 있던 내 방은 그제야 콸콸콸 하는 소리 덕에 생기가 돌았다. 그랬던 시절이 있었다.

오랜만에 카프리를 떠올린 것은 카프리가 나오는 영화를 봤기 때문이다. 나폴리에 사는 소년이 위험한 남자와 오토바이를 타고 밤거리를 누비다가 카프리에 가는 장면이 있었다. 당연히 배를 타고 간다. 위험한 남자가 카프리에 춤을 추러 가자고 해서 왔는데, 밤의 카프리에는 아무것도 없었다. 둘은 춤도 못 추고 뭘 하느냐면 물이 가득한 동굴 같은 데서 수영을 한다.

극장에서 영화를 보다가 '아, 이런 거 너무 좋잖아'라고 생각했다. '카프리에는 낭만만 있는 건 아니거든?'이라고 말해 주는 장면이어서. 영화는 파올로 소렌티노 감독의 〈신의 손〉으로 넷플릭스에서도 볼 수 있는데 이 영화만은 극장에서 보고 싶어서 극장에 갔고, 나는 온갖 귀찮음을 무릅쓰고 극장에 간 나를 칭찬하고 싶다.

영화를 보고 나와서 카프리가 매우 마시고 싶었다,라고 쓰면 너무 뻔하겠지? 그러지는 않았다. 다만 떠오르는 사람이 있었다. 내게는 카프리 하면 자동 연상되는 사람이 있다. 그분의 성도 이름도, 나이도 모른다. 전화번호도 모른다. 아는 거라고는 그분이 운영하는 술집뿐이다(전화번호가 없는 술집이다). 그분은 내가 종종 가던 술집의 사장님으로 정말 모든 음식을 맛있게 만드시는데, 그중 가장 맛있는 것은 기본으로 제공되는 5종의 나물 무침이다. 나는 전에 낸 산문집에서 이 술집에 대해 쓴 적이 있다.

"나는 일단 콩나물에 탄복했다. 간이 싱겁지도 짜지도 않고 딱 좋았으며, 아삭거림이 넘쳤다… 시금치는 뿌리의 분홍빛이 선명한 질 좋은 포항초였으며, 오이는 밭에서 갓 딴 것을 무친 듯 채즙이 넘쳤고, 가지 역시 베어 물 때마다 그 탄성에 노곤해질 정도였다. 작은 무만 골라 담근 데다 양념이 무청에 완강하게 흡착되어 있는 알타리 김치까지"라고. 이 집의 사장님이 카프리를 드신다.

재미있는 것은, 이 집에서는 카프리를 팔지 않는다. 손님들이 함께 술을 마시자고 하면 사장님은 편의점에 카프리를 사러 간다. 같이 마시자고 한 것은 손님이므로 카프리 값은 술값에 포함된다. 이 집의 시스템이다. 옆에서 보며 이게 뭔가 싶었다. 처음에는 기이했는데, 결국은 나도 그곳의 분위기에 녹아들었고 사장님께 함께 마시자고 청하게 되었다. 나는 사장님이 카프리를 드시는 옆모습을 좋아한다. 마스카라를 정성껏 칠한 사장님의 속눈썹을 볼 수 있는 순간이기 때문이다.

아, 카프리 따라 드리러 가고 싶다.

음바페와 생제르맹

카타르 월드컵 때의 일이다. 월드컵 이야기를 하다가 나는 월드컵을 안 본다고 말했다. 도무지 흥미를 가질 수 없다고. 그도 그럴 것이 한심할 정도로 운동 신경이 없는 데다가 경기의 규칙도 돌아서면 리셋이 되는 사람이 나인지라 운동 경기를 보려고 해도 재미를 붙일 수가 없었다. 그렇다. 재미. 재미가 없으면 아무것도 못 하겠다. 딱 봐서 이해가 안 되는 장르에 재미를 붙이기는 상당히 어려운 것이다.

그래서 호날두와 메시의 플레이 스타일을 비교하고, 손흥민이 어째서 그렇게나 위대한 선수인지를 역설하는 사람들의 말에 관심이 가지 않았다. 이해도 되지 않고, 그렇기에

점점 더 멀어지는 효과…. 상대 팀의 골대에 발이나 머리를
이용해 골을 넣는 게 축구라고 이해하는 게 뭐 어렵냐며 질
타할 분들도 계시겠지만 나는 축구가 어렵다. 어떻게 저게
오프사이드고, 저렇게 온몸을 잡아끌거나 다리를 찢듯이 태
클을 하는데 반칙이 아닌지 알 수가 없다.

　　이런 내가 아르헨티나와 프랑스가 붙은 결승전을 보고
달라졌다. 음바페 때문이다. 폭발할 것 같은 속도로 팍 치고
달려 나가는 것도 놀라웠지만 갑자기 속도를 늦춰서 따라오
던 수비수의 스텝을 꼬이게 한 후 다시 가속도를 폭발시키는
걸 보면서 입을 다물지 못했다. 드리블을 하다가 갑자기 방
향을 바꾸더니 다리를 컴퍼스처럼 360도 회전시키며 공을
사수하는 걸 보고서도.

　　그는 왕자였다. 탄력이라는 나라와 리듬이라는 나라의
왕자. 신체를 구부렸다가 뻗으면서 공을 조율하는 음바페
의 몸짓을 보면서 나는 좀 놀랐다. 축구 선수의 몸짓이 저렇
게 우아할 수 있나 싶어서. 또 저렇게 우아할 것까지 있나 싶
어서. 우아함이란 사람들이 축구 경기에서 기대하는 덕목이
아닐 텐데 말이다. 축구는 리듬 체조가 아니지 않나? 축구라
는 스포츠의 목적은 누구보다 빠르게 질주해서 골대에 공을
넣는 것일진대, 그는 공을 넣는 와중에 그런 기예까지 보여
주고 있었다.

싱커페이션이란 저런 것이구나. 음바페를 보다가 생각했다. 대단한 리듬감으로 휘몰아치는데 어느새 센박이 여린박이 되고 여린박이 센박이 되고, 이런 게 자유자재로 일어나는 걸 보면서 나도 모르게 몸을 흔들고 있었다. 재즈 클럽에 온 것도 아니면서. 흥이 그다지 있는 편이 아닌 자를 이렇게 만드는 저분의 리듬이란! 왜 이렇게 신이 나는 걸까?

아, 그래. 음을 정확히 내는 것도 쉽지 않지만 능숙하기만 한 연주는 매력이 없지. 그런 건 평범하고 지루하지. 그의 질주와 돌파에는 지루한 데가 없었다. 막힐 만하면 예상할 수 없는 동작과 예상 밖의 리듬감으로 방금 전까지만 해도 축구에 관심 없던 자를 텔레비전 안으로 끌어당겼다. 음바페를 보면서 내가 좋아하는 음악과 내가 좋아하는 예술과 내가 좋아하는 플레이에 대해 생각했다. 어딘가 어긋나면서 뒤틀리는, 그 불협화음이 내는 이상한 에너지와 파열음. 그로부터의 열락.

그래서 생제르맹을 마셨다. 음바페는 파리 생제르맹 소속이고, 생제르맹은 프랑스에서 만든 술이다. 메시도 네이마르도 생제르맹 소속이지만 나는 음바페를 생각하면서 생제르맹을 꺼냈다(카타르 월드컵 때는 그랬었는데, 그사이 메시는 미국 마이애미로, 네이마르는 사우디의 알힐랄로 이적했다). 생제르맹 경기를 보면 음바페만 보이는 게 나라서.

몇 년 전 칵테일 바에 갔다가 알게 된 술이었다. 벨에포크 시절의 램프처럼 보이기도 하는 생제르맹은 한눈에 들어왔다. 우아한 곡선이었다. 직선도 있었지만 절묘하게 이어지는 곡선의 완곡이 날 끌어당겼다. 삼분의 일 정도 남은 생제르맹을 꺼내니 그때의 흥분이 되살아났다.

"저건 뭐예요?"라고 나는 물었을 것이다. 생제르맹이라는 엘더플라워 리큐어라고 바텐더는 말했다. 저걸 타서 한 잔 만들어 달라고 했다. 엘더플라워는 외국 소설이나 요리책에서 본 적이 있었다. 프랑스의 위대한 셰프 알랭 뒤카스가 낸 그리너리 요리책인 『알랭 뒤카스의 선택, 그린 다이닝』에서 가장 처음 나오는 레시피가 엘더플라워 술이기도 하다.

이 술은 생각보다 역사가 짧다. 2007년에 만들어졌는데, 나오자마자 바와 클럽에서 새로운 술을 찾는 분들께 화제가 되었다고 바텐더는 말했다. 생제르맹의 라벨에는 자전거를 탄 사람이 그려져 있는데 괜한 게 아니라고도. 프랑스 알프스 지방의 산에서 늦은 봄에 꽃을 수확해 특별히 개조된 자전거로 운반하는 게 생제르맹을 만들기 위한 첫 여정이라고 했다.

생제르맹을 탄 술을 마시면서 이 글을 쓰고 있다. 생제르맹에 탄산수를 타기도 하고 샴페인을 타기도 하는데 오늘은 진을 탔다. 순서대로 말하자면 진에 생제르맹을 탔다고 해도 좋겠다. 이렇게 했습니다. 얼음을 가득 채운 후 진을 20cc, 생제르맹을 30cc, 그 위에 탄산수를 콸콸. 레몬도 얇게 슬라이스해 넣어 주고.

왜 이리 조화롭지? 몹시도 만족스러워서 나는 이 자가 제조 칵테일에 이름을 붙여 주었다. 음제르맹. 음바페 때문에 처박혀 있던 생제르맹을 꺼내 이렇게 마시고 있기에. 음제르맹이 간지러우면 진제르맹이라고 해도 좋겠습니다.

음제르맹이라는 이름을 붙이고 보니 한때의 야망이 떠올랐다. 새로운 칵테일을 만들고 이름을 지어 주겠다고 생각했었다. 카이피리냐, 다이키리, 민트줄렙, 모스코뮬 같은 귀여운 이름을 지어 준 사람들처럼. 친구들을 초대해 내가 지은 이름들이 적힌 메뉴판을 내밀어 주문을 받고, 술 카트를 끌고 와 칵테일을 제조하겠다는 야무진 꿈이 있었다.

꿈과 현실은 달라서 칵테일은 거의 만들지 않고 있고, 술 카트도 사지 못했다. 친구를 초대해 일일 바를 하겠다는 생각을 했다는 것도 지금에야 떠올랐다. 음바페 덕에 음제르맹을 만들어 마시다가 이 모든 게 기억났다.

공을 넣거나, 넣지 않거나. 나는 이게 축구의 전부라고 생각했었다. 그런데 음바페를 보면서 그게 아닐 수도 있겠다고 생각했다. 필드 위를 뛰어다니면서 발생하는 근육의 폭발과 땀의 누수, 근손실, 고함 소리, 그런 땀 냄새 나는 힘의 발산이 축구의 본질이자 즐거움일 수도 있는 것이다. 음바페처럼 즐길 줄 아는 자가 휘저어서 공기의 흐름이 바뀌는 순간을 보기 위해 사람들이 축구를 본다는 걸 알게 되었다.

　　각자의 필드에서 각자의 방식으로 각자에게 즐거움을 주는 것들과 함께하셨으면 좋겠습니다.

렉터 박사가 마시는 술

렉터 박사가 누에콩에 인간의 간을 곁들여 키안티를 홀짝이지 않을 때는 릴레를 마신다는 이야기를 듣고 궁금했다. 릴레를 어떻게 마시는지. 나 역시 릴레를 좋아하기 때문이다. 여기서의 릴레는 하얀 릴레, 릴레 블랑이다.

릴레는 화이트 포트 와인 같으면서 또 복숭아 향이 나는 화사한 술이다. 도수도 20도가 안 되어 부담도 없다. 드라이해서 식전주로 좋고, 달콤함도 있어서 식후주로도 좋다. 릴레의 맛을 알기에 렉터 박사의 음습한 분위기와는 어울리지 않는다고 생각했다.

〈한니발〉에 나오는 렉터 박사다. 영화 〈한니발〉에서는 앤서니 홉킨스가, 미드 〈한니발〉에서는 매즈 미켈슨이 렉터를 연기한다. 둘 다 보지 못했다. 나는 '무서운' 종류의 것들은 일체 보지 못한다. 영화적 속임수에 불과한 그런 가짜가 뭐가 무섭냐는 질타를 받기도 하는데….

　무서운 건 무서운 거다. 오늘은 그러지 말아야지 하면서 나를 다잡지만 실패한다. 뭐가 나오기도 전에 '악' 하고 소리를 지르게 되고, 같이 영화를 보고 있는 사람들에게 한없이 미안해진다. 내 목소리가 더 공포스럽다는 생각이 들기 때문이다(정말 죄송합니다). 그래서 이런 영화들은 나의 심장과 다른 분들의 심장을 위해 피하려고 한다.

　원작인 동명의 책을 찾아봤다. 렉터 박사는 스탈링에게 오렌지를 한 조각 썰어 넣은 릴레를 건넨다. 어떤 연출도, 묘사도 없이 그게 다다. 좀 맥이 빠졌다. 이건 릴레를 마시는 전통적인 방법 아닌가. 릴레는 대개 이렇게 먹는다.

　나는 렉터 박사가 미식가라고, 그래서 인육을 요리해 먹기까지 하며, 먹는 것에서 극강의 예술을 추구하는 캐릭터라고 익히 들어 알고 있었다. 그러니 릴레를 마시는 방법에 대해서도 한 수 배우길 기대하고 있었던 것이다. 렉터만의 신묘한 음용법 같은 게 있지 않을까 하고. 그런 건 없었고, 대신 이런 말을 했다.

　식사는 후각과 미각으로 즐기는 거라고, 이 두 감각은

인간의 마음 가장 가까운 곳에 있는 것이라고. 아니 이렇게 뻔한 하나 마나 한 말을 폼 잡고 하십니까, 박사님?

나는 릴레를 어떻게 마시는가. 오렌지 조각 대신 오렌지 껍질을 약간 넣는다. 그냥 술에 빠트리지는 않는다. 술잔에 따라 놓은 릴레 위에서 오렌지 껍질을 살짝 비튼다. 바텐더의 능란한 손놀림을 복기하며 오렌지 껍질로 술잔의 테두리를 슬쩍 문지르기도 한다. 그러고는 술잔에 비틀어진 오렌지 껍질을 넣는다. 그렇게 술에 향과 맛을 입힌다. 별거아닌 것 같지만 오렌지 껍질의 위력은 상당해서 릴레를 다른 곳으로 데려다 놓는다. 그래서 이걸 마시는 순간, 나는 부웅 떠오른다.

오렌지 한 조각을 넣는 것과 뭐가 그렇게 다르냐고 물으실 수도 있는데, 다르다. 확실히 다르다. 오렌지 조각을 넣으면 오렌지의 맛이 다소 과하게 술에 섞여 버린다. 그래도 나쁘지 않다. 릴레는 훌륭한 술이라 어떻게 해도 나빠지기 어렵다. 오렌지를 과육째 넣어 버리면 달콤함이 부각되는데… 가뜩이나 달콤한 데가 있는 릴레를 더 달콤하게 만들어 버린다고 할까?

술은 좀 써야 제맛이라고 생각한다. 본질적으로는 쓰지만 살짝 스치는 달콤함과 이국적인 향기에 위스키도 마시고 브랜디도 마시고 그러는 거 아닙니까? 릴레에 오렌지 껍질을 비틀어 넣으면 달콤하면서 쌉쌀한 풍미가 일렁인다.

　술을 마시다가 알게 되었다. 시간과 재능과 경험과 물질이 고도로 응축된 액체가 술이라는 것을. 그런 술은 지극히 까다로워서 잘 대해 주어야 한다. 뭔가 하나가 틀어져 버리면 완전히 다른 물질이 되기 때문이다.

　이렇게 쓰고 보니 마티니 이야기를 하지 않을 수 없다. 세상에서 가장 유명한 칵테일인 마티니는 제임스 본드의 이 말과 붙어 다닌다. "젓지 말고 흔들어서." 칵테일을 만들어 마시기 전까지는 이 말을 이해하지 못했다.

　칵테일을 만들어 보고 나서 알게 되었는데, 칵테일은 크게 두 가지로 나뉜다. 젓는 것과 흔드는 것. 젓는 방식은 믹싱 글라스에서 긴 스푼으로 저어 술잔에 따르지만 흔드는 방식은 일단 셰이커를 사야 한다. 마음에 드는 셰이커가 없어서 아직 셰이커를 사지 못했다. 셰이커라는 고정된 형태가 좀 버겁게 느껴지기도 해서다. 스테인리스로 만든 젖병 같달지.

　그래서 '흔드는 방식'의 칵테일은 아직 만들어 보지 못했다. 저으면 완만하게 섞이지만, 흔들면 격렬하게 뒤섞인다. 젓는 게 물리적 변화라면 흔드는 건 화학 변화에 가깝다고 해야 할까? 직접 흔들어 보지는 않았지만 이렇게 느끼고 있다. 그러니까 내가 하고 싶은 말은 이런 것이다. 저어 만든 마티니와 흔들어 만든 마티니는 완전히 다른 술이라고. 그럴 수밖에 없다.

세상에서 가장 유명한 칵테일인 마티니답게 마티니를 만드는 법은 백 가지가 넘는다는데, 그중에 릴레가 들어가는 레시피도 있다. 이언 플레밍 원작인 007 시리즈의 하나인 〈카지노 로얄〉에 나온다. 매일 마티니만 마시는 제임스 본드가 어떻게 릴레가 들어가는 마티니를 주문하는지 궁금해서 영화를 봤다.

본드는 이렇게 주문한다. "고든스 진 3, 보드카 1에 화이트 와인 ½, 얼음 넣고 흔들어서 레몬 껍질 같이." 번역자가 친절하게 릴레를 '화이트 와인'으로 번안해 옮긴 것이다. 고든스 진과 보드카와 릴레를 3:1:0.5로 하고 얼음을 넣어 흔든 뒤 레몬 껍질을 올려 달라는 말이다. 이 마티니의 이름이 베스퍼 마티니다. 본드가 사랑하게 되는 여자 베스퍼의 이름을 따서 베스퍼로 짓고, 베스퍼에게 이 술이 베스퍼라고 소개해 주는 장면도 나온다. 영화를 위해 만든 칵테일은 아니고 원래 마티니의 하나다. 나는 '베스퍼'라는 이름의 칵테일 바도 알고 있다. 그 집의 베스퍼도 일품이다.

아, 릴레를 마시는 법을 말하며 나는 오렌지 조각이 아닌 껍질을 넣는다고 했는데 레몬 껍질을 넣기도 한다. 달콤함을 원할 때는 오렌지 껍질을, 새뜻함을 원할 때는 레몬 껍질을 넣는다. 첫 잔을 레몬으로 마시고, 다음 잔을 오렌지로 마시기도 한다. 식전주로도 식후주로도 마실 수 있는 릴레이기에 식전주로 릴레를 마실 때는 레몬 껍질을, 다른 술을 좀 마시다가 식후주로 다시 릴레를 마실 때 오렌지 껍질을 넣기도 한다.

릴레를 넣은 마티니가 당대의 유행이었는지 이언 플레밍의 창작 레시피인지 모르겠지만 렉터의 릴레 음용법보다 몇 수 위라고 생각한다. 보드카와 릴레는 집에 있는데, 고든스 진이 없어서 아직 만들지 못하고 있다. 고든스 진을 사는 날이 베스퍼 마티니를 만드는 날이 될 것이다.

나는 본드가 아니니까 "흔들지 않고, 저어서."

옥토버페스트와 레더호젠

얼마 전에 들은 아는 부부 이야기다. 부부를 안다기보다는 부인을 아는데, 부인이 남편 이야기를 곧잘 하기 때문에 남편도 아는 사이 같다는 생각이 드는 부부다. 부인은 나의 친구로, 그녀의 남편은 어쩌다 한 번 본 게 다다.

스치며 본 그는 내성적이지만 온화한 사람 같았는데 부인의 말은 달랐다. 마음에 불이 있다고 했다. 괴이하고, 또 괴이하다나? 사하라 사막에서 모래바람을 맞으며 거지로 살고 싶다거나 종탑의 종지기로 취직하고 싶다는 말을 진지하게 한다며, 부인은 내게 답답함을 호소해 오곤 한다. 그러면 나는 이렇게 말해 준다. "사람이 원래 다 그렇지 뭐. 안 이상하면 사람이겠어? 그런데 특히 이상하네."

최근에 들었던 이야기도 괴이했다. 그는 돌아오는 자기 생일에 선물로 레더호젠을 사 주면 안 되겠느냐 물어왔다고 한다. 응? 나는 이 '레더호젠'이라는 말을 듣자마자 표정이 일그러졌다. "나라면 같이 못 살아"라고 나도 모르게 말해 버렸다. 그러고는 수습해야 하니까 "너는 내가 아니니까"라고 덧붙였다. 나는 그걸 생각하면 울고 싶어지기 때문이다.

친구는 레더호젠이 뭔지 몰라 검색해 보았다고 한다. 어땠어?라고 물으니 친구가 말했다. 구리던데? 나는 한숨을 내쉬었다. 안도의 한숨이었다. 레더호젠을 좋다고 말하는 사람이 친구라는 건 좀 난감하니까.

"레더호젠 때문에 이혼한 부부도 있어"라고 나는 말했다. 그러고는 무라카미 하루키가 쓴 단편 소설 「레더호젠」에 대해 이야기했다. "거기도 남편이 사 달라고 했대?"라고 친구가 물었고 "그런 거지"라며 나는 고개를 끄덕였다. 그 남자는 왜 사 달라고 했느냐고 친구가 물었다. "거기까지는 안 나와. 부인이 그걸 사면서 남편에 대한 미움이 서서히 끓어올라."

나는 친구에게 물었다. "레더호젠을 입고 옥토버페스트에 가겠다는 거지?" 친구는 어떻게 알았느냐며 놀라워했다. 나는 그가 어쩐지 그럴 것 같았다. 그는 평범함이라면 진저리 치는 스타일로 보였다. 그래도 사하라의 거지나 종 탑의 종지기에 비하면 온건한 편이지 않느냐고 친구가 말했 다. 이럴 때 나는 부부란 뭘까라고 생각한다.

옥토버페스트란 한마디로 맥주 광신도들의 대회합이 다. 성지 순례인 동시에 카니발이랄까. 10월에 열리는 페스 티벌이라는 뜻을 가진 것 같지만 딱히 10월도 아니고 9월부 터 시작이다. 9월 말부터 10월 초까지 독일 바이에른주의 뮌헨에서 열리는 이 대회합에 전 세계 사람들이 몰려든다. 그들은 지구 멸망의 날이라도 맞은 것처럼 온 세상의 맥주를 다 마셔 버리겠다는 기세로 장장 2주 넘게 달리는 것이다. 어디서 마시는가 하면, 텐트다. 맥주 텐트. 맥주 회사들이 거대한 맥주 텐트를 설치하는데, 한 텐트당 7천 명이 들어갈 수 있다고 한다.

왜 이렇게까지 옥토버페스트와 레더호젠에 대해 알고 있는가 하면… 잊지 못할 경험이 있기 때문이다. 레더호젠 으로 가득한 백화점에 간 적이 있다. 7월의 베를린에서였 다. 서베를린 지역에 있는 카데베 백화점이었는데, 왜 갔었 는지 기억이 안 난다. 오직 기억나는 건 레더호젠뿐. 어림잡 아 백 벌 이상의 레더호젠이(심지어 온통 스웨이드) 무슨 서 도호 작가의 설치 작품처럼 옷걸이에 걸려 있는 걸 보고 현 기증이 났다. 뒷걸음질을 쳤다고 해도 이상하지 않은 강렬한 순간이었다.

　생각해 보시길. 가죽으로 된 남성용 멜빵 반바지가 백
벌 넘게 걸려 있는 풍경을…. 저건 무슨 미학일까? 그 미학
을 이해하지 못했던 나는 오래전에 읽었던 하루키의 단편 소
설「레더호젠」을 떠올렸다. 그리고 남편의 부탁을 받고 독
일까지 가서 저 옷을 사다가 남편을 버려 버리기로 한 그 부
인의 심정에 격하게 공감했던 것이다. 즉각적으로 알 수 있
었다. 아, 저걸 단체로 입고 옥토버페스트에 가는 거구나…
축제는 9월부터인데 두 달 전부터 레더호젠을 장만하는구
나…. 돈오頓悟의 순간이었달까.

　독자분들의 이해를 돕기 위해 레더호젠에 대해 좀 더 이
야기해 보겠다. 내가 생각하기에 그건 세상에서 가장 아스
트랄한 축제 의상 중 하나다. 남자용 멜빵 반바지(성인용입
니다!)이고, 맨살에 입기도 하며, 가죽이나 스웨이드로 된
것이 많다. 성인 남자가 맨살에 스웨이드로 된 멜빵 반바지
를 입은 모습을 상상해 보자. 그건 주지훈이 입어도 별로다
(아닌가?). 독일『보그』에서 주지훈을 모델로 쓴다면 모르겠
지만, '굳이 왜 레더호젠을?'이라는 생각이 든다.

　독일 사람들과 옥토버페스트 추종자들은 레더호젠을 단
체로 입고 맥주를 퍼마시는 것이다. 서로의 모습에 낄낄거리
며 맥주를 마시는 거다. 레더호젠을 입고서는 고독하거나 내

성적일 수 없다. 나는 그래서 친구의 남편처럼 내성적인 사람이 레더호젠을 입고 그 무리에 낄 수 있을지 궁금했다.

친구는 말했다. "내성적이긴 하지. 술 마시기 전까지는." 맞다, 샤이하신 그분은 술을 마시고 아파트 화단에 누워 있거나 택시 기사와 싸우고 경찰서에 가신다고 했었지. 나는 또 물었다. 코로나는? 일단 사서 고이 간직했다가 코로나가 잠잠해지면 바로 뮌헨에 갈 거라 했다고 한다. 옥토버페스트 내내 퍼마시기 위해 말이다. "그분이?" 내가 알기로 그분은 내성적이기도 하거니와 사람이 많은 곳을 병적으로 싫어한다. "너무 외롭대. 사람들이 그립대. 7천 명이 있는 텐트에 점으로 존재하고 싶다나?"

어지러워져 눈을 감았다. 이런 상황에서 나는 "어지러워"라거나 "아, 현기증"이라고 말하는 습관이 있는데, 그날은 그 말도 하기 귀찮아 눈을 감아 버렸다. 그래도 이 한마디는 했다. "사랑하는구나."

아무나 마실 수 없는 술

연엽주를 마시고 있다. 연의 잎으로 만든 술을, 마시고
싶다고 해서 마실 수 있는 게 아닌 귀한 이 술을.

먼저 향기에 대해 말해야겠지. 술잔에 대고 숨을 들이
마시면 달콤하고 콤콤한 냄새가 코끝에 묻는다. 아주 달지
않아 농밀하다기보다는 깨끗한데, 치즈 냄새처럼 사람을 훅
끌어당긴다. 두려울 정도로 확. 그리고 알싸하다. 톡 쏠 정
도는 아니고 단맛의 끝을 타고 스윽 올라오는 기분 좋은 탄
력이랄까. 블루 치즈보다는 그뤼에르 치즈 정도의 느낌. 우
아함을 해치지 않을 선에서, 딱 안전한 정도의 일탈. 이런
게 격조가 아니라면 뭐가 격조일까 싶다.

이렇게 한껏 술에 대해 묘사하는 이유는 언제 또 이 술을 마실 수 있을까 싶어서다. 내게 두 병이 있었는데, 한 병은 이미 비웠고 한 병을 또 딴 참이다. 연엽주는 곧 사라질 것이지만, 글로 남겨 놓으면 연엽주를 재구할 수 있을 것 같아서 비워지는 술병을 보면서 이렇게 쓰고 있다.

시중에는 팔지 않고, 누군가 빚어야 한다. 그게 나는 아니고, 또 아무나 빚을 수도 없다. 누구나 빚을 수는 있겠지만 말이다. 술과 음식의 맛 모두에 정통한, 과하지도 덜하지도 않은 그 경지를 아는 사람이 빚어야 하는 것이다.

아주 절묘한 맛이라 그렇다. 극치라기보다는 중용에 가까운 맛이다. 연엽주를 처음 마셔 봄에도 알겠다. 이 술은 넘치는 술이 아니라고. 넘침을 경계해야 하는 술이라고. 계영배 같은, 술이 어느 정도 차면 술잔 옆의 구멍으로 빠져나가는 그런 잔에 어울리는 술이다. 연엽주를 마시고 있는 덕에 고대 유물 전시실에서나 본 계영배를 이렇게 처음 글로 써 본다.

추석 연휴에 만난 분께 연꽃으로 만드는 술에 대해 이야기를 했다. 연의 줄기를 통과시켜 먹는 하심주와 연의 잎으로 담근다는 연엽주에 대하여. 서늘한 바람이 나면 서쪽의 연못에 모여 연꽃을 보았다는 옛사람의 이야기를 떠올리며 말이다. 연꽃의 부산물로 만드는 술은 대체 어떤 맛일까 궁금하다고 나는 말했다. 물론 술을 마시며.

한 달 후, 그분께서 술을 담가 보내 주셨다. 그러니까 연엽주를 말이다. 내가 연엽주 이야기를 해 간만에 이 술을 빚으셨다고 한다. 찹쌀로 빚어 새콤달콤할 거라고 했다. 술을 마시기나 했지 담가 본 적도 없고, 술이 익어 가는 과정에 어떤 지식도 없는 나는 찹쌀로 빚으면 새콤달콤해진다는 걸 이렇게 알게 되었다. 함께 먹으라며 한가득 넣어 주신 참송이버섯을 쪽쪽 찢어 석쇠에 구워 연엽주와 함께 먹었다.

나는 이 술이 전설이나 이야기 속의 술인 줄만 알았는데… 세상 어딘가에는 고수가 있고, 그 은둔 고수께서 은혜를 베풀어 주셔서 이렇게 나 같은 사람이 덕을 보고 있다. 이런 게 향원익청香遠益淸인가 싶다. 향기는 멀리 갈수록 맑음을 더한다는 이 뜻은 연꽃으로부터 나왔다. 도연명은 오직 국화를, 당나라 이래로 사람들은 모란만을 사랑하는데 북송의 철학자 주돈이는 연꽃을 사랑한다며 이렇게 썼다. "나는 홀로 연을 사랑하리라. 연은 진흙에서 났으나 더러움에 물들지 않고 맑은 물에 깨끗이 씻기어도 요염하지 않다. (…) 그 향기는 멀리서 맡을수록 더욱 맑으며 정정하고…." 이 글의 제목은「애련설愛蓮說」. 그러니까 '연꽃을 사랑하는 이야기'다.

연엽주가 전설이나 이야기 속의 술이라고 한 것은, 이

야기 속에서 이 술의 존재를 처음 알았기 때문이다. 판소리의 한 대목이었다. 〈춘향가〉에서 연엽주를 처음으로 들었다. "술상을 차릴 적에 술안주 등을 볼 것 같으면 생김새도 정결하다. 큰 그릇 소갈비찜, 작은 그릇 제육찜, 푸드덕 나는 메추리탕에"라고 안주 이야기를 하며 한껏 가슴에 불을 댕기다가 이윽고 술에 대해 나온다. "술 이름을 이를진대, 이태백 포도주와 천년을 살았다는 안기생의 자하주와 산림처사의 송엽주와 과하주, 방문주, 천일주, 백일주, 금로주, 팔팔 뛰는 소주, 약주"까지 읊다가 바로 다음, 이 대목이 등장한다. "그 가운데 향기로운 연엽주 골라내어 주전자에 가득 부어 청동화로 백탄 불에 냉수 끓는 냄비 가운데 놓아 뜨겁지도 차갑지도 않게 데워 낸다."

이러니 그럴 수밖에. 이태백의 포도주니 과하주니 금로주니 하는, 듣기만 해도 진귀해 보이는 술들을 물리치고 선택된 게 연엽주였다. 연엽주는 그런 술인 것이다. 여기저기에 술을 마시러 다니지만 이 술을 본 적이 없었던 나는, 그래서 이 술이 이야기 속에만 존재한다고 생각했었다. 눈앞의 연엽주를 보니 마치 전설의 현현 같았고, 이것은 현실인가 아니면 환상인가? 이러면서 잠시 아득해졌다.

연엽주는 과연 고귀한 만큼 까다로운 술이었다. 찾아보니 가장 먼저 나오는 문장이 이것이다. "연엽주는 매우 까다로운 술이다." 연잎의 수분이 가장 많을 때인 한여름은 피하고, 서리가 내리기 직전인 늦여름이나 입추 무렵에 채취한 연잎을 써야 술이 시어질 염려가 없다는 사실을 유념하라고 적혀 있다. 또 한여름의 열기가 가라앉고 찬바람이 불기 시작할 때가 술 빚기에 가장 좋다고 한다. 연잎의 수분이 줄어들면서 향이 좋아지고, 이때의 연잎으로 술을 빚으면 향이 오묘해진다는 것이다.

이 이야기까지 듣고 보니 연엽주의 재료는 찹쌀과 연잎만은 아닌 듯하다. 찬바람과 가을 공기도 재료 같고, 그것들이 이 술에 다량 함유되어 있다고 생각하니 술 냄새가 더 진하게 끼친다. 계절에 따라 바뀌는 바람을 느끼며 계절의 술을 마시는 것. 이런 걸 할 수 있어서 좋다. 글을 알아서, 술을 알아서 참 좋다. 이 계절을 온전히 누릴 수 있어서. 이 계절의 술 연엽주와 함께할 수 있어서.

아, 연엽주와 함께 보내 주신 엽서에는 이런 말이 있었다. "'가을밤은 부드러워, 마셔'입니다." 연재하고 있는 칼럼의 제목이기도 한 '밤은 부드러워, 마셔'에 가을을 붙여 주시니 그윽하기 이를 데 없었다. 밤송이가 쩌억 갈라지는 소리가 들릴 것 같은 가을밤이다.

막대한 예스처럼 내리는
사랑에 대하여

필립 라킨이라는 영국 남자가 있다. 책을 좋아했던 이 남자는 도서관 사서로 평생을 일했는데 매우 지겨워했다고 한다. 산더미처럼 쌓인 책을 발로 차면서 이렇게 말했다고 한다. 젠장, 젠장, 젠장.

역시나 이상과 현실은 다르다. 좋아하는 일을 직업으로 택하는 건 정신 건강에 좋지 않을 수 있다. 그리고 그가 좋아한 건 그에게 특별한 감흥을 불러일으킨 특정한 책이지 세상의 모든 책은 아니었을 것이다. 게다가 사서의 일이란 책을 읽는 게 아니다. 책을 빌리러 온 사람을 상대하고, 사람들이 읽고 싶어 하는 책을 사고, 책을 정리한다. 행정 업무에 가깝다. 책이 가볍기나 한가? 먼지도 많고, 별로인 책도 많다.

보나 마나 성미가 괴팍했을 그는 별 같잖은 책을 빌리러 온 사람들을 흉보며 짜증 내는 일도 많았을 것이다. 그러니 얼마나 화가 많이 쌓였겠나? 우스운 책들을 상대하느라 정작 자신이 보고 싶은 책을 볼 시간이 없었을 테니.

이분의 진짜 삶은 퇴근 후에 시작되었다. 진토닉 1파인트를 마시며 새로운 재즈 음반을 들었다. 자기가 아는 한 이것이 일에 지친 사람을 위한 최고의 치료법이라며. 이 이야기를 듣고 다행이라고 생각했다. 스트레스로 점철된 낮을 달랠 수 있는 밤이 그에게 있어서.

루이 암스트롱, 듀크 엘링턴, 시드니 베쳇 같은 비밥 이전의 재즈를 좋아했다고 한다.「시드니 베쳇에게 바치는 시」에서는 내게는 당신의 목소리가 사랑이 그러는 것처럼 내린다며, "막대한 예스"처럼 내린다는 말을 남기기도 하셨다. 막대한 예스처럼 내리는 사랑이라니, 이런 표현 너무 좋잖아.

그렇다. 그는 시인이기도 했다. 시를 쓰기 위해 도서관 사서를 직업으로 택했을 가능성이 크다. 도서관에서 스트레스를 받고 돌아와 진토닉을 마시며 저녁 시간을 보내는 게 이분의 루틴이었다고 한다. 낮의 스트레스 덕에 진토닉과 음악이 더 각별해졌을 것이다.

음악을 듣지 않을 때는 편지를 썼다. 병에 걸렸는데 술을 마시고 있다는 내용도 있고, 자기 시를 보내며 어떠냐고 묻기도 한다. 맨정신으로 한번 본 뒤 술을 마시고 보면 더 좋다며. 이 부분을 썼을 때 그는 술을 마시고 있던 게 분명하다. 술을 마실 때는 화를 내지 않는다고, 좀 너그러워진다고도 본인이 썼으니까.

저녁을 먹기 전에 한 잔만 마셔야 했는데 두 잔이나 마셨다며 푸념하기도 한다. 진토닉이다. 그에게 술이란 진토닉이었다. 앞서 말한 진토닉 1파인트, 이게 그의 한 잔이었는데 1파인트는 500밀리가 좀 못 된다. 온더락 잔에 진토닉을 두 잔 마시면 1파인트가 되지 않나 싶다. 일반적인 기준의 진토닉 두 잔을 그는 한 잔으로 생각했던 듯하다.

1파인트를 한 잔으로 생각했다는 근거는 진토닉이 나오는 시에서 찾을 수 있다. 그는 각얼음 네 개를 잔에 떨어뜨리고, 진을 세 번 붓고, 얇게 썬 레몬 조각을 넣고, 295밀리 토닉 병을 거품 나게 꿀꺽꿀꺽 쏟아부으라고 쓰고 있다.

지거나 계량컵 같은 것은 없다. 그냥 진을 세 번 들이붓고, 295밀리 토닉을 다 붓는 게 그의 진토닉 제조법이었다. 이게 한 잔이다. 그러니 그의 두 잔은 꽤나 많은 양으로 보인다. 일반적인 기준으로 하면 네 잔 정도다. 아, 그 시의 제목은 해석하기가 난처하다. '흰색 소령에 대한 연민'쯤으로 해야 할까? 원제는 「Sympathy in White Major」인데 '화이트 메

이저'가 무엇을 말하는지 모르겠다. 아마 진토닉을 말하는
게 아닐까라고 생각한다.

시에 이런 구절이 있기 때문이다. 그는 남을 위해 산 사
람이며, 고상한 남자이며, 최고 가운데 하나이며, 군계일학
이라며 그를 위해 건배하자고 한다. 진토닉이 '그'다. 진토
닉을 들어 진토닉에 건배하자고 한다. 그가 이 세상에 없었
다면 얼마나 많은 사람의 삶이 더 따분했겠느냐고 탄식하는
데서 나는 '흰색 소령'이 진토닉일 수밖에 없다고 생각했다.
영국군 소령이 쓰는 네모난 모자를 각얼음과 연관 지어 진토
닉을 '네모난 모자를 쓴 백색 소령'에 비유한 것이라고. 다분
히 나의 자의적인 해석이지만.

그의 연인도 진토닉을 좋아했다. 그녀는 작은 어항 크
기의 고블릿 잔에 진토닉을 마셨다고 한다. 작은 어항이라
고는 하지만 그래도 어항이니 제법 클 것 같다. 필립 라킨도
그렇고 그의 연인도 무슨 진토닉을 맥주 피처 마시듯 먹나
싶다. 그녀의 이름은 모니카 존스. 라킨이 진토닉을 마시며
편지를 썼던 상대다. 그가 아픈 와중에 술을 많이 마셨다며
찡얼대고, 자기 시를 보내며 어떤지 물어보고 했던 사람. 동
갑인 둘은 스물넷에 만나 연인이 된다.

그리고 편지를 주고받기 시작하는데, 그게 40년 넘게
이어진다. 편지 교환은 1985년, 라킨이 죽음으로써 끝이 난

다. 그들이 주고받았던 편지는 2010년 페이버앤드페이버 출판사에서 『*Letters to Monica*』로 나온다.

무덤 안의 필립 라킨이 듣는다면 바르르 떨 만한 소식이다. 화를 달래기 위해서 진토닉을 4파인트는 마셔야 할 듯하다. 그는 비밀스러운 사람이었고, 자신의 신상이 알려지는 걸 극도로 꺼렸다. 그리고 그 누구보다도 자신을 사랑했던 것 같다. 시를 쓰려면 섹스를 혐오해야 한다고, 그것이 필수 조건이라고 했다. 또 섹스는 다른 사람과 나누기에는 너무 아까운 것이라는 내용의 일기를 쓰기도 했다.

모니카는 이런 걸 알았을까, 몰랐을까? 그런 건 중요하지 않다. 이 말은 하고 싶다. 알면서도 속고 몰라서도 속고, 속아 주는 척도 하지 않고서는 그렇게 오래 만날 수 없었을 거라고. 무엇보다 저 편지 모음집은 얼마나 흥미진진할까 싶다. 언젠가 한국어판이 출간되길 기다리고 있는 책 중의 하나다.

진토닉을 마시면서 재즈를 듣는 게 그의 커다란 기쁨 중 하나라고 앞에서 썼는데, 평생 그러지는 못했다. 말년에 귀가 반쯤 멀면서 누릴 수 없는 기쁨이 되었기 때문이다. 그가 재즈를 향락했던 시절의 기록도 한 권의 책으로 남아 있다. 『*All What Jazz*』라는 제목의 이 책도 내가 한국에서 출판되기를 기다리는 책 중 하나다.

드럼 스틱을 든 채 근엄하게 팔짱을 끼고 있는 그의 얼굴이 담긴 표지를 보고 있으면 벌써 웃음이 난다. 시인 김정환이 번역한 『필립 라킨 시전집』을 읽다 그에게 매력을 느꼈다. 신랄하고, 염세적인데, 웃기다. 위트가 상당하다. 둥글둥글한 위트가 아니라 얼음송곳 같은 위트라서 쨍하다. 진토닉에 담긴 얼음이 갈라질 때의 그런 소리랄까.

삶이 따분할 때는 진토닉이라는 필립 라킨의 말을 기억하고 싶다.

오렌지 와인

오렌지 와인이라고 아시는지. 처음에는 '오렌지로 만든 와인인가?' 하며 대수롭지 않게 지나쳤다. 술의 세계란 무궁무진하고, 새로운 술도 계속 나오며, 내가 마셔 보지 못한 술이 너무 방대하므로 다 관심을 둘 수가 없다. 그런데 자꾸 보였다. 오렌지 와인이라는 글자가 말이다. 내가 어딜 자주 다니고 그러는 사람이 아닌데도 그래서 '오렌지 와인이 대세인가?' 싶었다.

그러다 마셔 보았다. 그간의 궁금증도 해결할 겸해서 말이다. 삼각지역 부근의 와인바에서였다. 요즘 그 동네를 가면 하루가 다르게 새로운 가게가 생겨나고 있는데, 와인

바거나 주인의 개성이 느껴지는 술집일 때가 많아서 고개를 빼고 보게 된다. 다음에 갈 집을 미리 물색해 두는 거다. 그만큼 궁금한 데가 꽤나 있다.

그 집도 그렇게 가게 되었다. 갤러리처럼 와인을 '걸어' 둔 집이었다. 주류 회사가 운영하는 대형 와인숍처럼 와인을 쟁여 둘 자본력이 없어서일 수도 있겠지만 와인보다 벽의 여백이 더 느껴지던 공간에서 와인은 작품처럼 보였다. 그래서 더 와인이, 와인의 라벨이 잘 보였다. 라벨은 내게 매우 중요한데, 와인에 대해 잘 모르므로 라벨에 의지할 수밖에 없어서 그렇다. 피노누아나 소비뇽 블랑, 샤르도네 같은, 내가 좋아하는 포도의 종인지도 고려의 대상이지만 라벨의 폰트나 색감, 그림 같은 걸로도 마음이 기운다. 물론 제한된 예산 안에서이지만 말이다.

술의 라벨에서 술의 정서를 느낀다. 일단 느껴야 다음으로 건너갈 수 있다. 소설에서라면 어조가 될 것이고, 노래에서는 목소리일 것이다. 아무리 노래를 잘하는 가수의 곡이라고 해도 끌리지 않는 목소리라면 듣고 있게 되지 않는 것과 비슷하다고 하면 적절한 비유일까. 나는 '오렌지'라는 단어에서도 어떤 정서를 느꼈던 것이다. 그래서 마시게 되었고, 이렇게 쓰고 있다.

삼각지의 와인바에도 정서가 있었다. 그 와인바의 고유

한 정서에 기여하고 있는 요소 중 하나인 와인바의 사장님에게 물어보았다. "그런데 왜 오렌지 와인이에요?"라고. 사장님이 명료하게 답해 주셨다. "오렌지색이니까요." 그리고 또 이렇게. "(포도의) 껍질과 씨를 같이 넣으면 이렇게 돼요"라고. 아아. 나는 그제야 화이트 와인이 포도의 즙만으로 만드는 술이라는 데 생각이 미쳤다. 레드 와인은 포도의 즙과 껍질을 모두 넣어 만드는 술이라는 데에도.

오렌지 와인은 말 그대로 오렌지빛이었다. 필스너의 황금색 못지않게 오렌지 와인의 오렌지색은 감상할 만했다. 레드나 화이트, 그리고 로제 와인은 이렇게 오래 바라보지 않았던 것 같은데…. 물론 레드 와인이라고 해서 다 같은 색은 아니다. 같은 레드지만 피노누아는 맑은 레드고, 말벡은 검은 기가 도는 어두운 레드다. 또 이런저런 화이트 와인을 마시면서 어떤 화이트는 녹색에 가깝고, 어떤 화이트는 노란색에 가까우며, 또 어떤 화이트는 거의 투명한데 다 화이트라고 부르는 게 이상하다는 생각을 하기도 했다.

색을 보고, 냄새를 느끼고, 맛을 보는 게 와인을 마시는 법이라는데 그날의 나는 냄새를 미처 느낄 새도 없이 마셨다. 오렌지색에서 어떤 맛이 나는지 알게 되는 발견의 순간이었기 때문에. 달콤함은 전혀 없었다. '오렌지'라는 단어의 느낌을 배반하는 맛이랄까? 오렌지라는 단어를 들으면 아무래도 자동 연상이 되지 않나. 오렌지 과육이 뿜어져 나오는 환시와 함께 달콤함이 분출되고 이를 데 없이 마음이 평화로워지는 남국의 온기가 말이다. 오렌지 와인에 그런 건 없었다.

그치. '오렌지 와인'이지 '오렌지'는 아니지. 대신 드라이하고, 산뜻하고, 썼다. 그리고 신선했다. 드라이하고 산뜻한 것은 내가 화이트 와인을 좋아하는 이유이니 당연히 좋았고, 쓴맛! 무엇보다 이 쓴맛에 눈이 떠졌다. 그리고 생각했다. 오렌지는 달콤할 뿐만 아니라 씁쓸하고, 그래서 나는 오렌지를 좋아한다는 것을.

오렌지의 쓴맛을 좋아한다. 그래서 오렌지 마멀레이드를 좋아하고, 더 쓴맛이 나는 오렌지 마멀레이드를 찾기 위해 구할 수 있는 오렌지 마멀레이드는 다 먹어 보려고 했었다. 샤인머스캣처럼 달콤하기만 한 것은 별로 매력이 없다. 입체적이지 않아서다. 2D 느낌이랄까. 언제부턴가 술에서 나는 쓴맛까지 좋아하게 되었다. 달콤씁쓸함의 대명사인 칵테일 네그로니에 길들여져서 그런지 쓴맛으로 인해 맛이 가파르게 격상되었던, 이름이 기억나지 않는 화이트 와인 때문인지 모르겠지만 쓴맛에 눈떴다. 그리고 그리워하게 되었다.

오렌지 와인을 마시기 시작한 후 알게 되었다. 내가 느낀 '쓴맛'은 껍질과 씨를 같이 넣고 술을 만드는 오렌지 와인의 제법에서 온 것임을 말이다. 껍질과 씨와 포도 과육을 함께 넣고 만드는 레드 와인의 제법과 같으면서 다른 것은 오렌지 와인은 껍질과 씨를 레드 와인보다 훨씬 일찍 제거한다는 점이다. 그리고 화이트 와인과 오렌지 와인은 청포도로, 레드 와인은 포도로 만든다는 것도 다르고.

흥미로운 것은, 내가 오렌지 와인에서 좋아하는 요소인 이 쓴맛은 타닌 때문이라는 점이다. 타닌은 껍질과 씨로부터 생성되는 물질이다. 레드 와인에서 느껴지는 떫은맛과 텁텁한 맛, 그게 바로 타닌이다. 껍질과 씨를 넣지 않는 화이트 와인에는 타닌이 비교적 느껴지지 않는다. 나는 이 맛을 그다지 좋아하지 않아서 레드보다 화이트파派였던 것인데, 타닌 때문에, 타닌의 쓴맛 때문에 오렌지 와인에 반응한다는 게 웃겼다.

웃기기도 하면서 한편으로는 심오하기도 한데, 좋아하거나 좋아하지 않음이란 이렇게 변할 수도 있는 것이다. 어떤 것들과 함께 놓여 있느냐에 따라서 말이다. 오렌지 와인을 마시면서 이렇게 세상의 이치(?)에 대해 깨닫기도 한다.

아, 그리고 한 가지 더. 이 오렌지 와인은 하늘에서 갑자기 툭 하고 떨어진 새로운 와인이 아니다. 고대부터 존재했던 술이라고 한다. 포도의 전체로 술을 담그는 레드 와인과 달리 포도즙으로만 담그는 화이트 와인이 더 만들기 어렵다고 하는데, 고대에는 화이트 와인도 레드 와인과 같은 방법으로 담갔다고 한다.

오렌지 와인이었던 것이다. 그래서 플리니우스의 이 말도 무슨 말인지 알 것 같다. 와인에는 화이트, 옐로, 레드, 블랙, 이렇게 네 가지 색이 있다고 그는 말했다. 레드는 로제 와인, 블랙은 레드 와인인 것 같고, 옐로가 바로 오렌지 와인이 아닐까 싶다. 그렇다면 이때의 화이트 와인은 어떤 와인일까라는 궁금증이 남는데 알 수 없다.

어쨌거나 세상에서 사라진 줄 알았던 오렌지 와인 만드는 법이 어느 날 다시 부활했다고 한다. 그 덕에 매일 오렌지 와인 한두 잔을 마시며 생각한다. 이건 고대인이 마시던 노란 와인이기도 하다고 말이다. 몇 천 년간 땅속에 묻혀 있다가 출토된 항아리에 담긴 액체를 마시는 느낌이다.

교양 없는 마티니

레이디 가가가 애덤 드라이버에게 주문한다. 레몬 껍질 트위스트를 넣은 탱커레이 마티니를 달라고. 애덤 드라이버가 구찌의 상속자였던 마우리치오 구찌, 레이디 가가는 마우리치오가 결혼하게 되는 파트리치아를 연기한 영화 〈하우스 오브 구찌〉에서 이 장면을 보고 책에서는 어떻게 묘사되는지 궁금했다.

영화의 원작인 동명의 책을 찾아보았는데 그 장면은 없었다. 구찌 저택에 가서 클림트 작품을 보고 피카소 그림이냐고 묻는 장면도 없었다. 그녀는 무식하지 않았다. 좀 우아하지는 않을지라도.

영화에서 묘사되는 파트리치아는 과하다. 전력을 투구해 외모를 가꾸는데 현대적인 미와는 거리가 있다. 뭐랄까, 부자연스럽고 과하다. 짙고 긴, 그래서 작위적인 속눈썹을 붙이고 육감적인 몸매가 강조되는 원색의 원피스를 입고는 속눈썹을 파르르 떠는 식이다.

교양이 없는 편으로 나오는데 그런 사람답지 않게 상당히 자신감이 있다. 교양 있는 사람 앞에서도 절대 기죽지 않는다. 이런 식이다. 피카소를 보고 클림트냐고 묻는데, 상대방은 그녀를 무시하는 게 아니라 혼돈에 빠질 정도다. 그 자신감이 하도 엄청나서 '내가 잘못 알고 있는 건가?'라고 되돌아보게 할 정도로 위축되는 것이다.

그녀가 마티니를 주문하는 걸 보고 나는 생각에 잠겼다. '마티니를 먹는 방식 중에 저런 게 있었나?' '1970년대 밀라노에서는 레몬 껍질 트위스트를 넣은 마티니가 힙했나?'

내가 알기로 마티니에 레몬 껍질 트위스트를 넣는 건 상당히 드문 일이다. 레몬 껍질 트위스트를 넣는 베스퍼 마티니가 있긴 하지만 그녀가 주문한 건 베스퍼 마티니가 아니었다. 마티니에는 올리브를 넣는다. 그게 '룰'이다. 클림트를 보고 피카소냐고 묻는 것처럼 파트리치아의 '교양 없음'을 드러내기 위해 들어간 게 아닌가 싶다. 혹은 그러건 말건 자신의 길을 가는 파트리치아의 기개(?)를 상징하는 장면이거나.

올리브를 넣는 것만큼이나 마티니에서 중요한 게 있다면 휘젓는 법이다. 마티니는 믹싱 글라스에서 가볍게 저어 만드는 칵테일이다. 참고로 칵테일을 만드는 방법에는 크게 두 가지가 있다. 셰이커 안에 재료를 넣고 흔들거나, 믹싱 글라스 안에서 휘젓거나. 마티니는 휘젓는 칵테일이다. 어떤 근엄한 안내자들은 일곱 번 '만' 휘저으라거나, 오른쪽으로 '만' 돌리라거나, 20초 동안 '만' 섞으라고 쓰기도 한다. 하도 지엄해서 거의 궁궐의 법도처럼 보인다.

007 시리즈의 제임스 본드는 "젓지 말고 흔들어서"라며 마티니를 주문한다. 이제 와 생각해 보면 본드의 이런 마티니 주문법은 마티니 근본주의자들에게 딴지를 거는 게 아닌가 싶을 정도로 대단한 파격인 셈이다. 마티니는 흔들지 않고 젓는 법이라는 오랜 전통에 대한 반격이랄까.

나는 그가 왜 그랬는지 좀 알 것 같다. 마티니에 대한 이야기들은 정말이지 질리는 데가 있다. 영화에서 배우들은 분위기를 잡을 때 꼭 마티니를 시키고, 마티니의 맛을 논한다. 좀 지적이거나 세련되게 설정된 화면 속 인물들은 꼭 마티니를 마신다.

'칵테일의 왕은 마티니' 같은 말은 대체 뭘까 싶다. 함께 나오는 게 '칵테일의 여왕은 맨해튼'인데, '소설가들의 소설가'라는 말만큼이나 수상하기 짝이 없는 조어라고 생각한다. 이러니 이언 플레밍이 '작작들 좀 하지'라며 그랬던 게 아닐까 싶은 것이다.

본드식 마티니, 그러니까 젓지 않고 흔들어 만든 마티니는 마셔 본 적이 없다. 마티니를 좋아하지도 않는 데다가 "젓지 말고 흔들어서 마티니 한 잔 주세요"라고 주문할 만큼 얼굴이 두껍지 못하다. 아무래도 이건 좀… 그렇다. 혼자 바에 가서 칵테일을 마시는 건 아무렇지도 않지만 말이다. 007 시리즈에서나 마티니를 젓지 않고 흔들어 마시는 것이다. 아니면 저렇게 말하면 잠시나마 본드가 될 수도 있겠다고 생각하시는 귀여운 분들이나.

그렇다. 바에 가서 첫 잔으로 절대 주문하지 않는 게 있다면 마티니와 맨해튼이다. 마티니도, 맨해튼도 맛있게 마셔 본 적이 없다. '칵테일의 왕'과 '칵테일의 여왕'이라는 말이 무색하게도 말이다. 마티니는 너무 쓰고, 맨해튼은 너무 독하다. 마르가리타나 모스코뮬, 네그로니는 마시자마자 빠져들었는데 이 둘은 정말 모르겠다. 내가 모르는 뭔가가 있을지도 모르지만.

하지만 늘 실패하면서도 또 주문하게 된다. 마티니를 열광적으로 좋아하는 그들처럼 마티니를 좋아하지 못한다면 인생의 중요한 무언가를 놓치고 있는 게 아닌가라는 초조함이 드는 것까지는 아니어도, 어쩌다 한 번씩 꼭 시키게 되는 것이다.

마티니 레시피가 여러 가지인 데다 기주를 어떤 걸로 하느냐에 따라 매우 다르다는 이야기를 들어서 그런가. 마티니의 기주인 진에는 여러 가지가 있다. 파트리치아처럼 탱커레이를 넣을 수도, 비피터, 보타니스트, 고든스, 헨드릭스, 봄베이 사파이어를 넣을 수도 있다.

마티니는 진과 드라이 베르무트를 섞는 칵테일이다. 시간이 지날수록 드라이 베르무트의 비율을 줄여 왔다. 처음에는 진과 베르무트의 비율이 2:1이나 1:1이었다고 한다. 스위트 베르무트였다. 여기에 시럽과 비터스와 문제의 레몬 껍질 트위스트를 넣었다. 1800년대의 레시피다. 1900년대로 들어오며 스위트 베르무트가 드라이 베르무트로 바뀌고, 진과 베르무트의 비율이 2:1이나 3:1이 된다. 1930년대에는 5:1이 되고, 1950년대에는 8:1이 된다. 심지어 8:0이 되게 공헌하신 분들도 계시다.

진으로만 마티니를 만들고, 앞에 베르무트 병을 가만히 놓아 달라고 하신 분은 처칠로 기억한다. 또 어떤 분은 한술 더 떠 진만으로 마티니를 만들고, 그걸 베르무트가 있는 방향으로 잠시 돌린 후 달라고 하셨다 들었다. 루스벨트로 기억한다. 워낙 버전이 많아 다른 걸 들으셨을 수도 있다. '나도 질 수 없다'며 술꾼들이 말을 보태고 보태 여기까지 마티니가 떠밀려 온 게 아닌가 싶다. 잘난 체의 향연이랄까. 마티니에 대한 '썰'들은 하도 많아 계속해서 풀 수도 있지만 그만하기로 한다. 말하는 나도 지루하기 때문이다.

내가 좋아하는 마티니 이야기는 이거다. 위키백과에서 본 '완벽한 마티니를 만드는 법'이라는 건데, 적어 보겠다. "1. 진, 베르무트, 올리브를 쓰레기통에 붓는다. 2. 위스키를 마신다." 이거 보고 좀 웃었다.

처칠에 대해 쓴 앞의 글에서 그의 고양이 이름이 조크였다고 썼다. 다른 고양이 이름으로 '마멀레이드'와 '위스키'가 있다는 것도 알려 드린다. 어찌나 상큼한지! 아, 그리고 조크는 처칠이 죽은 이후에도 유족들과 살다가 후손을 남겼다고 들었다. 조크의 후손들은 조크 2세, 조크 3세, 조크 4세로 불리며 행복하게 살고 있다고.

이야기는 이래야 한다고 생각한다. 훈훈하거나 재미있거나. 아니면 산뜻하거나.

야구단의 아와모리

오키나와 요리책을 한 권 샀다. 아와모리를 좋아하게 되었기 때문이다. 아와모리는 오키나와 술이다. 그래서 오키나와에 대해서도 알고 싶어졌다.

쌀로 만드는 증류주가 아와모리인데, 오키나와 쌀로 만들지 않는다는 게 재미있다. 안남미라고 하는 태국 쌀로 술을 만든다. 150년 전까지는 류큐 왕국이었다든가, 어찌어찌 일본이 되었지만 기미가요를 배우지 않는다든가 등등 오키나와가 본토와는 다른 정서의 땅인 것처럼 아와모리도 일본 술만은 아닌 것이다. 좀 다른 술이랄까.

이런 걸 알고 마셨던 건 아니다. 오키나와에 다녀온 분이 건네준 술이 아와모리였다. 한동안 제쳐 놓았다. 처음 본 술에 흥미가 생기려면 병이라든가 이름이라든가 뭔가 와 닿아야 하는데 그런 게 없었다.

어느 날 그 술을 땄다가 깜짝 놀랐다. 아니, 이 술은… 뭐지? 계통을 잘 모르겠는 술이었다. 일단 냄새부터가 그러한데 콤콤하면서 뭐라 말할 수 없이 맑은 동시에 단 냄새가 났다. 단데 축축하지 않고, 쾌적한 공기가 느껴졌다. 감로甘露라고 해야 하나. 단 이슬이 있다면 이런 냄새가 날 것 같았다.

화이트 와인의 색과 비슷하지만 좀 더 짙다. 오크 숙성을 한 화이트 와인 같달까. 잔을 이리저리 돌리며 색을 보다가 마셨다. 뭐랄까. 강한데, 맑았다. 일본 소주의 청량함, 중국 백주의 농후함, 거기에 싱글 몰트 위스키의 정제된 부드러움, 이 모든 게 느껴졌다.

40도라는 도수가 믿기지 않게 부드러웠다. 아니, 어쩌면 이렇게 강건하면서도 우아할 수 있지? 모난 데가 없었다. 그래서 술술 넘어갔다. '술술 넘어가서 술'이라고 이야기하는 분들의 주장에 가장 부합하는 술이 바로 이 술이라고 해야 할 것이다. 내가 마셨던 아와모리가 특별히 맛있었던 건지는 모르겠지만.

알고 보니 아와모리는 내가 궁금해한 적이 있던 술이었다. 오래전 신문에서 이 술에 대해 읽은 적이 있다. 기업 회

장이기도 한 프로야구 구단의 구단주가 오키나와에서 아와모리를 사 왔는데, 10년 넘게 따지 못하고 있다는 이야기였다. 이유는 우승주이기 때문이다. 우승을 해야 마실 수 있는 술이라는 말. 우승을 하지 못한다면 우승주도 없는 것이다.

한참 전으로 거슬러 올라가는 이야기다. 구단주는 오키나와에서 전지훈련을 하고 있던 선수들과 아와모리를 마신 적이 있었다. 우승주였다. 그해 이 프로야구 구단이 한국 시리즈에서 우승했던 것이다. 1994년의 일이었다.

승리의 기쁨에 도취된 선수들과 아와모리를 나누어 마시며 구단주는 말했다고 한다. 돌아오는 해에도 우승을 하면 이 술로 또 축배를 들자고. 그래서 구단주는 다음 우승을 기약하며 오키나와에서 아와모리를 사서 한국으로 돌아왔다. 다음 해에 열리지 못한 아와모리는 그다음 해에도 열리지 못했고, 아직 야구단의 보물로 소중히 보관되고 있다고 한다.

여전히 그렇다고 들었다. 거의 30년이 다 되어 가는데 말이다. 그사이 구단주는 세상을 떠났다. 씁쓸한 이야기다. 해마다 프로야구 시즌이 되면 '야구단의 아와모리' 기사가 딸려 나오고, 그 글은 꼭 이렇게 끝맺는다. '올해는 과연 이 아와모리를 딸 수 있을 것인가?'라고.

그리고 해당 구단의 건투를 기원하는, 팬들의 충심 어

린 댓글이 이어진다. 야구를 모르고, 해당 구단의 팬도 아닌 나지만, 그 댓글을 읽다 보면 바라게 된다. 아와모리가 이 해에는 열릴 수 있기를. 누구보다 우승을 하고 싶고, 그래서 이 술을 따고 싶을 선수들의 압박감은 어떨지 상상이 안 된다.

선물 받은 아와모리를 마시다가 야구단의 아와모리를 떠올렸다. 내가 마신 10년산 아와모리도 이렇게나 맛있는데 야구단의 아와모리는 과연 어떤 맛일까 하고. 아와모리는 해를 더할수록 맛이 깊어지고 부드러워지는데, 야구단의 아와모리는 어떨까 싶다. 1994년 당시에도 분명히 오래된 술이었을 그 술은, 그러고도 30년 가까이 더 묵었으니 말이다.

오래된 아와모리의 진가를 아는 것은 오래된 것과 그렇지 않은 것을 모두 마셔 봤기 때문이다. 선물 받은 아와모리가 맛있어서 야금야금 먹다 보니 어느덧 끝이 보였다. 같은 술을 구하려고 부산에 있는 무역상에 전화를 해 보기도 했다. 그곳에서 하는 말이 코로나가 길어지면서 예전처럼 오키나와까지 배가 안 뜬다고 했었나? 충분히 납득할 수는 없었지만 어쩔 수 없는 일이었다. 할 수 없어 다른 아와모리를 한 병 구했다.

그런데 좀 그랬다. 오래전에 딴 술만 못했다. 맛이 없는 건 아니지만 향도, 맛도 좀 그랬다. 풋풋하긴 했지만, 어딘가 거칠었다. 무엇보다 내가 마시고 놀랐던 아와모리 특유의 아취가 없었다. 역시 세상에는 두 종류의 술이 있는 것이다. 맛있는 술과 덜 맛있는 술. '덜 맛있는 술'을 먼저 마셨다면 이 술이 '맛있는 술'이 되었겠지만 '더 맛있는 술'을 먼저 마신 탓에 '덜 맛있는 술'을 마시게 되었다. 선물 받은 술은 10년 된 술이었고, 새로 산 술은 3년 된 술이었다. 3년 미만의 어린 아와모리를 '신주'로, 3년 이상 숙성한 아와모리는 '고주'로 부른다고 한다.

그제야 보였다. 원래 마시던 아와모리 병에는 금박 스티커가 붙어 있고 '십년 고주+年 古酒'라고 쓰여 있는 게. 둔탁해 보였던 검은 병도 자세히 보니 신묘했다. 화강암의 운모처럼 은근히 반짝거리는 게 용의 비늘을 형상화한 건가 싶기도 했다. 구하기 어렵다고 하니 더 귀하게 느껴져서 이렇게 술병을 바라보고 있다.

아무래도 이 술을 비울 수 없을 것 같다. 하지만 마시지 않는다고 해도 언젠가는 모두 사라질 거라는 것도 알고 있다. 계속 증발하고 있기 때문이다. 오크통에 담긴 위스키들은 한 해에 1~2퍼센트 정도 날아간다고 한다. 이렇게 증발하는 술을 스코틀랜드에서는 '앤절스 셰어angels' share', 즉 천사의 몫이라고 부른다.

야구단의 아와모리도 계속 증발하고 있다고 한다. 봉인 중이라고는 하지만, 30년 가까이. 그러니 천사에게 바칠 몫이 제법 될 것이다. 그래도 아와모리는 오래 묵을수록 부드럽고 깊어진다고 하니 얼마나 맛있을지 짐작도 안 된다. 천사에게 바칠 대로 바쳤으니 이제 열릴 때가 되지 않았나 싶다.

아침에 마시는 맥주

며칠 전 예능 프로에서 흥미로운 장면을 봤다. 영화배우 겸 예능인 L이 분위기를 잡으며 에스프레소를 마시고 있었다. 개그맨 K가 등장하며 찬물을 끼얹기 전까지.

요즘은 '에쏘빠'가 대세라며, 한술 더 떠 르완다 조스틴(?) 품종으로 에스프레소를 마실 수 있느냐고 묻는 것이다. 허세를 더한 허세로 눌러 주는 장면으로 보이지만, 그래서 나도 웃었지만, 좀 놀랐다. 커피가 대중화된 지 오래임을 알았지만 에스프레소로까지 확산되고 있음을 알려 주는 상징적인 장면이었기 때문이다.

에쏘빠는 '에스프레소 바'를 거세게 발음해 줄인 것이

고, 르완다 조스틴은 '르완다 저스틴'으로 르완다의 저스틴이라는 생산자의 커피라는 뜻이다. 얼마 전만 해도 에티오피아, 자카르타, 콜롬비아 등으로 커피 산지를 표기했는데, 이제는 생산자의 이름까지 붙이는 시대가 된 것이다.

와인처럼 말이다. 나파 와인이라고 할 수도 있지만, 나파의 몬다비 와인이라고 하는 것처럼. 로버트 몬다비라는 사람은 북부 캘리포니아, 흔히 '나파'라고 불리는 지역의 대표적인 와인 주조업자다. 내가 아는 분 중에는 와인 모임을 할 때마다 몬다비 와인을 가져오는 분이 계셔서 나파 와인 하면 몬다비가 떠오른다.

어디선가 들었거나 본 얕은 지식을 가지고 이렇게 술 칼럼을 쓰고 있는 나는 이제 예감이 든다. 술을 진지하게 배워야 할 때가 되었다고. 그저 흥미이거나 일상의 잉여로서 술을 대하지 말고 학문으로 접근해야 할 때라고. 너는 이제 와인 학교나 커피 학교의 학생이 되어야 한다고 저 깊은 곳에서 속삭이는 목소리가 들린다.

불안한 예감이기도 하다. 지나치게 몰두하게 될까 봐. 그래서 본업(?)에 지장이 생길까 봐. 하지만 배우고 싶다. 학이시습지 불역열호學而時習之 不亦說乎. 배우고 때때로 그것을 익히면 역시 기쁘지 아니한가.

다시 '에쏘빠' 얘기로 돌아와서 그 장면을 보면서 나는 에스프레소가 먹고 싶지 않았다. 대신 맥주가 마시고 싶었다. L이 분위기를 잡긴 했으나 전혀 그윽하지 않았고, 그때 나는 몸에 열기가 좀 있었다. 그럴 땐 맥주 아닙니까?

찬바람이 불기 시작하면서 맥주는 전혀 마시고 싶지 않았다. 매정하다 싶을 정도로 맥주를 딱 끊고 레드 와인을 마시기 시작했는데, 그날은 맥주가 생각났다. 그런데 뭐랄까. 여름 내내 마시던 라거나 아이피에이 대신 다른 맥주를 마시고 싶었다. 가을에 어울리는 맥주를 말이다. '에쏘빠' 장면을 보다가 알았다.

커피 맥주가 마시고 싶다는 것을. 에스프레소 샷을 넣은 맥주를 마시고 싶다는 것을. 다른 것은 잘 몰라도 나는 나에 대해서는 잘 안다. 내가 지금 정확히 무엇을 먹고 싶고, 또 무엇을 마시고 싶은지. 나 자신의 구체적 욕망에 충실하게 응답하는 생활을 해 오다 보니 이것만은 자신 있다. 누가 알아주지 않아도 상관없다. 인부지이불온人不知而不慍. 나는 기쁘니까.

스타우트나 포터 같은 진한 색깔의 맥주여야 한다. 커피 맥주의 근간이 되려면. 스타우트나 포터의 짙은 색깔과 육중한 맛은 커피와 상응하니까. 황금빛의 라거나 그보다 더 색이 연한 바이젠이라면 곤란하다. 밝고 투명하게 빛나는 이 맥주들은 찬연한 그 색을 마시기도 하는 것인데 커피

를 탄다면 어떻게 되겠나? 맛의 균형도 깨지지만, 색도 곤란
해진다. 이도 저도 아닌 비에 젖은 볏단 색이 될 것이고, 그
런 축축한 색은 목구멍으로 넘기고 싶지 않다.

　슈바르츠비어도 좋다. 독일어로 '검은 맥주'라는 뜻의
이 맥주는 아일랜드의 흑맥주인 기네스와 비슷한 듯하지만
다르다. 토마스 만의 소설 『마의 산』의 주인공 한스는 이 흑
맥주를 아침마다 한 잔씩 마신다. 어쩌다 한 번 마시는 게 아
니라 거의 고정된 아침 메뉴다. 소설에는 그저 '흑맥주'라고
되어 있지만, 뤼베크 태생으로 뮌헨에서 오래 산 토마스 만
이 소설에 쓴 흑맥주는 튀링겐과 작센의 흑맥주인 슈바르츠
비어가 아닐까 싶다. 마음을 진정시키고, 신경을 마비시키
며, 멍한 기분이 들게 한다면서 한스는 흑맥주를 마신다.

　나는 이 소설을 무척이나 좋아하고, 좋아하는 부분을
끝없이 나열할 수도 있는데, 이 부분은 이상하다고 생각했
다. 아무리 체질에 좋다고 해도 그렇지 아침마다 맥주를 마
시면 너무 나른하지 않을까 싶었기에.

　지금은 이렇게 생각하고 있다. 한스가 마시는 흑맥주가
커피를 탄 맥주가 아니었을까라고. 커피에 아일랜드 위스키
를 타서 휘핑크림을 얹은 아이리시 커피처럼, 또 초콜릿과
에스프레소, 우유 거품을 얹은 이탈리아 토리노의 비체린처
럼 한스의 흑맥주란 슈바르츠비어에 커피를 넣은 '특제 맥

주'가 아니었을까라고 생각하는 것이다.

아닐 수도 있다. 내가 그렇게 마시고 싶어서 그런지도 모르겠다. 술을 좋아하고, 혼술도 좋아하지만, 아무리 그래도 오전부터 맥주를 버젓이 마시기에는 마음의 장벽이 있다. 점심 이후에 마시는 건 아무렇지도 않은데 왜 그러는지 모르겠다.

이럴 때, 커피 맥주가 제격이 아닌가 싶다. 커피로 정신을 깨우기도 하는 동시에 약간의 알코올로 긴장되어 있는 뇌하수체를 부드럽게도 하고 싶을 때. 이때의 상태를 이렇게 말할 수도 있겠다. "취하고 싶으면서 취하고 싶지 않다."

커피 맥주란 소프트한 예거밤이 아닐까도 싶다. 예거밤이란, 예거마이스터라는 독일의 약초 맛이 나는 리큐어와 레드불(!)을 섞은 칵테일이다. 이 술을 마시고 나서 나는 이렇게 쓴 적이 있다. "막연히 예거마이스터 칵테일이겠거니 하며 마신 게 잘못이었다. 한 모금을 마시자 바로 위력이 나타났다. 수액을 맞는 것처럼 술이 몸에 쫘악 들러붙는 느낌이 들었고, 심장이 미친 듯이 뛰는 동시에 에너지가 샘솟기 시작했다. 그러면서도 몸은 노곤했다. 기분이 나빠지기 시작했다. 술에 '진 느낌'이랄까."

예거밤을 마시고 나서 이 밤이 'bomb'이라는 걸, 그러니까 나는 지금 '예거 폭탄'을 마셨다는 걸 알았다. 그리고 이 음료의 속성에 대해 생각했다. 술은 이완제인데, 레드불은 각성제다. 이완제와 각성제를 섞어 마셨다는 자각이 들자 머리가 환해졌다. 양극성의 물질이 내 몸 안에서 널뛰고 있는 걸 느끼면서 이 기분 좋으면서도 동시에 기분 나쁜, 쾌와 불쾌가 한데 섞여서 나를 잡아당기는 당혹감을 감상했다. 내 몸에서 살짝 분리된 의식이 혼돈스러워하는 나를 바라보는 느낌이었달까. 그 강렬한 경험 이후로 예거밤을 마신 적이 없다.

하지만 커피 맥주 정도는 괜찮은 것 같다. 그래서 오늘도 마셨다. 12시가 되기 전에 말이다. 할 일이 많아서 아침부터 몽롱하면 안 되는데, 나를 달래고 싶기도 하고, 동시에 정신이 번쩍 났으면도 해서.

작은 일탈에 기대어 사는 요즘이다. 그래, 이게 사는 기쁨이지. 오늘의 힘듦은 오늘 불태워 버려야지 생각하며 한 모금 남은 커피 맥주를 마셨다.

아몬티야도

내게 오랫동안 아몬티야도라는 술은 환상의 단어였다. 그도 그럴 것이 이자크 디네센의 소설 「바베트의 만찬」에서 아몬티야도는 너무 환상적이라.

잠깐 이 소설에 대해 이야기하지 않을 수 없겠다. 바베트라는 프랑스 여인이 1만 프랑의 복권에 당첨되는데, 이 돈을 모두 한 끼 식사에 쓴다. 캐비아와 바다거북 수프 같은 음식으로 12인분의 정찬을 차리고 같이 내는 술도 준비하느라. 만만치 않은 술들이다. 1846년산 클로드부조와 1860년산 뵈브 클리코가 나오고, 식전주로 나오는 것이 아몬티야도다. 참고로 이 소설의 배경은 1880년대다.

이 정찬의 귀빈 중 하나인 세상의 온갖 부귀영화를 누린 한 남자는 이 술을 마시고 깜짝 놀란다. 아몬티야도를 알아본 것이다. 자기가 마신 아몬티야도 중에서도 최상품이라고 생각한다.

이 소설을 보다가 아몬티야도가 식전주라는 것을, 또 귀한 술이라는 것을 알았다. 나는 이 소설을 좋아하고, 이 소설에 나오는 음식과 술을 한 번이라도 먹고 싶다고 생각해왔는데, 그중에서도 가장 마시고 싶던 것이 아몬티야도였다. 아마도 '아몬티야도'라고 신비하게 울리는 발성이 한몫해 이 술에 신비의 베일을 드리웠던 듯하다.

며칠 전, 그 아몬티야도를 선물로 받았다. 「바베트의 만찬」에 나오는 술이니 내가 좋아할 것 같았다며. 감동받았다. 그는 내가 이 작품을 당연히 알고 당연히 아몬티야도를 특별히 생각할 거라는 걸 알고 있다는 말이었기 때문이다.

또 나는 안다. 그도 이 작품을 보고 아몬티야도를 얼마나 마시고 싶어 했을지를. 우리 같은 사람은 소설이나 영화에 나오는 미지의 음식들, 그 미지의 단어들을 애달프게 그리워하는 사람들이다. 링곤베리, 그예토스트 치즈, 칼바도스, 자허토르테⋯ 이런 것들 말이다.

전에 한번 마셔 보기는 했다. 너무 싼 걸 사서 그런지 별맛이 없었다. 셰리주가 익숙지 않아 그랬을 수도 있다. 그래도 그렇지, 별로였다. 나는 음식과 술에 관한 한 무한히 열려 있는 편이라 처음 먹는 것이나 기피 식재료일 수 있는 것들도 꺼리지 않는데 말이다. 그 아몬티야도가 맛이 없었던 게 확실하다.

아몬티야도는 셰리주의 일종이다. 셰리주는 스페인의 주정강화 와인인데, 드라이하고 약 맛이 난다. 셰리주에 대해서도 일말의 환상이 있었다는 것을 고백하기로 한다. 대항해 시대의 이야기다. 셰리주는 지구가 둥글다는 것을 증명한 마젤란의 함대에 대량으로 실려 세계를 일주했던 술이다. 황금의 땅을 발견하려는 사람들은 셰리주를 마시며 하루를 시작하고 또 하루를 마감했을 것이고, 셰리주는 바람이 불든 파도가 치든 배 위에서 출렁이며 대서양과 태평양, 마리아나 제도의 물결을 경험했을 것이다.

셰리주의 셰리가 헤레스Jerez에서 왔다는 것도 내 마음을 끈다. 헤레스는 '시저의 마을'이라는 뜻으로, 여기서 시저란 우리가 카이사르라고 부르기도 하는 바로 그분이시다. 셰리주가 만들어지는 마을의 이름이 헤레스데라프론테라인데 '변경에 있는 시저의 마을'이라는 의미다. 그리고 헤레스의 옛 이름인 세레스Xerez가 변해 영어식 표현인 셰리Sherry가 된 것이라고 한다. 재미있는 것은 셰리의 한 갈래인 아몬티야도는 스페인식 발음이라는 점이다. 영어식 발음으로는 아몬틸라도다.

　이걸 아는 것은 에드거 앨런 포 때문이다. 그도 아몬티
야도로 소설을 썼다. 제목에 아예 아몬티야도가 들어간다.
원제는 『The Cask of Amontillado』. 어쩌다 보니 이 소설을 번
역한 판본 네 개를 갖고 있는데 번역이 다 다르다. 『아몬틸
라도의 술통』, 『아몬틸라도 술통』, 『아몬티야도 술통』 이렇
게 제각각이다. 거대한 아몬티야도 술통을 산 남자가 그게
정말 아몬티야도가 맞는지 감식해 달라며 다른 남자를 부르
면서 시작되는 이야기다. 불려 온 남자는 그 자리에 없는 제
3의 남자를 헐뜯는데, 그가 아몬티야도와 셰리를 구분하지
못한다는 이유에서다. 셰리가 아몬티야도라고 우길 놈이라
고 하면서.

　나는 이 부분이 아주 으스스하다. 아몬티야도는 셰리주
의 한 종류이기 때문이다. 셰리는 크게 피노와 올로로소로
나뉘는데 피노는 바디감이 가볍고 색도 연하고, 올로로소는
피노보다 묵직하고 색도 진하다. 그리고 아몬티야도는 이
둘을 섞은 듯한 스타일이다. 피노도 셰리, 올로로소도 셰리,
아몬티야도도 셰리인 것이다.

　그런데 저렇게 말하는 이유는 무엇일까? 셰리가 아몬티
야도라고 우길 놈이라고 험담하는 것은 어떻게 해석해야 하
나. 본인의 감식안을 자랑하는 사람이 말이다. 그 또한 셰리

가 뭔지 아몬티야도가 뭔지 잘 모른다는 것이다. 포는 이 남자의 감식안의 실체를 이렇게 보여 준다. 알 사람은 알고 모를 사람은 할 수 없다는 태도로 이렇게 스윽. 소설에는 어떤 각주도 없어서 나는 이 소설을, 셰리주와 피노와 아몬티야도를 마셔 본 후에야 이해했던 것이다.

아, 이 긴 이야기를 그날은 할 수 없었다. 우리는 너무 바빴다. 술을 많이 마셨고, 많이도 먹었고, 이야기는 더 많이 했다. 술을 좋아하는 사람들이 모여서 술을 마셨지만 술 이야기를 할 틈은 없었다. 선물 받은 아몬티야도도 따고 말았다. 집에 가서 홀짝홀짝 마시는 것도 좋지만 맛있는 것을 나누는 게 더 좋으니까. 샴페인을 마시고, 피노누아를 마시고, 부르고뉴를 마시고, 아몬티야도를 열었다.

이게 아몬티야도구나 싶었다. 포트 와인과도 다르고 마데이라와도 달랐다. 나는 포트 와인으로 시작해 마데이라로 건너갔는데, 또 이렇게 아몬티야도로도 건너왔구나 싶었다. 모두 와인에 브랜디를 넣어 도수를 높여 변질을 막는 제법을 쓰는데 맛은 이렇게나 다르다니….

이 아몬티야도는 내가 처음 마셨던 아몬티야도와 달랐다. 드라이하면서 산미가 좋은 피노의 맛에 육중한 올로로소의 맛이 더해져 감칠맛이 있었다. 그리고 약간의 약 맛. 내가 마셨던 아몬티야도는 약 맛만 강했다. 또 셰리주를 마실 때는 생각하게 된다. 이건 포도보다 곡류의 맛이 아닐까라고. 구수함이라고 해야 할까. 어떻게 포도에서 이런 맛이날까?

딱 한 가지 아쉬운 게 있다면, 아몬티야도를 먼저 마시지 않았다는 점이다. 아몬티야도는 식전주인데 말이다. 얼마나 훌륭한 식전주였으면, 세상의 좋은 것들을 많이도 체험해 본 남작 부인이기도 한 이자크 디네센이 1만 프랑을 들인 정찬에서 처음 내는 술로 아몬티야도를 선택했을까? 아몬티야도는 식전주고, 식전주의 본분은 식욕을 돋우는 것인데, 우리는 술이란 술을 다 먹고 거의 식후주 느낌으로 아몬티야도를 마셨던 것이다….

몇 바퀴를 돈 건가. 몇 사람의 이름과 몇 병의 술을 말했나. 어질어질하다. 알면 알수록 먹고 싶어지고 알면 알수록 마시고 싶어진다. 또 이야기가 술술 흘러나온다. 이러니 술을 사랑한다. 그래서 이런 말이 있지 않나 싶다. "인생은 짧고 예술은 길다." 나는 술도 예술의 한 분파로 지정해야 한다고 진심으로 생각하는 바다.

겨울

꿀과 물과 시간

　달콤함이 우리를 구원할 거야. 이 말이 머릿속에서 떠나지 않는다. 떠나지 않는 이유는, 난데없기 때문이다. 누가 한 말인지는 모르겠다. 실제로 이런 말을 한 사람이 있는지도 모르겠다. 이런 말을 할 사람도 알지 못하고 내가 한 건더더욱 아니다. 별 대단한 말도 아니어서 잊으면 될 텐데 그렇게 되지 않아서 달콤함과 구원에 대해 생각하다 미드를 떠올렸다.

　mead라고 쓴다. 다른 말로는 벌꿀술. 인류 최초의 술이라고 하는 이 술이 오랫동안 궁금했다. 누군가는 맥주가 인류 최초의 술이라고 주장하는데, 시시비비를 가릴 방법은 없다고 생각한다. 문자가 없던 시대이니 기록도 없을 테고, 믿고 싶은 대로 믿으면 어떤가 싶다. 각자의 자긍심을 고취하는 데 필요한 일 같아서다. 최초로 술을 만든 게 그리 대단한 일인지는 모르겠지만, 본인들이 추구하는 바를 위해서라면 뭐. 맥주든, 와인이든, 미드든, 그게 무엇이든 말이다.

미드를 마시고 싶긴 했는데 그리 간절하지 않았다. 나는 역시 '최초'라는 수식어에 그리 끌리지 않는 것이다. 믿는 것은 나의 느낌 정도. 다른 사람이 좋다고 하는 게 내게 다 좋을 리 없고, 어제는 좋았던 게 오늘은 싫을 수도 있다.

시시각각 변하는 대기 현상과 그에 따라 변하거나 변하지 않는 나의 기분에 기대어 고른다. 그게 술이든, 다른 무엇이든. 타이밍이다. 술에도 타이밍이 있다고 생각한다. 술의 시간과 나의 시간이 일치하는 때라고 해도 좋다.

미드와 나의 타이밍은 잘 맞지 않았다. 술을 마실 주체인 내가 미드에 그리 끌리지 않았던 것이다. 그 이유는 '달 것이다' 말고는 어떤 맛이나 향도 상상되지 않았기 때문이다. 술은 달아야 제맛이라고 하시는 분들도 있는 걸로 아는데 내 생각은 좀 다르다.

달기만 하면 안 된다. 달면서 시거나, 달면서 쓰거나. 아니면 달면서 진하거나, 달면서 이를 데 없는 향기가 나거나. 그래야 술이라고 생각해 왔다. '술이 익는다'는 것은 여러 맛이 경쟁하고 또 화합하며 각축을 벌이는 과정이고, 술을 열었을 때 농익은 이 맛들이 액체로, 기체로 풀려나와야 한다고 생각한다. '스르르' 말이다. 애쓰지 않아도 자연스럽게.

그런데… 신과 반신叛神이 각축을 벌이는 북유럽 드라마를 보다가 미드가 마시고 싶어졌다. 아주 간절히 말이다. 드라마 주인공들이 성게알에 랍스터에 굴에 이런저런 술을 꽤나 호화롭게 마시다가, 주연酒宴의 주최자가 이런 말을 한 것이다. "계속 이딴 것만 마실 수는 없지." 그러고는 이제 제대로 된 걸 마시자며 의미심장한 눈빛을 하고서 탭을 연다.

참고로 배경은 가정집이다. 노르웨이 에다에서 가장 부유한 집이라는데 무려 탭이 설치되어 있는 것이다! 심지어 탭은 금으로 되어 있다. '금꼭지'랄까. 이보다 더 휘황찬란한 등장이 있을까? 술의 입장에서 말이다. 심지어 아직 한 방울도 따라지지 않았는데.

탭을 열자 술이 콸콸 쏟아지는데, 미드다. 주최자는 말씀하신다. 고대부터 마시던 술이라고. 바이킹이 마셨고, 거인과 신, 영웅 들도 마셨다고. 솔직히 말하면 누구나 감당하진 못한다며 주인공의 호승심을 자극한다. 주인공 망네는 순박하고 착하지만 덩치가 크고, 알고 보면 고집도 힘도 센 청소년인데, 주인공답게 전혀 주춤하지 않는다. 감당하지 못해서 탈이 나면 어쩌지 따위는 고민하지 않고 그냥 들이붓는다.

술잔도 심상치 않다. 동물의 뿔로 만들었고, 입이 닿는 부분은 금으로 감쌌다. 굳이 정통을 따지자면, 뿔잔의 입이 닿는 부분은 은으로 되어 있다. 그래서 드라마 속 금으로 된 잔을 보며 그들이 전통을 추앙하지 않거나 위세를 과시하는 것일 수도 있겠다는 생각이 들었다. 하지만 주최자가 고대부터 마시던 술을 바로 지금, 우리가, 여기서 마시고 있다는 사실을 거듭 강조하기 때문에 술잔의 입 닿는 부분이 은이 아닌 게 영 이상했다. 거의 신성 모독으로까지 느껴졌다. 그러거나 말거나 주인공들은 '거인과 신, 영웅 들이 은잔에 마신다고? 나는 까짓것 금잔에 마시겠어'라는 이글거림을 보여 줄 뿐이었다.

그래서 마셨다. 도저히 마시지 않을 수 없어서. 내가 거인과 신, 영웅은 아니지만 그들이 마시는 술이 먹고 싶어서 마셨다. 나와 미드 사이의 타이밍이 마침 맞았던 것이다.

미드는 한동안 잘 만들지 않다가 요즘 미국에서 꽤나 붐이라고 들었는데, 내가 마신 것은 런던의 고스넬사에서 만든 고스넬스 오브 런던이다. 다른 향을 가미하지 않은 오리지널이라 이것으로 시작해야 할 것 같았고, 라벨이 가장 마음에 들기도 했다. 뭘 알고 산 건 아니고 나의 서점이자 방앗

242

간 중 하나인 와인앤모어에 갔을 때 이게 마침 보였다.

망네는 어떻게 되는가? 아무렇지 않다. 아니, 오히려 본연의 뭔가가 깨어나서 높은 데서 뛰어내리고 힘을 발산하고 싶어 한다. 그대로 두기에는 가두어진 힘이 너무 강력해 그걸 쏟아 내지 않을 수 없다.

토르이기 때문이다. 맞다. 그 토르. 오딘의 아들이자 로키의 형으로 좀 우둔한 편이지만 묠니르라는 강력한 망치를 지닌 토르. 이 드라마의 이름은 〈라그나로크〉로 북유럽 신화 속 세계 종말의 날을 뜻한다. 라그나로크 신화에서 신은 법과 질서를 지키려 하고, 거인은 불안과 혼돈을 조장하므로, 망네에게 술을 마시게 한 이와 그들의 가족은 거인이라 하겠다. 망네가 미드를 마시고 반응할 거라고 생각해 판을 벌인 것이다.

그는 격렬히 반응한다. 쉬지 않고 미드를 다 들이켜고서 이렇게 말했던 것이다. "미친 맛인데요? 마셔 본 것 중 최고예요." 북유럽 신화에서 묘사되는 토르는 힘이 센 만큼 술도 세다. 장기가 뭐냐고 물으면 술을 잘 마신다며, 바닥내지 못하는 술은 없다고 말할 정도다. 힘 자랑 못지않게 주량 자랑도 하는 우직한 캐릭터랄까.

내가 좋아하는 토르 이야기는 이거다. 구연부가 은으로 된 뿔잔을 내면서 거인은 세 번에 걸쳐 이 술을 마시는 나약한 이는 없었다고 말한다. 토르는 나약하게도 세 번에 걸쳐 이 술을 마시는데 겨우 손가락 마디 하나 정도만큼만 줄어들어 있다. 사색이 된 거인은 고백한다. 사실 네가 마신 뿔잔은 가장 깊은 바다와 연결되어 있다고. 토르가 바닷물 수위가 낮아질 정도로 들이마셔서 조수를 만들어 냈고, 그 조수 간만의 차는 영원할 거라고.

이야기의 스케일이 대단하지 않나? 인도 뻥이나 중국 뻥만큼 거창하다. 어쨌거나 나는 이 뿔잔 이야기 덕에 파도가 치는 소리를 생각할 때마다 토르가 바닷물을 들이마시는 장면을 상상하게 되었다.

내가 마신 벌꿀주의 병목에는 이런 글자가 있었다. 'honey', 'water', 'time'. 꿀과 물과 시간으로 이 술을 만들었다는 거다. 단순하지만 근사하지 않나? 내가 속어를 쓰고 그러는 사람은 아니지만 이럴 때는 이렇게 쓸 수밖에 없겠다. '쩐다.' 요즘 미국에서는 'rad'라고 한다고.

병을 따니 꿀 냄새가 진동했다. 꿀과 물과 시간으로 빚은 그 술이 열린 시간이었다.

겨울밤의 무알코올 맥주

내가 가장 좋아하는 맥주는 운동 끝나고 마시던 맥주였다. 땀이 식지 않은 채로 요가복 위에 겉옷만 걸치고 다급하게 마시던 맥주. '다급하게'라는 부사어가 무엇보다 중요한데, 땀이 식지 않은 채로 마셔야 했기 때문에 나는 더할 수 없이 다급했다. 땀으로 촉촉해진 정수리의 습기를 느끼며 마시는 맥주 맛이란… 다 아실 줄로 안다.

맥주 맛을 가파르게 향상시키기 위해서는 세 가지 요소가 필수 불가결하다고 생각해 왔다. 땀과 갈증과 스트레스. 스트레스는 안 받는 게 좋지만, 스트레스를 내 마음대로 받고 안 받고 할 수는 없지 않나? 그렇다면 스트레스를 이용하는 것도 나쁘지 않다. 꾸역꾸역 무언가를 참았다가 마시는 맥주의 맛이란. 그 첫 모금의 짜릿함은 누구에게나 공평무사한 것이다.

맥주를 마시기 위해 요가를 다니는 게 아닐까 싶을 정도로 한때 내게 '요가'란 곧 '맥주'를 의미했다. 요가 스튜디오가 있는 건물에 있던 'ㅇㅇ나무'의 맥주 맛이 각별해서 더 그랬다. 얼렸던 피처 잔에 콸콸 따라 주는, 그래서 맥주 거품도 반쯤은 언 것처럼 느껴지던 맥주였다.

게다가 동업자인 주인 내외는 서로를 볼 때마다 지긋이 웃음을 교환하는 분들이라 나도 모르게 흐뭇해졌다. 그런 건 연기할 수 없는 법이다. 30년은 같이 살아온 것으로 보이는 부부가 저렇게 서로를 보면서 웃을 수 있다니, 저런 부부도 있나 싶었고, 서로가 서로에게 그럴 수 있다는 것만으로도 그들의 성정을 알 수 있었다. 얼음 컵에 나오는 카스를 마시며 부부를 보고 있으면 세상은 그래도 살 만하게 느껴졌고, 그래서 맥주 맛이 더 좋았다.

벌써 5년 전 일이다. 이사를 왔고, 요즘은 요가를 하지 않는다. 그래서 그 각별한 맥주 맛도 느끼지 못하고 있다. 그렇다고 마시지 않는 건 아니다. 매일 마신다. 저녁마다, 아니 점심에도 맥주를 한 캔씩 마시고 있다. 집에만 있자니 답답하고, 답답함을 푸는 데에 맥주만 한 게 없어서.

무알코올 맥주의 세계에 빠졌기 때문이기도 하다. 겨울 밤 실내에 고여 있는 텁텁함을 씻어 내는 데에 이토록 훌륭한 자가 처방은 없다고 생각하면서 말이다.

무알코올 맥주를 처음 경험한 곳은 베를린이었다. 5년 전의 베를린. 식당마다, 술집마다 꽤나 많은 종류의 무알코올 맥주가 있었다. 술을 주문할 때 보면 다수의 맥주파와 소수의 와인파가 있었는데, 소수의 와인파보다 더 지분을 차지했던 게 무알코올 맥주파였다. 독일말로는 '알코올프라이비르'.

술을 마시지 못하는 사람들만 마시는 건 아니었다. '해야 할 일이 있는 사람들'이 무알코올 맥주를 시켰다. 아니면 전날 과음했거나, 술로 인해 인생의 중대한 사건을 겪었거나 하는, 술을 너무 좋아해서 이제는 좋아할 수 없게 되어 버린 사람들이 시켰다. 나도 무알코올파를 따라 몇 번 시키곤 했는데 별 기억이 없다. 곧 라들러에 정착했기 때문이다.

라들러는 자전거를 타는 사람들을 위해 만들어진 맥주라고 했다. 라들러는 자전거라는 뜻. 라거에 레몬즙을 탄 도수가 낮은 맥주라며 한번 먹어 보라는 말에 마셨다가, 줄곧 라들러만 시키게 되었다. 자전거는 탈 줄도 모르면서 말이다.

정말이지 베를린 사람들이 아침에 자전거를 타는 장면은 장관이라고 할 수밖에 없다. 달리는 버스(나는 그 안에 있었다) 앞에서 두 발을 가열차게 움직여 달리고 있는 자전거 군단을 볼 때마다 입을 벌릴 수밖에 없었다. '저게 사람의 체력인가?'라고 생각했다. 마력馬力에도 뒤지지 않을 거 같은, 아스팔트도 물엿으로 만들어 버릴 것 같은 파워였다. 저런 스태미나라면 세상에 못할 게 없을 것만 같았다.

라들러만 마시던 내가 이렇게 흘러 흘러 무알코올 맥주에 제대로 빠지게 되었다. 우연한 기회에 마셔 보았는데 왜 이제야 마셨을까 싶었다. 디카페인 커피 같은 게 아니었을까 생각했었는데, 그런 불신의 대상이 되기에 무알코올 맥주는 너무도 정밀했던 것이다. 스위스 시계도 아니고, 그저 무알코올 맥주에 '정밀하다'라는 표현이 어울릴지 모르겠지만 홉의 냄새나 맛, 목구멍을 샥 하고 할퀴는 느낌 등등이 맥주 그 자체였다.

무알코올 맥주라고 해서 무시할 게 못 되는 게, 그래도 약간의 취기는 돈다는 점이다. 처음에는 망상이나 기대가 아닐까 싶었는데, 알코올 함유량이 0.5%였다. 맥주는 보통 5~6%고, 라들러가 2~3%인 것에 비하면 우습다고도 할 수 있겠지만 0.5%는 0%와는 엄연히 다른 것이다.

사실 내가 무알코올 맥주를 본격적으로 마시게 된 최초의 이유는… 금주를 선언받았기 때문이었다. 한시적이긴 했지만 금지의 시간은 더디게만 흘렀고, 참고 참다가, 더 이상 이렇게는 안 되겠다 싶어서 무알코올 맥주를 마셨던 것이다.

좋은 것은 널리 알려야 하는 법이라고 생각하는 내가 무알코올 맥주를 전도하다가 재미있는 이야기를 들었다. 독일군은 점심시간에 맥주를 마신다는 이야기였다. 독일에서 복무했던 미군과 군 생활을 함께했다는 남자가 말해 줬다. 그도 나를 따라 무알코올 맥주를 마시다 뒤늦게 뭔가를 깨달았던 것이다.

독일군이 점심시간에 맥주를 마시는 것은 군기가 해이해서도, 그곳이 맥주의 천국이어서도 아니고, 그 맥주가 무알코올 맥주이기 때문이라는 것을 말이다. "무알코올 맥주일 거야"라고 말한 뒤 나는 이렇게 덧붙였다. "독일이 어떤 나란데…." 그들의 가공할 만한 체력은 점심부터 알코올에 담기기에는 너무도 투쟁적인 것이다.

아이슬란드 사람들에 대해 생각했다. 아이슬란드에서는 1989년부터 맥주를 합법적으로 마실 수 있게 되었는데(그전까지는 맥주를 마시는 게 불법이었다), 그곳 사람들은 맥주를 약간 마시고 엄청나게 취한다고 한다. 맥주를 약간 마시고 취하는 게 가능할까 싶지만, 아이슬란드에서는 가능하다. 맥주 값이 엄청나게 비싸므로 아이슬란드인들은 취하지 않는 걸 견딜 수 없어 한다는 것이다. 농담일지 진담일지 들으면서도 알 수 없었다.

　이런 '확실히 취하게 하는 맥주'를 원하는 아이슬란드에서 '무알코올 맥주'라는 장르는 발붙이기 쉽지 않을 것 같다는 생각이 들었다. 그런데 또 모르겠다. '어디 한번 무알코올 맥주를 취할 때까지 마셔 보자!'라며 기개를 펼치는 아이슬란드인이 없으리라는 법은 또 없으니까.

　이렇게 글을 쓰면서도 마실 수 있다는 거, 나에게는 이것이 무알코올 맥주의 가장 큰 장점이다.

남극에 두고 온 위스키

10년 전쯤이었나. 백 년 동안 남극의 얼음 속에 묻혀 있던 스카치위스키가 발굴되었다는 이야기를 들은 적이 있다. 위스키 상자는 꽁꽁 얼어 있었으나 위스키 열한 병은 여전히 찰랑거리고 있었다고 한다. 이런 이야기는 강렬해서 잊기 힘들다. 남극이라니, 얼음이라니, 그리고 백 년 된 위스키라니!

나는 지금 '그 위스키'를 눈앞에 두고 있다. 당연히 열한 병 중의 한 병일 리는 없고, 그 위스키와 흡사하게 만든 위스키다. 백 년 된 위스키는 아니지만 백 년의 정신을 간직한 위스키랄까.

남극에서 발굴된 위스키의 제조사는 맥킨레이인데, 금주법 등으로 위기를 겪으면서 위스키 제조법을 잃어버렸다고 한다. 그래서 얼음 속에서 건져 낸 남극 위스키의 코르크 마개에 주삿바늘을 꽂아 위스키를 채취, 세계적인 위스키 마스터 블렌더들에게 보냈고, 그렇게 복원의 과정을 거쳐 스코틀랜드의 한 위스키 회사가 맥킨레이 위스키와 흡사한 위스키를 출시했던 것이다. 얼음의 결기마저 있는 술인 셈이다. 이 위스키 이름이 섀클턴이다.

왜 섀클턴인가? 맥킨레이 위스키를 남극에 데려간 분의 존함이 섀클턴이다. 섀클턴은 영국의 탐험가로 남극에 세 번이나 갔다. 첫 번째 남극행은 1903년이었다. 개 썰매를 타고 남극에 갔다 돌아온 그는 탐험 자금을 모아 1907년 두 번째로 남극에 간다. 이번에는 개 썰매가 아니라 배를 타고 갔다. 배의 이름은 '님로드'호.

로이즈 곶 기지에서 겨울을 보내다 1908년 10월에 떠나 12월에 후원자의 이름을 따 '비어드모어'라고 이름 붙이게 될 빙하에 도착하고, 계속 남극점을 향하여 전진한다. 남극점을 150킬로미터 앞둔 데까지 도달하는 데 성공하고, 모든 짐을 버리고 필사적으로 36시간을 걸어 돌아온다. 섀클턴은 기사 작위를 받고, 국민적 영웅으로 떠오른다.

맥킨레이 위스키는 1907년의 섀클턴이 남극에 가져갔

다 두고 온 것으로 보인다. 1896년산이거나 1897년산으로 추정되는 이 위스키들은 영예롭게도 1907년 섀클턴 일행과 함께 남극에 갔던 것이다. 섀클턴이 맥킨레이를 '오피셜 스카치'로 선정했기 때문이다. 오피셜한 스카치 말고 다른 스카치나 술이 같이 갔는지는 모르겠다.

하지만 위스키는 무사히 살아 돌아오기 위해 버려야 했던 짐 중 하나였을 것이다. 길고 긴 겨울과 짧게 찾아오는 봄(이라고는 하지만 그래도 추운)을 버티기 위해 가져간 물건 중 하나일 위스키가 왜 다 소비되지 않았는지는 알 수 없다. 위스키가 과적되었을 수도 있고, '오피셜'하지 않은 다른 위스키에 더 의지했는지도 모른다.

솔직히 이런 사람들을 이해하지 못했었다. 엄청난 고난이 예상되어 있고, 심지어 목숨을 잃을지도 모르는데 이러한 무모한 도전 속으로 뛰어드는 사람들 말이다. 히말라야에 가고 남극에 가고 하는 사람들. 그랬는데 섀클턴이 남극에 갈 선원을 모집하는 공고를 보고는 조금은 그들을 이해하게 되었다.

"위험천만한 여행, 적은 보수, 혹독한 추위, 여러 달 이어지는 깜깜한 어둠, 끊임없는 위험, 무사 귀환 보장 못함, 성공하면 영광과 명예"라는 글을 보고 무려 5천 명 넘는 지원자가 몰렸다고 한다. 1914년의 일이다. 두 번째 남극행에서 모두 무사 귀환해 국민 영웅이 된 그가 꾸리게 될 세 번째 남극 탐험을 위한 공고문이었다.

제1차 세계대전이 시작될 무렵이었다. 어차피 안전하게 사는 법 같은 건 없다고 생각한 사람들이 지원하지 않았을까 싶다. 전쟁에 나가 총알받이로 죽을 수도 있고, 전쟁에 나가지 않는다고 해도 폭격으로 죽을 수도 있다. 런던 대공습 같은 사건처럼 말이다. 어차피 죽을 거라면 죽는 그 순간까지 열렬히 살다가 죽기로 한 사람들이 남극으로 간 게 아니었을까.

『모비 딕』의 첫머리에 나오는, 바다로 떠나려는 사람들의 심리에 대해 묘사한 부분을 좋아한다. 이슈미얼은 지갑에는 거의 돈 한 푼이 없고 육지에는 더 이상 흥미로운 것이 없을 때 세상의 바다를 둘러봐야겠다는 마음이 든다며 고래잡이 어선에 지원한다. 그는 바다로 나가는 것만이 울화증을 떨치고 날뛰는 피를 잠재우는 방법이라며, 자신에게는 그것이 권총과 총알을 대신한다고 말한다.

이슈미얼의 입장에서 생각해 본다면 이해가 된다. 섀클턴이 낸 공고에 열렬하게 화답했던 5천 명이. 더 이상 육지에서는 기대할 게 없고 육지가 아닌 바다라는 세상으로 가고 싶은데, 운임을 내지 않고 오히려 급료를 준다니! 많으면 더 좋겠지만 적어도 무슨 상관이겠냐는 생각을 했을 것 같다.

섀클턴 위스키의 병뚜껑에는 나침반이 그려져 있다. 그리고 병 뒤에는 이런 글자가 양각으로 새겨져 있다. "미지의 세계를 탐험하고 거기에 도달하려는 것은 우리의 본성이라고 나는 믿는다. – 어니스트 섀클턴". 병 앞에는 이런 글귀가 있다는 것을 알려 드리고 싶다. "인내심endurance을 통해 우리는 정복할 것이다." 섀클턴 가문의 가훈이다. 섀클턴은 남극에 세 번째로 갈 때 타고 갈 배의 이름을 가훈에서 따와 '인듀어런스'호로 지었다.

인듀어런스호의 '리츠 호텔' 이야기를 좋아한다. 다정하고, 세심하고, 헌신적으로 선원들을 위했다는 섀클턴은 갑판 사이에 있던 창고를 개조해 선실로 만들게 했는데, 그 선실이 어찌나 아늑했던지 고급 호텔의 대명사인 파리의 리츠 호텔 이름을 따서 '리츠'로 불렀다고 한다. 이들은 아늑하고 편안하고 따뜻한 리츠에서 우쿨렐레를 연주하고, 체스를 두고, 축음기로 주간 음악 감상회를 열었다.

그리고 또 스카치를 마셨을 것이다. 오피셜 스카치인 맥킨레이를 마시거나 아니면 본인들이 좋아하는 다른 술을 마셨겠지. 그렇게 그들의 밤을 좀 부드럽게 만들었을 거라 생각하면 기분이 이상해진다.

인듀어런스호의 리츠는 파리의 리츠 호텔보다 더 아늑했을 것이다. 시속 300킬로로 부는 바람과 영하 70도의 추

위를 감당하며, 아니 감당하기 위해 거기에 기꺼이 있고자
했던 사람들이 바로 이들이기 때문이다. 그러고서 마셨을
리츠에서의 한 잔의 스카치란….

그들의 아늑한 시간에 끼어들기 위해 섀클턴을 땄다.

굴과 샤블리

한 달 내내 술을 마신 적이 있다. 낮술이었다. 매일 술을 마시려고 했던 것은 아니다. 굴 때문이었다.

어쩌다 굴을 먹었고, 술도 마셨는데 내가 한 번도 겪은 적이 없는 놀라움이 있었다. 술이 굴을 보완한다거나 굴이 술을 들이켜게 한다거나 그런 게 아니라, 술과 굴은 떨어질 수 없는 무엇으로 느껴졌다. 그래서 마실 수밖에 없었다.

당시 나는 파리에서 한 달 동안 지내고 있었는데, 집에 돌아가는 날까지 매일 먹었다. 굴과 술을. 저녁은 점심보다 비싸고, 저녁에 혼자 굴과 술을 먹는 건 좀 우중충해서 점심으로 먹었다. 그러면 혼자서 낮술을 마시는 건 우중충하지 않느냐고 하실 수 있을 텐데, 그때는 그런 생각을 못 했다. 다만 내일이 되어 또 하루치의 굴과 술을 먹을 생각에 잠들 었다.

9월이었다. 야외의 테라스에 앉아도 좋고 실내에 앉아 도 좋은 때였다. 파리 사람들이 휴양지에서 막 갖고 돌아온 활기에 젖어 보고자 테라스에 앉고 싶었지만 웨이터가 실내 를 권했다. 실내에 앉아 보니 이유를 알 수 있었다.

유난히 높은 천장에 매달린 샹들리에가 그림자와 함께 흔들렸고, 그 식당을 다녀간 사람들의 얼굴이 걸린 액자와 퇴적된 시간을 알 수 있는, 지금은 더 이상 생산되지 않는 물 건들이 서로의 질서를 존중하며 놓여 있었다. 실내에도 활 기가 가득했던 건 물론이고. 나는 거기서 매일같이 화이트 와인 반병과 굴 스무 개를 먹었다.

길을 걷다가 '굴 스무 개에 19.9유로'라고 쓰여 있는 걸 보고 빨려 들어간 게 시작이었다. 원래는 한 잔만 마시려고 했다. 내게도 예산이란 게 있고, 생각이란 게 있으니까. 매 일 그렇게 술을 마실 수는 없는 노릇이지 않나? 그런데 웨이 터가 주문을 받으며 고개를 갸우뚱했다. 그걸로 괜찮겠어? 이렇게 말하고 싶은 것 같았다. 나는 상술과 호의를 구분하 는 편이라고 생각하는데, 그건 호의였다. 세상 그 무엇보다 나의 직감을 믿기에 그의 말에 따르기로 했다. 와인 반병을

달라고 했다.

정말 잘한 일이었다. 굴 하나를 먹을 때 와인 반 잔이 필요했으니까. 와인을 한 모금 마시고서 굴을 먹었고, 굴을 먹다가 와인을 마시기도 했다. 굴의 품종은 기억나지 않고, 술은 샤블리였다. 그때 나는 그 술을, 그리고 그 굴을 사랑하게 되었다.

굴의 맛에 대해 먼저 이야기해야 할 텐데, 아… 이건 내가 한 번도 경험해 보지 못한 음식이었다. 굴은 어쩐지 육류에 가깝다고 생각해 왔다. 갑각류와 어패류, 해조류 등등 거의 모든 해산물을 좋아하지만 굴은 꺼리는 편이었다. 그런데 그 굴은 달랐다. 한국에서 먹던 굴과는 완전히 달랐던 것이다. 이 굴은, 육류는 물론 해산물도 아니었고, 뭐랄까 광물에 가까웠다.

그렇다. 광물질! 몇천 년 된 심해의 암석을, 헤아릴 수도 없이 밀려왔을 파도가 씻어 낸 그 심원하고 정결한 돌을, 그 돌의 땀을 맛보는 기분이었다. 내게는 지구과학적 감각이랄지 우주적 상상력이랄지 하는 것들이 부족한데, 굴을 먹고 있으면 지구의 시간이 막 떠오르고 파도라는 게 결국 지구의 호흡이나 몸짓 아니겠느냐는 생각까지 들었다. 단지 굴을 먹고 있었을 뿐인데.

굴의 가장 맛있는 부분은 굴을 먹고 나서 드러나는데,

껍데기에 고여 있는 굴의 즙이다. 바위와 파도와 지구의 즙이라고 하는 게 더 맞을까. 그걸 호로록 마시고 샤블리를 한 모금 마시면 그렇게 기분이 좋을 수 없었다. 술을 마시면 취해야 하는데 정신이 맑아지는 것 같았고, 알코올이 잠식하기 시작했을 오장육부마저 깨끗해지는 느낌이 들었다.

맞다. 술과 굴은 정신에 이바지하는 음식이었다. 내 피를 돌게 하고 살을 채우는 게 아니라 영혼을 들어 올리는 음식 말이다. 우리가 땅에 붙어 있는 존재라는 물리적 지엄함을 배반하면서. 음식을 먹고 그런 기분이 들기는 처음이었다. 그러니 내가 사랑하지 않을 수 있겠는가? 나는 이게 굴의 그 광물적인 맛 때문이라고 생각한다. 또 굴에 착 달라붙던 샤블리 때문이기도 하고.

굴에 샤블리가 왜 이렇게 어울리는지 그때는 몰랐다. 샤블리가 지역 이름이며 그 땅에서 자란 포도로 만든 화이트 와인을 샤블리라고 부른다는 것과, 그곳이 고대의 굴 화석으로 뒤덮인 서늘한 땅이라는 것을. 굴과 마시는 샤블리가 그렇게나 충일했던 것은 그저 9월의 파리 공기와 내 기분 탓만은 아니었다. 샤블리는 굴을 먹고 자란 술이었다. 샤블리를 마신다는 건 굴을 마시는 것과 마찬가지였다.

'광물질의 맛'이라는 걸 따로 부르는 용어가 있다는 것도 한참 후에 알았다. '미네랄리티'라고 하는데, 샤블리의 맛을 묘사할 때 빠지지 않는 단어도 바로 이 '미네랄리티'였다. 굴을 먹고 자란 샤블리에 굴을 같이 먹으니 광물질의 맛이, 그러니까 미네랄리티들이 절묘하게 화합했던 것이다. 하루키식으로 표현하자면 트리스탄과 이졸데처럼 화합했다고도 말할 수 있겠다.

좀 더 정확히 얘기하면 하루키는 굴과 위스키를 두고 이런 표현을 썼지만 말이다. 스코틀랜드와 아일랜드를 돌며 쓴 『무라카미 하루키의 위스키 성지여행』이라는 책에 그 표현이 나온다. 그가 스코틀랜드 아일레이섬에 갔을 때 한 지역 주민이 이렇게 권한다. 굴에다 싱글 몰트 위스키를 끼얹어 먹으라고. 아일레이섬 사람들이 굴과 위스키를 먹는 방식이라며 말이다.

당연히, 당연히 맛이 있지 않겠나? 아일레이에서 나는 굴에 아일레이의 방식대로 아일레이 위스키를 끼얹어 먹고 있으니 말이다. 하루키는 감격하며 저 "트리스탄과 이졸데처럼"이라는 헌사를 남겼다.

스코틀랜드에 위스키를 마시러 갔던 사람에게 굴을 꼭 먹으라고 권했던 적이 있다. 좀 비싸겠지만, 당신 인생에서 기꺼이 투자할 만한 기회비용이라고 강조하며 말이다. 나처럼 굴을 그다지 좋아하지 않는 사람이었던 그는 스코틀랜드의 굴을 한번 먹고는, 매일같이 굴에 싱글 몰트 위스키를 마실 수밖에 없었다는 말을 전해 왔다.

　겨울의 초입인 요즘 나는 굴을 자주 먹고 있다. 프랑스의 굴도 스코틀랜드의 굴도 아닌, 한국 어딘가에서 나는 석화지만 말이다. 프랑스나 영국에서는 여름에도, 가을에도 굴을 먹지만 한국에서는 역시 겨울이 되어야 굴을 먹을 수 있는 것이다. 그 굴과 이 굴은 다른 굴이고, 그래서 미네랄리티 같은 것은 덜하지만 내게는 상상력이 있으니까. 껍데기가 한쪽만 있는(그러니까 까 놓은) 반각굴('하프셸'이라고 하더군요)에 레몬을 짜고, 샬롯 소스를 얹고, 타바스코를 뿌려서 드라이한 화이트 와인과 먹는다.

　그런데 이 글을 쓰고 있자니 꼭 샤블리를 마셔야 할 것 같고, 싱글 몰트 위스키도 뿌려 줘야 할 것 같다. '굴에는 샤블리' 혹은 '굴에는 싱글 몰트'는 공식을 넘어 주문呪文처럼 느껴지기 때문이다.

　아니, 주문酒文이려나.

봄날의 호랑이를 내게 줘

헤밍웨이를 그다지 좋아하지 않는다. 쿠바부터 아프리카까지, 거의 온 세계를 들쑤시고 다니는 정력적인 일화를 듣다 보면 내가 다 피곤해지기 때문이다.

그는 너무도 신화화되어 있다. 많은 분들이 좋아해 주시니 나까지 안 그래도 될 것 같달까. 이런저런 미덕이 있는 분이니 이렇게나 유명해졌겠지만, 아무래도 그를 둘러싼 이야기는 '지나치다'라는 생각이 든다.

이를테면 세계 유명 도시나 유명 호텔이나 유명 바 등등에 헤밍웨이의 이름이 안 묻은 곳이 없다. 가난한 시절의 헤밍웨이가 머문 곳도 있고, 유명해진 그가 지냈던 곳도 있고,

머물면서 칵테일 레시피를 창안한 곳도 있고, 하여튼 엄청나다. 이뿐이 아니다. 자라서 영화배우로 활동하게 되는 손녀의 이름을 그가 좋아하는 와인인 샤토 마고를 따서 '마고 헤밍웨이'로 짓는다거나…. 너무 과시적이지 않나 싶은 것이다.

이분께서 가장 열심히 한 것은 좀 과장해서, 사냥과 음주가 아닌가? 어찌나 분주하게 세계 각지를 돌아다니면서 음주 생활을 하셨는지, 흘려듣고 싶은 자에게도 흡수되는 게 이 정도다. 그런데 이 문장을 읽게 되었다.

> 사람의 몸은 모두 그럭저럭 시들어져서 죽어 버린다. 그래서 나는 샤또마르고나 오브리용을 완전히 향락하는 즐거움을 나에게 줄 입맛을 가지고 싶다. 말하자면 그 입맛을 몸에 붙이기 위하여 지나치게 술에 빠져 버린 나머지 내 간肝이 리시부르나, 코르통이나, 상베르텡을 마시지 못하게 하더라도….

1967년 휘문출판사에서 간행한 헤밍웨이 전집에 실린 「오후의 죽음」이다. 위의 문장은 영문학자 장왕록 선생이 번역했다. 집 어딘가에 처박혀 있던 책은 지금 이 글을 쓰고 있는 자가 '오후의 죽음'이 어떻게 묘사되는지 궁금해하는 바람에 꺼내지게 되었다.

  '오후의 죽음'은 칵테일 이름이기도 하다. 역시 헤밍웨이가 창안했다고 알려진 칵테일로, 동명의 이 책에 그 이야기가 있지 않을까 싶었다. 그래서 읽기 시작했다. 세로쓰기로 된 이 책을 듬성듬성 읽다가 저 문장을 만났다.

  아… 나는 갑자기 그가 이해되었다. 벼락같은 이해라고 해도 과장이 아니다. 그를 아니꼬워한 지난날, 그래서 제대로 보지도 않고 미워했던 지난날 나에 대한 부끄러움까지 더해져 그가 이해되었다. 그는 삶의 감각을 흠뻑 느끼고 싶었던 사람이었던 것이다. 흠뻑이 아니라면 느끼지 못하는 사람이었기 때문에 아마 그랬을 거라고 생각한다.

  시시하거나 미적지근한 건 싫다! 강렬하고, 센 것, 더 더 더 센 것! 그래서 나를 불타오르게 하고 미치게 하는 봄날의 호랑이 같은 그런 자극을 원해! 헤밍웨이는 이렇게 이야기할 것 같은 남자다.

  그는 전쟁을 온몸으로 통과한 세대였다. 제1차 세계대전 때 종군 기자를 했고, 이탈리아 전선에서 다리에 중상을 입고 입원했고, 이 모든 걸 글로 썼다. 운 좋게 살아남았지만 도처에 죽음이 있었다. 낚시와 사냥과 투우 같은 일들에 몰두했는데, 저 글을 읽고 보니 그는 삶과 죽음이 함께 있는 현장에 있고 싶어 했던 것 같다.

살아 있다는 것은 무엇인가. 감각하는 것이다. 죽기 전까지는 말이다. 「오후의 죽음」을 읽다 보면 이런 자문자답이 느껴진다. 헤밍웨이는 사는 동안 진하게 살고 싶었던 것이다. 감각을 계발하고 또 계발해서 완전히 향락할 수 있도록. 그것이야말로 제대로 사는 일이라고 생각했기 때문이겠지.

그는 말한다. 지식과 감각을 연마함에 따라 술에서 무한한 향락을 얻을 수 있다고. 딱 이렇게 말한 건 아니지만, 이것이 바로 내가 원하던 게 아닌가. 신기하게도 알면 알수록 맛은 더 깊어지고, 더 깊어질수록 아는 것도 늘어나는 게 바로 술 마시는 기쁨 아니던가.

이제 '샤또마르고'와 '오브리용'에 대해 말할 차례다. '샤또마르고'는 샤토 마고이고, '오브리용'은 샤토 오브리옹이다. 마셔 본 적 없는 나 같은 사람도 알 정도로 유명한 전설의 와인이다. 마셔 본 적이 없어 들은 바를 전할 수밖에 없지만, 그래도 말해 보겠다. 이들은 프랑스의 보르도 와인들로, '보르도의 5대 샤토'를 꼽을 때 둘 다 들어간다. 샤토 마고는 어릴 때는 강하고 남성적이지만 숙성하면 부드럽고 여성적인 와인으로 변하는, 100년을 넘는 시간을 견딜 수 있는 와인으로, 1900년산 마고는 2030년까지 마실 수 있다고 한다. 샤토 오브리옹은 장기 숙성하지 않고 어릴 때부터 마실 수 있어 시음할 수 있는 기간이 길고, 실크처럼 부드러운

맛이라나? 1600년대에 영국 왕실이 주최한 디너에서 오브
리옹을 백 병 넘게 서빙했다는 기록도 남아 있다고 한다.

이런 이야기를 듣다 보면 나도 이제 어쩔 수 없나라는
생각이 든다. '와인은 알고 싶지 않다'는 생각을 수정해야 할
때가 온 게 아닌가 싶다. 아시다시피 와인은 돈이 든다. 술을
마시는 일은 기본적으로 돈이 들지만 와인은 더 더 더 든다.

테이블 와인을 마시다가 마을 단위 와인을 마시게 되고,
그랑 크뤼까지는 못 마시더라도 프리미어 크뤼까지는 마셔
보고 싶은 그런 욕망을 들이고 싶지 않았다. 그래서 와인을
알고 싶지 않았다. 늘 적당한 가격을 정해 놓고 마셨었는데,
이제 특정 지역에 관심이 생겼다. 마을 단위 와인을 마셔야
하는 시기가 된 것이다.

삶에 지친 40대는 와인을 실컷 마시라고 했던 플라톤부
터 와인에 대한 무수한 이야기를 작품 속에 넣어 놓은 셰익
스피어까지, 또 셀 수 없는 무수한 사람들이 와인을 찬양해
왔는데 헤밍웨이도 그랬다. 당연한 거 아닌가. 와인 중의 와
인인 샤토 마고와 오브리옹을 제대로 마시기 위해 계속 다른
술을 마시며 입맛을 단련하시겠다는 분인데.

헤밍웨이는 이렇게 말했다. 와인은 세상에서 가장 세련
되고 가장 자연스러운 것 중 하나라고. 세련되면서 자연스
러울 수 있다니, 이건 반칙 아닌가? 두 가지 미덕은 반대편

에 있는 게 아닌가 싶으므로. 세련이란 매끄럽고 미끈한 물건을 떠올리게 하고, 자연스러움이란 자연에서 왔듯이 애쓰지 않고 저절로 이루어진 것을 말하니 말이다. 또 그는 말했다. 순수하고 감각적인 것은 와인 말고도 많지만, 어떤 것도 와인만큼 폭넓은 즐거움과 찬사를 이끌어 내지 못한다고.

원래는 헤밍웨이의 칵테일에 대해 이야기하려고 시작한 글이었다. 그런데 '오후의 죽음' 이야기는 시작도 못 했다. 압생트와 샴페인으로 만드는 게 이 칵테일이다. 잔의 삼분의 일을 압생트로 채운 후 샴페인을 콸콸콸 부어 주면 끝이다. 칵테일 이름은 유치한 것들이 많은데, '오후의 죽음'은 상당히 수준급이다.

정력을 다할 수밖에 없던 그의 인생에 대해 이해한답시고 그렇게 됐다. 인생은 유한하고, 살아 있는 동안만 감각할 수 있는 것이니 그가 그렇게 발버둥 쳤던 거라고 생각한다. 그럭저럭 시들어 죽기 싫어 자신을 총으로 쏘기도 했고 말이다.

자연스럽지도, 세련되지도 않았다. 강렬하기는 하다. 그래서 그는 그토록 와인을, 세련된 동시에 자연스러운 와인을 감각하고 싶었는지도 모른다.

하이볼이라는 흥분

하이볼이라는 말에는 흥분이 깃들어 있는 것 같다. 하이볼. 하이볼. 하이볼. 그렇지 않습니까? 클로티드 크림과 스콘이 나오는 하이티가 떠올라서? 아니면 하이 C를 가뿐하게 소화하는 파바로티 생각에? 하이볼을 생각하면 기분이 '하이'해진다. 좀 취한다고 해야 할까.

마시지도 않았는데 이상한 일이다. 하이볼은 취하자고 마시는 술도 아니고 말이다. 이것저것을 섞긴 하지만, 폭탄주처럼 열을 맞춰 좌르륵 붓고 오늘 밤 우리는 함께 죽어야 한다는 동지 의식을 다지며 마시는 술과는 거리가 멀다.

영국에서 골프를 하다가 만들어졌다는 이야기도 있던

데, 하이볼은 골프보다는 좀 더 느슨한 운동과 비슷하다고
생각한다. 골프보다는 게이트볼이다. 게이트볼을 하시는 분
들이 누리는 오후 2시의 잔디 구장과 닮았다고 해야 할까.
술이라기보다는 개성 있는 음료수 같다. 도수 있는 탄산수?
레몬이나 라임 맛이 더해진 탄탄한 탄산수? 하이볼은 내게
그 정도의 느낌이다.

경쾌한 것이다. 조잘조잘대는 참새를 보는 그런 경쾌
함. 탄산수의 탄산 때문일까? 하이볼이라는 이름 때문일까?
둘 다겠지. 하이볼이라는 산뜻한 이름을 가졌어도 맛이 그
러지 못했다면 하이볼은 하이볼이 아니었겠지. 장미라고 불
리지 않아도 장미는 장미였을 거라는 말을 좋아하지만 하이
볼은 아니라고 생각한다. 하이볼이 하이볼이라고 불리지 않
았다면 하이볼은 아니었을 거라고 생각하는 것이다.

그러니까 '하이볼'이라는 이름을 부여받은 순간, 하이
볼의 운명은 결정된 것으로 봐야 한다. 아주 화려하거나 특
별하지는 않겠지만 명랑하고 건강하게 살아가게 될 거라는,
신비하거나 그윽하지는 않아도 다복하고 운도 좋을 거라는
그런 운명 말이다. 또 평범하지만 평범한 것만은 아니어서
끌리고, 만나면 밝은 기운에 나도 화사해지는 그런 특별한
친구 같은 느낌이랄까.

위스키에 탄산수를 붓고 얼음도 잔뜩 넣어 마시는 게 하

이볼이다. 넓은 범위에서의 하이볼은 위스키 말고도 진이나 보드카에 탄산수를, 또 진저에일이나 토닉워터를 타는 것까지도 말하는 것 같지만 나는 '위스키에 탄산수를 넣는 게 하이볼'이라고 생각하는 입장이다. 하이볼에 한에서라면 근본주의자인 것이다. 탄산수 말고 토닉워터나 진저에일을 타는 것도 허용. 레몬이나 라임, 오렌지, 영귤 같은 시트러스 열매의 즙을 짜는 것도 허용. 이게 오리지널 하이볼이다.

애매한 것은 이런 것이다. 비터스를 넣는 것까지 허용해야 하나 말아야 하나. 마크 트웨인의 사례가 떠올랐다. 버번위스키 마니아였던 그는 영국에 가서 하이볼에 빠졌다고 한다. 그래서 런던의 호텔에서 미국에 있는 아내에게 편지를 쓴다. 스카치위스키 한 병, 레몬 한 개, 부순 설탕 몇 줌, 앙고스투라 비터스 한 병을 준비해 달라고. 집에 돌아가서 샤워를 하고 이것들로 만든 술을 마시고 싶다고.

'하이볼 입덕기'라고도 할 수 있는 이 이야기에서 나는 앙고스투라 비터스의 존재가 살짝 걸린다. 앙고스투라 비터스나 페이쇼드 같은, 어딘지 특별해 보이는 비터스가 나오면 이건 하이볼이 아니지 싶어서. 칵테일의 영역인 것이다. 진토닉처럼 단순한 술도 칵테일이지만, 칵테일은 복잡하다. 반면 하이볼의 특징은 뭐니 뭐니 해도 간편함이다. 집에 있는 위스키에 탄산수만 더하면 된다. 레몬이나 라임은 있으

면 좋지만 없어도 뭐. 이렇게까지 쓰고 보니 하이볼 국제심
판이라도 된 것 같지만, 진리라고 주장하고 싶지는 않다. 그
저 조용한 애정일 뿐.

마크 트웨인의 하이볼 이야기를 듣고 간절함이랄지 다
급함이랄지가 느껴져서 웃음이 났다. 본인이 미국에 가서
직접 준비해도 되지만 그러면 때는 늦으리라는 술꾼의 갈급
한 마음이 전해졌던 것이다. 영국에서 그랬던 것처럼 미국
에서도 샤워하고 나서 하이볼을 마시겠다는 연속에의 의지
가 귀엽다. 하이볼 있는 삶을 이어 나가겠다며 '잠시라도 끊
을 수 없다'는 그 의지. 하이볼 여백 상태는 한 줌도 허용하
지 않겠다는 그 의지가 말이다.

여기서 잠깐. 그가 남긴 무수한 뼈 있는 유머들은 하이
볼을 만나고 나서 더 강화되었을까? 진지하게 의심해 본다.
그냥 억측만은 아니다. 왜 술을 마시면 그런 거 있지 않나.
내가 상당히 재미있는 말을 하는 사람인 것 같고, 매력도 좀
있는 것 같고, 사람들이 나를 보고 웃는 건 나의 유머와 매력
에 빠져서 그런 것 같고, 그래서 자기애가 커지는 바로 그 충
만한 느낌 말이다.

이런 게 반복되면 강화되고, 습관이 되기도 하고, 때로
는 성격이 되기도 한다. 원래도 자질이 충분했던 그이지만
하이볼을 마시고 했던 말들의 반응이 더 좋았던 건 아닐까?

그래서 마크 트웨인은 하이볼과 떨어질 수 없게 되었던 것은 아닐까?

정확히 말하자면, 마크 트웨인이 아내에게 청한 건 하이볼이 아니고 '스카치 앤 소다'라고 할 수 있다. 이제는 버번이나 라이위스키를 쓰기도 하지만 하이볼이 만들어진 건 영국이었으니까 스카치로 하이볼을 만들기 시작했다. 조니 워커, 탈리스커, 글렌리벳, 글렌모렌지, 하일랜드 파크, 라프로익, 라가불린, 아드벡… 이런 게 다 스카치위스키다. 다 스카치지만 조니 워커 하이볼과 라가불린 하이볼의 맛은 완전히 다르다.

산토리에서 나온 가쿠빈으로 하이볼에 입문, 조니 워커와 글렌리벳 하이볼을 좋아하던 나는 라가불린으로도 하이볼을 만든다는 걸 알고 좀 놀란 적이 있다. 스모키한 맛보다는 달달한 맛의 위스키가 하이볼에 더 어울린다고 생각했고, 또 라가불린은 하이볼을 만들기에는 넘치는 술이라고 생각했기 때문이다. 마셔 보니 아니었다. 라가불린으로 만든 하이볼은 조니 워커 레드나 글렌피딕 12년산으로 만든 하이볼에는 없는 다른 게 있었다. 라가불린 맛. 라가불린 하이볼에서는 라가불린 맛이 났던 것이다.

이런 걸 모르던 시절, '스카치 앤 소다'라는 단어에 홀려서 모자를 산 적이 있다. 런던의 소호에서였다. 스카치 앤 소다? 간판의 이름을 보고 '어머 귀여워!'라며 나도 모르게 끌려 들어갔었다. 목적 없이 스카치 앤 소다 매장을 어슬렁 거리다가 핫핑크색 털모자를 사서 나왔다. 옆에 있던 남자애가 "딱 네 거네"라고 말해 줘서 사지 않을 수 없었다. 꿀벌 자수가 들어간 벨벳 재킷도 고민이었는데, 아직까지 눈에 선한 걸 보니 살걸 그랬나 싶다.

이렇게 쓰고 보니 뭔가 서러운 느낌마저 드는데, 그때만 해도 이렇게 스카치 앤 소다 이야기를 하게 될 줄 몰랐다. '스카치 앤 소다'는 네덜란드 브랜드인데, 이 이름을 지은 창업주는 어떤 스카치로 스카치 앤 소다를 즐기시는지 궁금하다. 스카치는 모든 술을 통틀어 내가 가장 사랑하는 것이라는, 그저 그런 뻔한 말만은 안 하면 좋을 텐데.

겨울이 되면 이 스카치 앤 소다를 쓰고 다닐 생각에 살짝 흥분 상태가 된다. 하이볼이라는 흥분과 닮은 그 정도의 흥분을 머리에 쓸 생각에.

베네치아에서 온 남자

어느 연말에 나는 절에 있었다. 누구와도 말하지 않고 혼자 있고 싶다는 생각으로 그랬는데… 그럴 수 없었다. 절에도 '사람'이 있었던 것이다. 그것도 정말 다양한 사람이.

이틀인가 지내고 보니 여러 직군의 사람과 말하는 사이가 되어 있었다. 찻집 아주머니, 종무소 아가씨, 운전하는 아저씨, 기념품 가게 아주머니, 그리고 스님까지…. 스님 말고 절에 머무는 사람을 호칭하는 법도 알게 되었다. 여자는 모두 '보살님', 남자는 모두 '거사님'이었다. 다른 절도 그러는지 모르겠는데 그 절은 그랬다.

말을 많이도 했다. 기이한 일이었다. 말을 하고 싶지 않아 절에 들어갔는데 어느 때보다 말을 많이 하고 있어서. 말을 많이 했던 것만큼 차도 많이 마셨다. 말과 말 사이에 차가 있었기 때문일까? 그렇게 많은 말이 오가는데도 정신이 사납지 않았다. 정좌한 큰스님이 목공 작업대만 하게 널찍한 다판에 다구를 올려 뜨거운 물로 하나씩 씻는 동작을 보면서 나도 모르게 마음이 편안해졌다. 온수 샤워를 당하는 도자기를 보고 있으려니 내가 다 따뜻해졌달까. 차는 음식보다는 정신에 가까운 무엇이라는 생각이 들었고.

아, 그런데, 그러고 있으니, 술이 그리웠다. 절 사람들은 갑자기 깊은 이야기를 훅 꺼내 놓곤 했는데, 그럴 때마다 술이 간절했다. 속세에서는 그럴 때 술을 마시니까. 아니, 나는 술을 마시고도 절대 하지 않을 이야기들을 이 사람들은 차를 마시며 이렇게 할 수 있나 싶었다.

한 남자를 생각하자 절에서 보낸 그 겨울이 떠올랐던 것이다. 베네치아에서 쓸쓸하게 자란 남자다. 그는 자신이 태어나기 전 동방으로 돈을 벌러 간 아버지를 15세가 되어서야 만난다. 그러고는 아버지와 삼촌을 따라 원나라로 간다. 서쪽에서 동쪽으로 그 먼 길을. 배를 타고 가려고 했으나 여의찮아 걸었다. 그래서 더 오래 걸렸다. 그러니까 옛날 일이다.

그는 집을 떠난 지 3년 만에 원나라 황제 쿠빌라이를 만난다. 17년을 원나라에 머문다. 그러다 이란으로 시집가는 원나라 공주를 안내한다는 구실로 겨우 원나라를 떠난다. 베네치아에 도착한 것은 원나라를 떠난 지 4년 만이었다. 베네치아를 떠난 지 24년 만에 다시 고향으로 돌아온 것이기도 했다. 세상에나. 돌아와서는 감옥에 간다. 흠… 이러려고 그 먼 길을 걸었나 싶은 답답한 남자. 마르코 폴로다.

너무 쓸쓸하지 않나? 마르코 폴로라는 사람의 생애가. 그가 이렇게 쓸쓸한 사람이라는 걸 알게 되자 『동방견문록』이 읽고 싶어졌다. 나는 따뜻한 사람은 아니지만 쓸쓸함에는 마음이 기운다. 절 사람들이 했던 말들도 주로 쓸쓸함에 관한 이야기였다. 아프고, 배신당하고, 죽고, 떠나고, 무엇보다 다시 돌아갈 수 없게 된 이야기.

꽤나 오래된 일이라 이야기의 세부는 기억나지 않지만 듣는 나도 쓸쓸했다. 그래서 술을 마시고 싶었다. 마르코 폴로는 쓸쓸하고, 절의 그 쓸쓸한 사람들도 떠올랐고. 마르코 폴로에게도 한 잔 따라 주고 싶다. 태어나서 죽을 때까지, 아니 태어나기 전부터 쓸쓸했을 것만 같은 그에게 말이다. 그런데 무슨 술을? 야자술이어야 한다. 들어 본 적만 있는 그 술은 야자나무에서 열린다고(!) 하는데, 마르코 폴로가 각별하게 생각했다고 한다.

저절로 열리는 것은 아니다. 사람의 노동이 필요하다. '열린다'라고 한 것은 술을 빚는 게 사람이 아니라 야자나무

여서다. 야자나무 줄기를 자른 데에 항아리를 매달아 놓으면 술이 만들어진다. 그러니까 공중에 항아리를 매달아 놓은 데에서 말이다. 그러니 역시 '만들어진다'보다는 '열린다'라고 하는 게 적절해 보인다.

하루 낮과 밤이 지나면 항아리에 술이 차오른다고 한다. 사람이 하는 일이란 가지를 자르고, 항아리를 매다는 것이다. 자른 가지에서 술이 더 안 나오면 나무에 물을 주면 된다. 관수 시설이 있던 때가 아니니 먼 데서 물을 길어 왔어야 했겠지. 물을 주면 다시 술이 퐁퐁 솟아났다고 한다.

마르코 폴로는 이 술을 집으로 돌아가는 길의 기항지였던 수마트라 왕국에서 마셨다. 지금은 인도네시아의 섬인 그 수마트라에서 말이다. 20여 년 만에 고향으로 돌아가는 길, 길고도 긴 여행…. 그때 야자술을 마셨던 거다. 풋내가 나지만 달고 신맛이 나는 술이라고 그는 적고 있다.

쓸쓸한 그가 딱해서이기도 하지만 또 나는 이 술이 궁금해 『동방견문록』을 펼쳤다. 스무 살도 안 돼 고향을 떠났다가 마흔이 넘어 간신히 돌아온 남자가 마시는 술이라니. 이제는 다시 올 일 없을 이국에서 마시는 술. 처음이자 마지막일 그 술. 베네치아로 돌아가는 길은 또 얼마나 멀었을지, 그에 비례해 또 술은 얼마나 달았을지.

안타깝게도 내가 찾고 싶었던 절절한 마음 같은 건 없었다. 객창감이라고 하던가? 고향을 그리워하는 그런 감정 말이다. 마르코 폴로는 야자술이 물에 꿀을 탄 맛이라고 한다. 코코넛 워터에 꿀을 타서 먹어 보면 야자술과 비슷하지 않을까 싶다. 물론 거기에 알코올은 없고, 코코넛 나무는 야자나무가 아니지만 말이다. 내가 이렇게라도 야자술 비슷한 걸 먹어 보려고 하는 것은, 이 술은 금방 쉬어 버려 운송 자체가 불가능하기 때문이다. 야자나무가 있는 현지에서만 먹을 수 있는 술이다.

'토디'라고도 한다. 토디를 증류하면 '아라크'라는 술이 되는데, 아랍어로 '땀'이라는 뜻이라고 한다. 하긴 앞에서 말했듯이 야자술은 야자나무의 수액을 가볍게 발효시켜 먹는 술이고, 그러니 야자가 흘리는 땀이 아닌가.

아라크와 비슷한 술이 '우조'다. 토디도 모르고, 아라크도 모르지만, 우조는 좀 안다. 역시 마셔 본 적은 없다. 하지만 어떻게 그걸 잊을 수 있을까. 꽤나 끈끈하며 쓸쓸한 기행문을 쓰시는 후지와라 신야의 책 『동양기행』에 나오는 우조를 말이다. 여기서 우조는 '라크'로 불리고 있다. 터키 앙카라에서 후지와라 신야는 이렇게 말한다. 라크와 똑같은 술을 서아시아나 다른 지역에서는 다르게 부르는데, 그리스에서는 '우조', 아랍에서는 '아라크'라고 한다고.

이 이야기를 소설가 H에게 해 주고 싶다. 우리는 꽤나

거리감이 있는 사이라 만날 일이 없을 수도 있다. 소설가들에게 격의 없이 대하는 걸로 유명한 그는 나를 '한 작가'로 부르고, 나는 '한 작가'로서 그를 대하니까. 나보다 나이가 많다는 이유로 다짜고짜 '은형 씨'라고 하며 반말을 하는 사람도 그렇지만 각을 잡고 대하는 사람도 어렵긴 마찬가지다. 남자들은 왜 그러는 걸까. 아니다. 다시 생각해 보니 내가 아는 남자 중에 저런 사람은 극히 소수라 돋보이는(?) 걸지도. 하지만 만난다면 마르코 폴로와 야자술에 대해서 말하고 싶다. 야자술을 먹어 본 적이 있느냐고도 묻고 싶다.

H는 코코넛 나무를 탄 적이 있다. 세계를 여행하는 TV 프로그램에 출연하게 되어 동남아에 갔다가 코코넛 나무를 타는 장면을 찍었다고 했다. 팔꿈치와 손이 다 까졌는데 방송에는 나오지 않았다고 한다. 그는 쓸쓸하게 웃으며 이렇게 말했다. "한 작가, 인생이 원래 그런 거야."

내가 마르코 폴로와 야자술 이야기를 하면 그는 가는 눈을 더 가늘게 만들며 이렇게 말할지도 모른다. "그게, 인생이 원래 그런 거야." 나는 아마 이렇게 덧붙이려나. "그러니까 드세요."

시간의 냄새가 담긴 스모크

블라인드 테스트를 그다지 믿지 않는다. 특히나 테이스팅하는 사람이 나라면. 무명이었던 나파 밸리의 한 와인이 세계적으로 유명해지는 계기가 되는 '파리의 심판' 같은 경우도 있지만 말이다.

1976년 파리에서 열린 와인 시음회에서 있었던 대사건이 일명 파리의 심판이다. 프랑스 와인이 압도적으로 고평가를 받을 거라는 예상과 달리 미국 캘리포니아의 와인이 1위를 했고, 이 사건은 캘리포니아 나파 밸리 와인이 알려지는 데 지대한 영향을 끼친다.

이런 일이 있었다는데, 내게는 다른 세계의 일 같다. 술의 맛이나 향기만큼은 아니어도 병 모양과 라벨, 그 술을 따라다니는 이야기도 중요하기 때문이다. 페리뇽이라는 수도사가 주조해 돔 페리뇽이 되었다는 이야기나 진흙으로 빚은 큰 독에 최소 3년 이상을 숙성시킨다는 샤오싱주, 또 바이킹이 발할라에 가서 마시는 술이라는 미드… 이런 농익은 이야기들이 죄다 증발하기 때문이다. 이야기가 휘발되어 버리면 술에는 뭐가 남나? 향기가 약간?

술맛도 술맛이지만 내가 술의 맛을 둘러싼 세계의 내러티브에 열중하는 사람이라 그럴 것이다. 눈을 뜨고, 눈 말고도 뜰 수 있는 건 모두 뜨고, 술을 마시고 싶다. 아니, 눈 말고도 가용할 수 있는 모든 감각을 동원해 술을 마시고 싶다.

그래서 위스키 케이스를 버리지 못한다. 케이스에 쓰여 있는, 위스키의 향과 맛과 연원, 그리고 양조의 비밀에 대한 이야기는 비현실적으로 아름다워서 입을 다물지 못하겠다. 특히 맛과 향에 대한 걸 테이스팅 노트라고 하는데, 향수의 테이스팅 노트 이상으로 위스키의 그것은 나를 굴복시킨다.

과일 향과 꽃향기는 기본에다 벌꿀, 커피, 토스트, 체리, 토피, 녹슨 향, 바다, 구운 고기, 흙, 바닐라, 레몬, 오렌지, 멜론, 건포도, 생선구이, 손때 묻은 밧줄 등등의 냄새에 약 냄새와 피트향까지. 이게 다 위스키의 맛과 향기를 설명하기 위해 동원되는 단어들이라니, 놀랍지 않나? 나는 이런 냄새를 독자적으로 맡지는 못한다. 하지만 이 냄새가 난다고 하는 걸 읽고서 술을 마시면 정말 그 냄새가 나는 것 같다.

그런데 말입니다. 블라인드 테스트는 테스트대로 흥미로울 수 있다는 것을 한 소설을 읽다가 알았다. 은희경의 단편인 「중국식 룰렛」. 러시안룰렛을 연상시키는 이 소설은 위스키와 블라인드 테스트에 대한 소설이다. 아시다시피 러시안룰렛이란 회전식 연발 권총에 하나의 총알만 장전하고, 돌아가면서 한 번씩 자기의 머리에 대고 방아쇠를 당기는 끔찍한 게임이다. 중국식 룰렛은 무엇인가? 살인적인 진실 게임이라고 한다. 1976년에 만들어진 파스빈더의 영화 제목도 〈중국식 룰렛〉이다. 원제도 〈Chinese Roulette〉.

은희경의 소설에는 세 종류의 위스키를 내는 술집이 나온다. 다 싱글 몰트다. 손님이 자리에 앉으면 술집 주인이 황금색 액체가 반쯤 든 유리잔 세 개를 가져오는 걸로 시작된다. 손님은 직접 한 모금씩 마셔 본 후 하나를 선택해야 한다. 주인은 위스키의 숙성 연도나 상표는 말해 주지 않는다. 어떤 게 12년산 스탠더드급인지 또 어떤 게 21년산 스페셜 에디션인지 하는. 일종의 블라인드 테스트인 것이다.

이게 이 집의 룰이다. 어느 것을 선택하든 가격은 같다. 마시는 자의 역량이나 그날의 운에 따라 가격보다 비싼 술을 마실 수도 있고 아닐 수도 있다. 같은 돈을 내고 누구는 싸게, 또 누구는 비싸게 마시게 되는 술집인 것이다.

싱글 몰트란 무엇인가. 커피로 따지자면 '싱글 오리진' 같은 거다. 여러 개를 섞은 게 아니라 단일한 무엇임을 말할 때 '싱글'이 앞에 붙는다. 단일 증류소의 술만으로 만든 게 싱글 몰트. 이를테면 블렌디드 위스키는 이런 싱글 몰트를 여러 개 조합해서 만든다. 발렌타인이나 로얄 살루트, 시바스 리갈, 커티 삭, 제임슨, 히비키, 크라운 로얄 모두 블렌디드 위스키다.

"말 그대로 위스키가 '영혼spirit'이라고 불린다면 싱글 몰트야말로 그중에서도 가장 정제된 형태이며, 순수한 영혼은 천사뿐 아니라 악마의 것"이라며 이 소설에서는 싱글 몰트에 의미를 부여하고 있다. 이 소설을 처음 읽었을 때만 해도 나는 위스키에 그다지 관심이 없었다. 그래서 블라인드 테스트를 하고, 위스키에 대한 지식으로 허세를 떨고, 위스키를 마시는 일에 그렇게나 야단법석을 떨어야 하는지 어리둥절했다.

이런 식으로 말이다. '이건 단지 술이 아니라 스피릿이다.' '나는 지금 영혼을 마시고 있다.' 위스키만 해도 스피릿, 그러니까 영혼인 셈인데 싱글 몰트라니. 싱글 스피릿이자 퓨어 스피릿이 되는 것이다. 순수하면서 단일한 영혼이.

순수함 따위는 찾아볼 수 없는 이 세상에서 싱글 몰트를 마시는 일은 순수한 영혼을 마시는 일이라고 생각할 수도 있겠다. 상당히 '오바'한다면. 싱글 몰트를 마신다고 해서 이 저속한 세상의 때가 씻겨 내려가는 것은 아니겠으나, 잠시 그런 기분을 느낄 수 있다면 되지 않나? 이게 구원이 아니라면 뭐가 구원일까도 싶다.

라가불린에 대한 대목을 좋아한다. 라가불린을 좋아하는 여자들이 나오는 부분이라서. 라가불린을 좋아한다는 한 여자에게 남자는 (알면서도) 라가불린은 어떤 술이냐고 묻는다. 달콤한 맛인지 거친 맛인지, 스모키한 향이 나는지 그렇지 않으면 바닐라 향이나 장미 향이 나는지. 여자는 딱 한마디 한다. "좀 드라이해요"라고. 또 다른 여자는 특별한 날에만 라가불린 16년산을 마신다. 그 여자에게 특별한 날이란 기쁜 날이 아니라 슬픈 날이다. 라가불린은 그녀가 슬플 때 마시는 술이었다고 말한다. 여자들은 소설에 직접 나오지는 않는다. 모두 이 술집에 모인 남자들의 이야기에 등장하는 여자들이다.

그러고서 좀 길게 라가불린이라는 술에 대한 이야기가 나온다. 라가불린은 물레방아 오두막이 있는 작은 골짜기라는 뜻이라며, 이걸 알고 라가불린이 더 좋아졌다고 누군가 말한다. 원래는 라가불린이 품고 있는 바다 냄새와 연기의 향이 그녀가 자란 고향의 저녁 풍경을 떠올리게 해 좋아했다면서. 이 부분을 읽으며 라가불린을 마셔 봐야겠다고 생각했다. 현실에서 한 번도 본 적이 없는, 물레방아 오두막 앞에 연기인지 안개인지가 피어오르는 장면을 상상하면서 말이다. 연기의 향과 맛을 느끼며 라가불린을 마시고 싶었다.

얼마 지나지 않아 라가불린 16년산을 사러 갔다. 나는 실제로 라가불린을 보고 더 반했다. 아직 병을 따지도 않았고, 그래서 냄새를 맡은 것도 아닌데. 병의 모양과 곡면의 경사도와 길쭉한 타원형 모양으로 붙어 있는 스티커가 마음에 들었다. 케이스에는 이런 말이 있었다. 바위 폭포로 돌진하는 호수의 물. 황야의 피트. 이것들로 만들어 느리게 증류하고 길게 숙성시킨다. 이 모든 것이 그윽하고 스모키한 캐릭터를 만들어 낸다고.

소금이 아니라 바다다. 라가불린을 처음 마시고서 나는 이렇게 생각했다. 그저 짠맛이라고 하기에는 더 복잡하고 오묘하고 원시적인 무엇이 밀려왔기 때문이다.

그건 파도였다. 해조류와 바다의 돌과 해변의 모래 맛이 나는 듯했고, 연기도 실려 왔다. 켜켜이 쌓인 시간의 냄새가 담긴 연기가.

셀프 의전을 위한 계획

첫 장면이 좋아서 기억되는 영화들이 있다. 내게는 〈미저리〉가 그렇다. 영화가 어떻게 진행되는지는 알지만 영화를 끝까지 보지는 못했다. 스릴러물을 못 보는 개인적 사정으로 이야기가 본격적으로 시작된다는 분위기를 풍길 때 중단해야 했으니까.

〈미저리〉의 첫 장면이 좋다는 것도 상당히 개인적인 견해일 수 있다. 완성된 원고를 막 송고한 소설가가 누리는 찰나의 기쁨에 대한 것이라. 첫 신은 럭키 스트라이크 담배 한 대와 성냥 한 개비, 두 번째 신은 빈 샴페인 잔, 세 번째 신은 샴페인 바스켓에서 칠링되고 있는 돔 페리뇽 한 병이다. 이 세 요소가 스탠바이하고 있다. 와, 이 정도면 한숨이 나오면서 막 기대하게 되는 것이다.

이렇게까지 디테일하고도 극적으로 송고의 기쁨을 누려 본 적이 없어서 그런가. 이 첫 장면을 여러 번 보았지만 볼 때마다 침을 삼키면서 속으로 외쳐 본다. 어서 샴페인을 따라고, 어서 담배에 불을 붙이라고. 그래서 나 대신 목을 축이고, 타오르는 불을 보여 달라고. 나의 갈증과 욕망을 대신 실현해 달라고.

나의 기대를 배반하지 않고 곧 돔 페리뇽이 열린다. '퐁' 하는 상쾌한 소리와 함께. 소설가가 타이프라이터로 자기 안에 있는 것을 다다다다 쏟아 내고 있는 게 네 번째 신이었다. 다섯 번째 신은 막 끝낸 원고에 'The end'라고 연필로 쓰는 것. 제목이 아직 없어서 '무제'라고 적을 수밖에 없는 그 원고에.

그러니까 그게 아직 무엇인지는 알 수 없지만 자신을 쏟아부은 소설을 막 끝냈고, 그 보상으로 담배를 한 대 피우고 샴페인 한 병을 마신다. 멋지다. 한때 담배를 피웠으나 이제는 피우지 않는 사람일 것이고, 술을 즐기지만 평소에 돔 페리뇽을 마시는 사람은 아닐 것이다. 그러니 얼마나 맛있을까.

자신을 위한 보상이라고 해도 좋겠고, 요즘 말처럼 플

렉스라고 해도 좋을 것이다. 그동안의 금욕과 절제와 자기 학대에 대한 합당한 보상으로서 그는 '색다른 기쁨'을 원했을 것이다. 그게 럭키 스트라이크고, 또 돔 페리뇽이라서 납득이 간다. 고개가 절로 끄덕여진달까.

돔 페리뇽이 어떤 술인지 말해야 한다. 1638년 프랑스 북동부 샹파뉴 지방에서 한 남자아이가 태어난다. 피에르 페리뇽이라는 이름을 얻게 된 이 아이는 훗날 수도사가 되고, 일생을 샴페인에 바친다. 피에르 페리뇽의 일생을 바친 샴페인이 돔 페리뇽이다. Dom은 프랑스에서 성직자나 귀족을 부르는 칭호, 그러니까 돔 페리뇽은 '페리뇽 수도사님' 혹은 '페리뇽 경' 정도의 뜻이다. 현지 발음을 존중한다면 '동 페리뇽'이어야겠지만 한국은 프랑스어도 영어식으로 읽는 편이라 '돔'이 되지 않았나 한다.

이 분이 왜 위대한지에 대해서는 두 가지 설이 있다. 하나는 실수로 와인에 기포가 생성된 걸 발견한 후 샴페인 제조를 시작했다는 것. 두 번째는 샴페인용 코르크를 발명했다는 것. 기포가 있는 와인이 원래 있기는 했는데 튀어 오르는 와인의 힘을 이기지 못하고 병이나 코르크가 망가지는 게 고질적인 문제였다고 한다.

다시 영화 〈미저리〉로 돌아가서, 나는 그 장면을 보고 결심했다. 책 한 권을 끝낼 때마다 샴페인 한 병을 따겠다고. 돔 페리뇽이 아니어도 좋다고. 하지만 누가 따 주면 안 된다고. 바로 내가 따야 한다고. 손끝으로 전해지는 잔잔하게 끓어오르는 듯한 샴페인의 위력을 느끼다가, 이내 '퐁' 하는 소리가 들려오면 얼마나 좋을까 싶다. 그 소리를 듣는 순간 엔도르핀이 분비되면서 그간의 스트레스가 씻겨 나갈 것 같기 때문이다.

그 의식을 치르기 위해 샴페인만을 두는 와인 냉장고를 사려고 했었다. 내게는 작긴 하지만 와인 냉장고가 있는데, 거기에 샴페인을 두고 싶진 않았다. 12도라는 샴페인에 최적화된 온도로 맞춰 두고 싶었고, 평소엔 봉인되어 있다가 소설을 끝냈을 때, 그러니까 〈미저리〉의 그 남자처럼 '끝'이라고 쓰는 그 순간에만 열려야 했으니까.

나는 좀 강박적인 면이 있는데, 샴페인에 대해서도 그런 편이다. 화이트 와인이나 레드 와인은 아무 때나 따지만 아무래도 샴페인은, 샴페인이니까, 좋은 일이 있을 때만 따야 할 것 같다. 매일 아침을 샴페인으로 시작했다던 처칠이나 매릴린 먼로처럼은 되지 않는 것이다. 그런데 '좋은 일'이 잘 없으므로 잘 못 따게 되는, 샴페인 엄숙주의자가 바로 나다.

나폴레옹 스타일도 아니다. 한때 유럽의 황제께서는 이렇게 말씀하셨다. "샴페인은 전투에서 이겼을 때는 마실 가치가 있고, 졌을 때도 마실 가치가 있다." 멋진 말이다. 나폴레옹 님이 하셨다고 하니 더 장엄하고, 웅장하다. 저런 이야기를 하고 나서는 최소 금으로 된 잔에 샴페인을 따라 마시며 패배의 이유를 복기해야 할 것 같다. 이런 건 따라 할 수가 없다. 샴페인을 마시며 복기할 그런 거창한 패배가 내게 있을까 싶다.

〈미저리〉에 나오는 돔 페리뇽은 빈티지 라인이다. 이 영화는 1990년에 개봉했는데, 1982년 빈티지라고 라벨에 적혀 있다. 1982년에 만들어진 게 아니다. 돔 페리뇽은 만들고 나서 8년 동안 오크통에서 숙성시키다가 시장에 출시한다고 한다. 1982년 빈티지는 1974년 무렵에 만들었다는 말이다. 왜 8년인가 하면, 주조사들이 생각하는 시음의 적기가 만든 지 8년 후이기 때문이다. 또 포도가 좋지 않은 해에는 샴페인을 만들지 않는다고.

이게 다가 아니다. 돔 페리뇽에는 '샴페인은 세 번의 시기를 맞이한다'는 철학이 있다고 한다. 첫 번째 시기가 앞에서 말한 8년 후고, 두 번째 시기는 15년 전후로 찾아온다. 그리고 30년 전후로 마지막 절정이 온다. 돔 페리뇽의 상위 라인에 P2와 P3가 있는데, 이것들이 두 번째와 세 번째 절정을 담은 샴페인이다. 이 P는 Plénitude(플레니튀드)의 줄임말이고 풍만함, 완전함, 충만함, 절정이라는 뜻이라고 한다.

내게 샴페인이란 술이라기보다는 어떤 의식에 가까운

것 같다. 내가 생각하기에 의식의 핵심은 의전이다. 스스로에게 하는 의전. 이 의전에는 계획과 환대, 그리고 끓어오름이 있어야 한다. 그러니까 비등점이. 열정이 최고조에 달한 그 상태로 만들어야 한다.

온전히 나를 위해서 돔 페리뇽 한 병을 따고 싶은데, 그렇게 최선을 다해 셀프 의전을 하고 싶은데, 그날이 오겠지? 이제 좋은 일을 만들고, 돔 페리뇽만 사면 된다. 내게는 꽤나 근사한 샴페인 잔이 있고, 또 멋진 샴페인 바스켓도 있으니까.

이제 풍만하거나 완전한 기분을 갖출 수 있는 조건만 만들면 된다.

내가 원하는 술집

관철동에 있던 '사슴'이라는 술집 이야기를 들었던 밤이
있었다. '사슴'이 있던 건물에서 아버지가 출판사를 경영한
분으로부터였다. 아버지에 이어 출판 일을 하고 있는 그분
이 '낭만'이라는 술집과 '사슴'이라는 술집이 한때 종로에 있
었다는 걸 이야기하는데 표정이 너무 좋았다. 아버지를 떠
올리면서 그런 표정을 지을 수 있는 아들이 있다니 신기해서
한참을 보았다. 이런 이야기를 나눌 수 있는 아버지를 가진
자만이 지을 수 있는 표정이어서.

표정도 표정이거니와, 사슴! 사슴 때문에 더 기억에 남
았다. 사슴이라는 술집이 있었다니. 나는 이런 이야기를 들

으면 한숨이 나온다. 이름이 마음에 드는 술집에 가 본 적이 없어서. 나는 무엇보다 단어에 민감한 사람이므로 술집을 선택하는 기준 중에 분명히 술집의 이름도 있지만, 정작 이름이 마음에 든다는 이유로 술집에 가 본 일은 없다.

다 고만고만해서 그렇다. 내가 다니는 술집 중 생각나는 몇 군데를 떠올려 보니 영어나 일어, 아니면 불어로 된 이름이다. 집이라고 하면 될 것을 '메종'이라고 하거나 하우스를 쓴다고 해도 'house'가 아닌 'haus'로 쓰는 식이다. 내가 무슨 한글 전용주의자라서 그런 건 아니다. 순우리말로 된 술집도 떠오르는데 단지 그런 이유로 감격하는 건 아니라서 그곳이 마음에 든다 해도 이름을 두고는 별 생각이 안 든다. 그런데 '사슴'은 도무지 그렇지가 않다.

'사슴'이라고 발음하면 마치 사슴이 맥주 거품처럼 입술에 내려앉는 느낌도 좋지만 내게는 잊지 못하는 사슴이 있다. 홋카이도에서 만난 사슴이었다. 달리고 있던 버스를 자신의 존재감만으로 막아서더니 유유히 도로를 횡단했다. 전혀 미안해하지 않고 자기가 원하는 템포로. 나는 사슴이 막아선 버스에 타고 있었다. 걷던 사슴은 잠시 멈추더니 고개를 돌렸고, 그 순간 나와 눈이 마주쳤다. 그 눈맞춤의 순간을 잊지 못한다.

술집 '사슴'을 떠올린 것은 김춘수 산문집을 읽다가였

다. 바다의 표정은 파도에도 있지만 그건 너무 벅차고, 오히
려 물빛에 있다고 쓰신 부분을 읽는데, 아… 술이 너무 당겼
다. 이런 운치를 아는 사람과 함께 마시는 술이. 김춘수식으
로 말하자면 바다의 표정을 닮은 사람과 물빛을 닮은 술집에
서. 하지만 내가 아는 물빛을 닮은 술집 같은 건 없고, 바다
의 표정을 닮은 사람도 없어서 참아야 했다. 그러고는 내가
꿈꾸는 술집의 이데아에 대해 생각했던 것이다.

　술집은 무엇보다 역시 분위기라고, 또 분위기를 결정짓
는 것은 술집을 하는 사람이라고 오래전부터 생각해 왔다.
그렇다면 술집의 이름은 무엇이냐? 술집 주인이 어떤 사람
인지, 술집이 어떤 분위기인지에 대한 힌트라고 할 수 있다.
이름이 마음에 드는 술집에 다니고 싶어 했다는 것을, 오래
도록 그래 왔다는 것을 깨달은 순간이었다.

　이름만으로도 좋아하게 된 장소도 생각이 났다. 순긋해
변이라든가 신두리 해안사구, 해미읍성, 사려니숲 같은 곳
들 말이다. 순긋해변 옆의 순포습지, 또 강릉의 즈므마을,
어흘리, 국립수목원이 위치한 포천의 소흘리도. 순포습지부
터는 강릉이 좋아 그쪽에 세컨드 하우스를 마련한 나의 '인
친'님께서 알려 주신 곳들이다.

　봄에는 바닷물이 연두색이 되었다가 초여름에는 신록
과 함께 짙은 초록색으로 바뀐다고 김춘수 님은 말씀하신

다. '역시 미감 하면 김춘수'라며 읽다가 이분이 미식가로도 유명한 분이라는 것을 상기시키는 부분을 읽었다. 바다색이 바뀌기 전 생멜치(그러니까 생멸치)를 먹어야 한다며, 이때 남쪽 바다의 기름진 봄 멸치를 먹어 보지 못했다면 생선 맛을 논할 자격이 없다고 단호하게 말씀하시는 게 아닌가? 남쪽 바다도 잘 모르고, 봄 멸치의 맛도 잘 모르는 자는 작게 한숨을 내쉬었다.

어쩔 수 없이 생멜치는 내년에 먹기로 하고, 지금도 먹을 수 있는 걸 먹기로 했다. 계절에 관계없이 먹을 수 있는 바다 음식으로 정했다. 즉각적으로 나는 세꼬시와 생선 미역국을 떠올렸다. 김춘수의 단골집이라고 알려진 잠원동에 있는 횟집 하나가 생각났고, 세꼬시와 생선 미역국이 일품이라는 것도 기억났기 때문이다.

15년 전쯤 가 본 적이 있던 횟집이었다. 지금은 기억나지 않는 누군가가 세꼬시 맛집에서 소주를 먹자며 데려갔었다. 세꼬시란 것이 이렇게 맛있을 수 있다는 걸 똑똑히 인지한 곳으로 기억한다. 하지만 당시의 나는 그 집이 김춘수의 단골집이었다는 것은 알지 못했다. 그랬더라면 식당 어딘가에 있을지도 모를 김춘수의 글씨라든가 사인 같은 것을 찾으려 애썼을 텐데.

김춘수의 그 횟집은 다른 장소로 옮겨서 세꼬시를 하고

있었다. 횟집이 이전했다는 이야기를 듣자 불안해졌다. 수준급의 세꼬시와 생선 미역국을 당장 먹어야겠다는 조급함도 있었지만 그 식당에 다녀간 사람들의 흔적을, 그들의 친필 사인 같은 걸 보고 싶다는 마음도 있었기 때문이다(언제부턴가 나는 이걸 상당히 열중해서 보고 있다). 식당이 이전하면서 그런 것들이 제대로 보존됐을까 불안했는데, 예약을 하면서 '저, 사인이 남아 있나요?'라고 물을 수도 없는 노릇이었다. 애초에 그런 건 없을지도 모르고 말이다.

세꼬시는 여전히 맛있었다. 잠시 눈을 감고 생각했다. 어떻게 숙성하고 어떻게 썰면 이런 맛이 나는지, 왜 다른 데의 세꼬시는 이런 맛이 안 나는지. 세꼬시가 나오기 전후로 내준 멍게, 가자미무침, 고등어 무조림, 동태전, 손바닥만한 부추전, 고구마 맛탕 모두 더도 덜도 없는 맛이었다. 잡스러운 건 하나도 없고, 부족하지도 않고 넘치지도 않는 이 맛과 밸런스라니. 게다가 생선 미역국은 매일 먹을 수 있을 것 같은 맛이었다. 생선을 좋아하지만 들기름 맛이 많이 나고, 짜고, 너무 진득한 생선 미역국은 좋아하지 않는데, 이 미역국은 내가 먹어 본 것 중 가장 고아했다.

그런데… 벽이 깨끗했다. 어느 누구의 사인도, 문장도, 흔적도 없었다. 여기 김춘수의 시가 있었다면 얼마나 좋았을까 생각했다. "바다를 낚아서 싱싱할 때/ 회를 친다./ 바다를 회치니/ 바다회는 칼 닿는 곳 너무 깊고/ 너무 아득하다."(「밝은 날」 중에서) 같은 문장을 걸어 두었더라면 말이다. 그랬더라면 회 한 점 먹고, 술 한 잔 마시고, 시 한 수 보고 했을 텐데.

나는 술 먹으면서 시집 보고, 시 읊고 그런 사람은 아닌데(그런 사람, 좀 창피하다) 거기서는 그런 생각이 들었다. 사람으로서 삼가야 할 일 같은 교훈이 인쇄된 일회용 매트를 보고 있자니 더 그랬다. "집에 돌아가 몸을 닦아라. 그렇지 않으면 망하리라." 이렇게 야단을 맞으면서 이 맛있는 회와 술을 마신다는 게 좀 서글펐달까.

이 술집에서 가장 시적인 것은 생선의 이름이었다. 도다리, 학꽁치, 전어, 멸치, 꼬시락, 농어. 무시무시한 교훈 옆에 바로 이 생선의 이름이 있어서 다행이었다. 그것들을 되풀이해서 읽고 있으면 바다에서 팔딱팔딱 뛰는 물고기들의 비늘이 햇빛에 반사되는 장면이 떠오른다.

어쨌든 놀랍지 아니한가. 이 모든 게 사슴의 진동으로 인한 것이라니.

술 마실 때 듣는 음악

음악을 그다지 좋아하지 않는 편이다. 『청소하면서 듣는 음악』, 『마감하면서 듣는 음악』, 『식탁에서 듣는 음악』 같은 책을 보면서 새삼 깨닫는다. 세상에는 정말 많은 음악이 있고, 내가 닿기 어려운 세계가 있구나라고.

술 마실 때 듣는 음악에 대해서도 생각해 본 적이 없다. 나에게도 취향은 있으니 듣기 싫은 음악이 나오는 곳에서 마시고 싶지는 않지만, 이런저런 음악을 들으면서 술을 마시고 싶다고 특정할 만큼 음악에 대해 알지 못해서. 한마디로 조예가 깊지 못하다.

내가 아는 사람 중에 플레이 리스트가 궁금하다며 파인

다이닝 레스토랑을 다닌 분이 있다. 소위 별을 받은 그런 식당을. 물론 음악을 사랑하는 분이다. 별을 받는 데에는 맛이상의 무언가가 있지 않겠느냐고 했다. 미각과 후각, 시각만이 아니라 청각을 위해서도 특별한 연출이 있을 거라고. 여기는 라운지 음악, 저기는 모던 재즈, 거기는 1980년대 팝, 이런 걸 알고 싶다고 했다. 음악을 더 정확히 기억하기 위해 녹음기도 가지고 다닌다고 그는 말했다. 역시 조예는 저절로 깊어지지 않는다.

어느 레스토랑의 음악이 가장 좋았느냐고 다시 만난 그에게 물었다. 한 달에 한 번, 3년 넘게 별을 받은 파인다이닝 레스토랑을 다닌다고 들었던 것이다. 한두 군데가 괜찮았다고, 하지만 그다지 인상적이지는 않았다고 그는 말했다. 별을 받았다고는 해도 한국 레스토랑에서의 음악이란 아주 부차적으로 존재하는 것 같다면서 말이다. 일종의 백색소음으로서. 그러고 나서 그는 류이치 사카모토의 플레이 리스트에 대해 들려주었다. 단골 식당에서 본인이 만든 플레이 리스트를 들으며 그가 식사할 수 있게 되기까지의 이야기를.

단골 식당의 음악이 별로라 류이치 사카모토는 고통받았던 것 같다. 더 이상 참지 못하고 어느 날 그는 단골 식당의 셰프에게 편지를 쓴다. 식당도 좋고 당신의 음식도 좋지만 음악이 그저 그렇다는 내용이었다. 플레이 리스트를 드리면 어떻겠느냐는 제안도 함께. 식당의 셰프는 수락했고, 류이치 사카모토의 플레이 리스트가 그 식당에서 플레이된다. 그렇게 만들어진 그 리스트가 애플 뮤직에도, 유튜브에도 있다고 했다. 내 지인은 일할 때 그 리스트를 듣는다고 했다. 밥을 평온하게 먹으려고 만들어진 플레이 리스트인데, 이상하게도 일의 효율이 좋다면서.

사카모토의 부음을 듣고 음악을 찾아 식당을 순례한 그를 떠올렸다. 그리고 그의 플레이 리스트도. 말로만 듣던 류이치 사카모토가 큐레이션한 단골 식당의 플레이 리스트도 플레이해 보았다. 알려준 사람의 말대로 아주 쉽게 찾을 수 있었다. 왜 아직까지 찾아보지 않은 거냐고 묻는다면 나는 그런 사람이라고 답할 수밖에 없다. 음악에 관심도 없고 조예도 깊지 못한 사람. 음악에 다소 무심한 사람.

일단은 좋아할 수 없어서 그렇다. 음악을 분별할 수 없기 때문이다. 단어나 문장, 고유 명사 같은 것들은 듣자마자 저절로 스며든다는 느낌이 있는데 음악은 완전히 다르다. 모래를 손에 쥔 것처럼 스르륵 빠져나간다는 느낌이랄까. 당혹스럽다. 문자의 세계와 달리 음악은 도저히 기억할 수가 없다. 멜로디도, 제목도, 아티스트도, 가사도, 아무것도 기억하지 못한다. 그러니 정을 붙이기 어려울 수밖에.

미미하지만 나에게도 취향은 있다. 존 콜트레인보다 텔

로니어스 멍크가 좋다거나, 하지만 텔로니어스 멍크를 아침부터 듣고 싶지는 않다거나, 드뷔시와 라벨은 비슷한 것 같지만 라벨을 들을 때만 라울 뒤피의 그림이 떠오른다거나, 모차르트를 들으면 느껴지는 광기 어린 귀여움에 전율한다거나 하는. 하지만 이런 음악을 들으며 술을 마시고 싶지는 않다. 뭔가 적확한 그 어떤 음악이 있으면 주장하겠지만 내게는 그게 없다.

세 시간이 넘고 47곡에 이르는 플레이 리스트에는 처음들어 본 아티스트가 대부분이었다. 이름을 아는 건 요한 요한슨, 빌 에반스, 막스 리히터, 팻 메시니, 텔로니어스 멍크 정도. 음악보다 글자에 반응하는 나라서 음악보다 플레이 리스트 영상에 달린 댓글이 더 흥미로웠다.

고백하자면, 댓글을 보는 재미를 유튜브에서 처음 알게되었다. 여기에는 증오나 조롱 같은 건 없다. 해당 콘텐츠나 사람에 대한 애정을 발신하면서 재치를 버무리거나 진심을 담아 쓴 글들을 보면서 웃기도 하고, 감탄하기도 한다. 종종 TMI도 있어 정보를 얻기도 한다.

이것들을 소개하고 싶다. 먼저 류이치 사카모토가 단골 식당의 셰프에게 쓴 문제의 편지부터. "To 히로키 셰프. 저는 당신의 음식을 사랑합니다. 당신을 존경하고 당신의 레스토랑도 사랑합니다. 하지만 백그라운드 음악이 너무 싫습니다. (…) 당신 레스토랑의 음악은 트럼프 타워 같아요." 이 문장을 보고 트럼프 타워가 상징하는 바도 알게 되었다. 몰취향 내지 끔찍함! 사카모토의 단골 식당은 뉴욕의 '카지츠'라는 곳인데 작년에 영업을 종료했다고 한다. 아마도 식당의 관계자로 보이는 분이 적은 것 같은데, 카지츠의 셰프가 다음 레스토랑을 준비 중이니 관심 가져 달라는 당부도 있었다.

당신을 추모하는 의미에서 오늘은 당신의 플레이 리스트를 흐르게 하겠다는 댓글을 오래 보았다. 이것은 슬픈 일인가 아니면 기쁜 일인가를 생각하면서. 이상한 일이라는 생각도 들었다. 류이치 사카모토도 없고, 그의 단골 식당도 이제 없지만, 플레이 리스트가 존재함으로써 남겨진 것들에 대하여 말이다. 플레이 리스트를 들으면 나는 가 본 적 없는 그의 단골 식당과 거기에 앉아 밥과 술을 먹는 류이치 사카모토가 떠오르는 것이다.

그 공간에는 시간이 흐르지 않는다. 음악만 흐를 뿐. 플로팅 타임라인floating timeline의 세계랄까. 이야기는 진행되는데 그 안의 인물들은 나이를 먹지 않고 변하지 않는 일상이 끊임없이 지속되는 게 플로팅 타임라인이다. 그런데 생각해 보면 나도 그 세계 안에 있다. 어린 시절의 내가 획기적으로 변해 지금의 내가 된 게 아니라 그때의 내가 지금의 나로 살고 있기 때문이다.

　변한 듯하지만 변하지 않고 흐른 듯하지만 흐르지 않는 이 시간에 어울리는 술도 있을까? 고여 있는 한 잔의 술과 같은 그런 음악은? 내가 이런 음악을 하나라도 알게 된다면 '술 마실 때 듣는 음악'을 고민해 볼지도.

기쁠 때도 슬플 때도 네그로니

몇 년 전에 다른 작가들과 같이 낸 책에서 나는 술에 대해 이렇게 썼다. 기쁠 때도 슬플 때도, 또 그저 그럴 때도 마시는 게 술이라고. 그건 인생과도 같다고. 기쁠 때도 슬플 때도 그저 그럴 때도 살아야 하지 않겠느냐며. 그러니까 산다는 것은 마시는 거라고 말이다.

책을 읽는 것과 비슷하다. 책과 책 사이에 삶이 끼어들 듯 술과 술 사이에 삶이 끼어드는 것이다. 반대로 생각해도 좋다. 삶과 삶 사이에 책이 끼어들 듯 삶과 삶 사이에 술이 끼어드는 것이라고. 원래부터 이렇게 갸륵한 생각을 했던 건 아니다. 기쁠 때도 슬플 때도 마시는 게 술이라고 말한 사람이 있었다.

　어느 날 갔던 연대 앞에 있는 술집 바텐더의 말이다. '어느 날'이라고 썼지만 아득히 먼 옛날이다. 코로나 시대 이전의 일이므로. 마르케스의 소설 『콜레라 시대의 사랑』처럼 그것은 코로나19 이전의 일이다. 'BC(Before Corona) 시대의 술집'이랄까. 몇 년 전의 일이지만 지금은 '코로나 시대'이고, 그래서 마치 몽촌토성에서 발굴된 토기를 생각하는 것처럼 나는 그 일을 떠올리고 있다.

　직접 들은 건 아니다. 책에서 읽었다. 바텐더이면서 술집 주인인 그분이 하시는 술집에 갔다가 돌아오는 길에 그분께서 쓰신 책을 샀다. 칵테일에 대한 책이었다. 그분이 술 책을 썼다는 걸 알고 있었고, 나는 술 책을 모으는 사람이니 살 법했지만 나는 또 아무 책이나 사는 사람은 아닌 것이다. 그런데 바에서 그가 타 주는 술을 마시고, 그가 짜 놓은 메뉴판을 보고, 그와 이야기를 하고 나니 책을 사지 않을 수 없었다.

　세련된 바는 아니었다. 술 상자와 비품 상자가 한쪽 구석에 쌓여 있었고, 조도는 지나치게 낮았다. 나 말고 다 남자였다. 랩실에서 바로 후드를 걸치고 탈출한 대학원생과, 사회인이 되었지만 여전히 학교 앞이 편해 퇴근하고 온 직장인처럼 보이는 남자들이 있었다. 그런데 바텐더이자 주인인 그분이 독보적이었다. 그는 술을 말면서 손님보다 더 말을 많이 했고, 술집이 연극 무대라도 된 듯이 종으로 횡으로 배회했다. 손에는 고든스 진 한 병이 들려 있었는데, 병목을 잡고 입에 콸콸 부으면서 술집을 왔다 갔다 하며 계속 말을 했다.

바 밖으로 나와서 말이다. 바텐더가 바 밖으로 나온 걸 난 그날 처음 보았다. 라디오 디제이가 녹음 부스에 있듯이 바텐더는 바에 있어야 하지 않나 싶었지만… 목소리에는 울림이 있고, 표정은 절실해 그는 연극배우로도 보였다. 그는 자신의 무대를 휘적휘적 누비며 대사를 쳤다. 그러면서 리어왕을 연기하는 이언 매켈런이라도 된 듯 나를 포함한 술집의 관객들에게 형형한 눈빛을 보냈던 것이다….

그러니 사지 않을 수 없었다. 그분이 술 책을 낸 분이라는 건 알아서 그 술집도 가게 되었던 것인데, 퍼포먼스까지 보며 그가 내주는 술을 마시니 그가 쓴 책이 절실하게 읽고 싶어졌다. 그 책에 이 표현이 있었다. "슬플 때나 기쁠 때나, 네그로니."

내가 그날 마신 세 잔의 칵테일 중에 첫 잔이 네그로니였다. 나는 네그로니를 좋아하고, 그래서 네그로니가 있는 술집이라면 일단 시키고 본다. 집에서 내가 만들어 마시는 네그로니도 꽤나 괜찮지만 남이 만들어 주는 네그로니도 좋다. 네그로니는 세 가지 술을 섞는 칵테일이다.

캄파리와 스위트 베르무트(영어로는 '버무스'라고 한다)
와 드라이 진을 보통 1:1:1로 섞고 얼음을 넣는다. 그러고는
가볍게 젓는다. 네그로니의 세계에서는 셰이커를 난폭하게
흔드는 일 따위는 하지 않는다. 그저 살짝 저으면 된다. 얇
게 저민 오렌지 한 조각을 잔의 테두리에 끼우기도 하고 잔
속에 살짝 비튼 오렌지 껍질만을 넣기도 한다.

주저하지 않고 네그로니를 시키자 그는 이렇게 말했다.
"우리 집이 이걸 꽤 잘해요"라고. 상당히 거만한 목소리로.
때로는 이렇게 단도직입적이고 자신감 있는 사람이 좋다.
뭐랄까, 그는 주관적이고 또 주관적이었다. 내 말이 누군가
의 마음을 불편하게 할까 봐 눈치를 보며 말의 수위를 조절
하는 'PC(Political Correctness)의 시대'를 살고 있는 우리들
같지 않았다.

그 기백이 좋아서 웃음이 터졌다. 네그로니에 진심인
사람답게 나는 그가 어떤 조합으로 술을 만드는지 사진으로
남겼다. 사진을 찍어도 된다고 허락해 줬기 때문이다. 그래
서 나는 책에 그 칵테일에 대한 이야기가 있을 것이라고 생
각했던 것이다. 합리적 추론이랄까. 과연 있었다.

그는 네그로니를 이렇게 표현했다. 본인이 가장 좋아하
는 칵테일로, 언제 마셔도 무방하다고 생각한다고. 나 역시
가장 좋아하는 칵테일이 네그로니이므로 고개를 끄덕였다.

그다음 말이 마음에 들었다. 기쁠 때나 슬플 때나 힘들 때나 즐거울 때나 모두 좋은 술이라는 문장이었다.

아, 그래. 그랬지. 이 술은 기쁠 때나 슬플 때나 힘들 때나 즐거울 때나 모두 좋은 술이었지! 그리고 살짝 눈물 같은 것이 났는데, 그때의 나는 아마 힘들었었나 보다.

'바텐더'라는 말은 오묘하다. '바bar'와 '텐더tender'라는 말이 결합되었는데, '텐더'에는 온갖 좋은 것이 다 들어 있다. '부드러운', '연한', '상냥한', '다정한', '애정 어린'이라는 형용사와 '부드럽게 하다', '소중히 하다' 같은 타동사를 생각하면 무릎이 녹는 느낌이다. 나도 어쩔 수 없이 감미로워져야 한다. 그러지 않는다면 바텐더라는 단어를 발음할 자격을 박탈당한 것 같은 느낌이 드는 것이다.

감미로워진 나는 어떻게 해야 하는가? 목소리를 낮추고, 눈빛은 그윽하게, 손에는 술잔을 든다. 귓가에는 압도적으로 감미로운 나머지 혈당 과다가 될 듯한 엘비스 프레슬리의 〈러브 미 텐더〉가 들려온다.

그러니까 바텐더는 바를 부드럽게 만드는 사람이다. 하루를 부드럽게 만드는 사람이고, 하루 중에서도 밤을 부드럽게 만드는 사람이다. 마음에 대한 최고의 기술자랄까. 예약하지 않아도 갈 수 있는 정신 상담소일 수도 있다. 정신과 전문의들이 보면 기분이 나쁠지도 모르지만 나는 그들의 라이별은 바텐더라고 생각한다.

　이상한 일이다. 연대 앞 술집의 바텐더는 이런 감미로움과는 전혀 어울리는 사람이 아닌데, 바텐더를 생각하면 그가 떠오르고, 어쩔 수 없이 그는 감미로워진다. 아마도 네그로니 때문이겠지.

마음이 즐겁게 쓴 글이다. 나의 밤을 나누고픈 사람에게 종알대는 느낌으로 썼다. 그래서 말을 좀 했다. 평소의 나는 말을 많이 하지 않는 편이다. 발성을 하는 일이 귀찮게 느껴질 때도 많다. 뭘 구차하게 이런 걸 다 말로 해야 하나 싶기도 하다. 시시한 말을 할 바에는 아무 말도 하지 않고 술을 마시는 게 좋다. 말하는 걸 좋아해서 그럴지도 모른다. 목소리를 타고 전해지는 말을 듣고 있으면 역시 아무 말이나 하고 싶지는 않은 것이다. 고요에는 말보다 훨씬 풍부한 것들이 깃들어 있어서, 고요보다 못할 말이라면 그냥 입속에 두는 게 좋다고도 생각해 왔다.

술자리에서도 그런 편이다. 말하기보다 듣는 게 좋다. 오랜만에 만나는 당신의 이야기가 궁금하고, 내가 몰랐던 그 세계가 알고 싶고, 또 당신의 목소리를 듣고 있는 게 좋아서 나는 말하기보다는 듣는 게 좋다. 마음을 잘 열지 않는 당신과 마음이 잘 가지 않는 내가 이렇게 마주 앉아 술을 마시는데… 그렇게 밤을 나누고 있는데… 내 이야기를 하고 싶지는 않은 것이다. 나는 당신을 보고 싶고, 목소리가 듣고 싶고, 그렇게 공기 중의 떨림을 느끼고 싶다. 그런 시간을 보내 왔다.

하고 싶었던 이야기가 있긴 했다. 그래서 마음에 고였던 것들이다. 당신의 이야기보다는 못한 것들이다. 이렇게 쓰지 않았더라면 고여 있다 휘발되어 버렸을 것이다. 많은 것들을 잊는 편이라 함께 기억을 나눈 사람에게 자주 서운함을 주는 나지만, 이렇게 나만이 기억하는 것도 있다. 하지만 연재를 하지 않았더라면 쓰지 않았을 것이다. 난 이런 걸 자발적으로 쓰는 사람이 아니라서. 그러니 영원히 기억하지 못했을 수도 있다. 역시 쓴다는 건 기억하는 일이고, 다시 사는 일이다.

연재로 한 편 한 편 모은 글들을 읽다가 어쩌면 이것은 나의 음주 일기일지도 모르겠다는 생각이 들었다. 참으로 이상한 비유인 것이다. 나는 일기를 쓰지 않는 유형의 사람인지라 일기를 어떻게 쓰는지 모르기 때문이다. 초등학교 때 숙제로 썼던 일기가 아닌 일기는 써 본 적이 없다. 신변의 사건이나 감정 등도 기록하지 않는다. 그게 뭐 그리 대수로운 일인가 하는 심드렁한 게 내게는 있다. 매일 쓰지도 않고, 등장인물이나 사실 관계를 바꾸기도 하고(이건 어렸을 때도 그랬다), 타임라인도 뒤죽박죽인 이 글에는 어쨌거나 날씨와 풍토와 인물과 세속과 감정이 있는 것이다.

★

2021년 1월에 조선일보 주말판인 '아무튼, 주말'에 처음 연재를 시작해 2023년 11월인 현재까지 쓰고 있다. 신문사에서 연재를 제안했을 때 감사했던 것은, 주제도 자유, 제목도 자유라는 점이었다. "술 칼럼 어떨까요?"라고 했더니 좋다고 하셔서 아직까지 쓰고 있다. "술 칼럼 어떨까요?"라는 그 말을 내뱉었던 순간, 귓속말처럼 어떤 목소리가 들려왔다는 이야기도 해야겠다. 이 말이었다. "밤은 부드러워, 마셔". 한 번도 생각해 본 적이 없던 말인데 신기하게도 그 말이 들려왔고, 나는 그 말에 홀려서 칼럼의 제목으로 해야겠다고 생각했다. 그렇게 격주로 연재하는 칼럼의 제목은 '밤은 부드러워, 마셔'가 되었고, 이 책도 같은 제목을 따르게 되었다. 글들에 모두 밤과 부드러움, 그리고 마시라는 청유가 배어 있어서 그럴 수밖에 없었다.

물론 스콧 피츠제럴드의 장편 소설 『밤은 부드러워Tender Is the Night』로부터 유래한 제목이다. 『밤은 부드러워라』로 번역되기도 한 이 소설은 작가가 생전에 마지막으로 완성한 소설이고, 그 역시 제목을 존 키츠의 시 「나이팅게일에게 부치는 노래Ode to a Nightingale」에서 따왔다. 4연의 이 구절이다. 'Already with thee! tender is the night,' '이미 당신과 함께 있어요! 밤은 부드럽고' 정도로 옮길 수 있겠고, 밤이 부드러운 것은 당신과 함께라서 그렇다는 것으로 들린다.

나는 로마의 스페인광장에 있는 키츠-셸리 기념관에 간적이 있다. 미국에서 온 문학 전공 대학생들 사이에 어쩌다 끼어 키츠와 셸리 기념관이 왜 로마에 있게 된 건지에 대한 이야기를 들었던 난처한 오후에는 영국의 낭만주의 시인과 나 사이의 접점은 없다고 생각했는데 이런 식으로 연결이 되기도 하는 것이다. 하지만 로마를 다녀온 후 벤 휘쇼가 존 키츠를 연기하는 제인 캠피언의 영화 〈브라이트 스타〉를 보기도 했고, 이렇게 그의 문장을 가져다 쓰기도 하면서 접점이 없다고 하기도 좀 그렇다.

신문이 휴재하는 사정에 따라 연휴나 휴가에 건너뛰기도 하며 격주로 쓴 글이 어느새 68편이나 모였다. 이번 책에는 48편의 글만 싣기로 한다. 나머지의 글과 앞으로 더 쓰일지 어떨지 알 수 없는 글은 그들의 운명에 맡기기로 한다. 시간이 지나면 안 될 듯한 글들을 골라 봄, 여름, 가을, 겨울의 사계 안에 배치했다. 에릭 로메르의 〈여름 이야기〉를 여름에만 보지 않듯이 계절이라는 울타리 안에 놓아 둔 술을, 그 이야기를 꼭 그 계절에만 읽지는 않을 거라고 생각하면서 말이다. 또 우리에겐 그런 게 있지 않나? 겨울에는 여름을 그리워하고, 여름에는 겨울을 그리워하는 이상한 노스탤지어가.

*

모든 원고가 있었고, 제목도 있어서 묶기만 하면 되는 책이라고 생각했다. 하지만 나는 이 책을 서둘러 내고 싶지 않아서 1년 가까이 묵혀 두었는데, 원고를 다시 보면서 그 이유를 알게 되었다. 아직 덜 익은 것들이 있었다. 그래서 거칠거나 불순물이 있거나 조밀하지 못한 것들을 시간이라는 캐스크에 잠기게 하고 싶었나 보다. 하지만 시간이 지난다고 해서 글이 저절로 좋아지지는 않는다. 뭔가를 해 줘야 한다.

정희정 편집자의 정갈하고도 청아한 맵시 덕에 '묶는다'라는 개념이 의미를 더하게 되었다. 그렇게 나를 적절하게 제지하지 않았더라면 좀 지나쳤을 것이다. 윤예지 작가가 그려 주신 표지를 보고서는 좋아서 입을 다물지 못했다. 굴 소믈리에가 굴 손님에게 와인을 서빙하는 것도 그랬지만 나는 그 술이 가득 차 있다는 데서 마음이 벅차올랐던 것이다. 그리고 두 번째 글이 나갔을 때 책을 내자고 연락을 주신 당시 주간이었던 정상준 대표 덕에 이 모든 게 가능했다. 어른이 되면 소주와 함께 홍어를 먹고 싶었다는 내 글을 보고 비싸서 1년에 두 번만 간다는 홍어집으로 약속을 잡으셨었다.

마음이 가는 대로 쓴 글이다. 첫 문장이 나오면 다음은 알아서 따라왔다. 참외가 익을 때 먹어야 하는 술이라든가, 연꽃의 개화성을 들으며 마시는 술처럼 절기와 날씨와 그에 따라 시시각각 변하는 기분에 따른 술도 있고, 밤과 낮에 어울리는 술도 있고, 나를 놀라게 하는 술도, 나를 감싸 안는 술도 있다. 장난기의 주파수가 맞는 사람들과 술을 마셨던 밤을 떠올리며 쓴 글이기도 하다. 『밤은 부드러워』의 닉 다이버가 그러는 것처럼 그들은 나를 매혹시켜 자기를 무비판적으로 사랑하게 하는 마력을 부렸다. 그리고 그들의 매력은 여전히 내 주변을 떠돌고 있다.

술잔에 가득 부어진 술이 마음에 찰랑이는 밤이다. 우리 뒤에는 은빛 어둠이 휘장처럼 드리워져 있고….